こんな僕でも生きてていいの

河村啓三

インパクト出版会

目次

はじめに

まず最初に記しておきたいのだが、私は死刑確定者であるということ。その私が、なぜ執筆しようと思ったのか。

人を殺したあと、その死体をコンクリート詰めにしたというあの忌まわしい出来事から十七年もの歳月が過ぎてしまうと、事件そのものが風化してしまい、当事者の私ですら細部の記憶が次第に薄れていっている。あれほど被害者の顔や声を鮮明に覚えていたはずなのに、それがだんだんぼやけてくるのだ。これでは亡くなられた被害者とその遺家族に申し訳ないし、そんな浅ましい自分にも腹が立つ。

また、家族を残したまま理不尽な形で人生を断ち切られた被害者の無念さを間近で見た私は、今一度当時を振り返り深く考えずにはいられなくなった。それはとりもなおさず、自分の記憶を風化させてはならないことにも結びつく。だからこそ、きちんと自分の本性を見極めて思索したかったのである。

そういう意味からも、自分が生まれてから事件を起こすまでの追いつめられていく自身の状況などについて、自分の心を切開しながら、犯した罪を便箋にしたためたのが、この原稿を書くようになったきっかけである。先にも示したように、最初はこれを人に読ませるために書いたのではなく、自分自身がなぜこのような大罪を犯すまでに落ちていったのか、それを考え続け捉え返すために書き始めたのである。

とはいうものの、書き始めてみると自分自身をすべてさらけ出すために、とても大変な作業になった。それは、遠い昔のいやな思い出や、事件のことを捉え返していると、当時の辛い体験が瞼に浮かび上がってきたからだ。それで何度もペンが止まり、文章が進まなくなってしまった。

つまり事件に至るまでの経緯を書き綴っていると、被害者と遺家族に申し訳なくて、「こんな俺でも生きてていいのであろうか」という大きな問題にぶつかってしまったこともある。一言で言えば、遺家族の声は一生消えることはない。それを思うと、自らの死をもって罪をあがない、早く被害者のもとへいくべきではないかと考えてしまう。

一方では、いま死んでしまえばその苦しさから逃れることはできるが、自分の命は自分だけのものではないことにも気づき始めている。早い話、自分の命をも大切に思わず他人の痛みを考えない自己の甘さが事件の要因だったような気がする。だから、遺家族の痛みを知ろうとすることができないのであるならば、本当の意味での更生などもあり得ないと思う。ただ自死しただけではすまされない。だからこそ、徹底的に自分を見つめ直して規範意識の回復を図ることが大切なのではないかと思った。

それと、重大な結果と向き合いながら、被害者に対する追悼の念と、事件に対する反省の情を確固たるものにさせたかった。それらのことに思いを馳せていると、苦しくとも現実から逃げ出さずに、生きて償うことを考えるべきではないかと少しずつではあるが思うようになっていった。がしかし、例えそうであったとしても、いまなお生と死のはざまの中で心が揺れ動いているのも正直なところである。とにかく、人間の心の奥底に潜む秘密の欲望に火をつけ、一生に一度の浅ましい限りの情念の炎を燃やせたのが悪かったと思っている。

いずれにせよ、取り返しのつかないような大罪をどういういきさつで犯すようになったのか。この事件の当時、被害者に対してどういう思いであったのか。また、人を殺したあとの罪の償いはどのようにすればよいのかなど、これらを洗いざらい書き出すことで、原点に戻りたいという思いと、犯罪の芽を早く見つけて、それを摘み取っていくことがいかに大事であるかを書いてみたかった。それと、二度と同じような醜い事件が起きて欲しくないという思いからこの稿を書く決心をしたのである。

1　西成で生まれ……

　大阪の西成というところには、東京の吉原と並ぶ色街がある。また西成は「大阪の極道メッカ」と呼ばれているところでもある。この西成には、飛田新地という地域があり昔の遊郭の面影をそのまま残した街が現存している。昔は、青線地帯（無許可営業）・赤線地帯と呼ばれた売春を目的とする特殊飲食店が沢山集まっていた地域でもある。今では、「料亭」と名前を変えて営業をしているが、一種独特な雰囲気を醸し出した街であることには違いない。遊郭の一帯には、小さな飲み屋やスナックが並んでおり、色街のえもいわれぬ風情が残っている。また、大正時代を彷彿させる女郎屋の建物があり、屋号もそのままの状態で路地の両側に軒を並べている。

　そして、ここには春を売る女がいて、昼日中から春を求め歩く男たちも多くいる。短い暖簾の奥には妙齢の女性が顔見せで座っていたり、呼び込みのおばちゃんが玄関に立っており、暖簾を上げては「兄ちゃん、若い子おるよ、寄っていって……」と声がかかる。慣れない人なら緊張する街であろう。

飛田新地から動物園前の商店街を抜け、広い道路を渡り、常に小便くさいにおいがするガード下を通り抜けるとその先は細い路地になっており、通称ジャンジャン横丁と呼ばれている狭い路地になっている。その昔、歓楽街・飛田遊郭へ通じる道として、遊郭の呼び込みが三味線を「ジャンジャン」鳴らしたことからこの名が付いたという。ジャンジャン横丁を通り抜けると、路地が開け新世界となる。新世界は、カオスな街だ。朝の八時頃から一杯飲み屋で盛り上がるおっちゃんの横を、動物園に向う幼稚園児が通り過ぎる。一回百円のスマートボール屋の前には、最新のマシンを入れたパチンコ屋。立ち話に花を咲かせる地元のおばちゃんたちの傍らでは、観光客がづぼらやのフグの前で記念撮影をする。新しいもんと古いもん、ここで暮らす人々とは別に、一瞬だけその空気に触れに来る「いちげんさん」がいる。色々なものと色んな人が入り混じり、自然と同居する街、それが新世界なのである。

そして、その中心に通天閣が聳え立つ。通天閣の足元には、坂田三吉の王将碑。一本南の筋を東に行けば、レトロな外観が目を引く新世界公楽劇場が三本立て、大人千円で、高倉健や勝新太郎などの昭和が舞台の仁侠映画が上映されている。ほかにも大衆演劇の朝日劇場や、通天閣の歌姫として有名な叶麗子が出演する通天閣歌謡劇場などもある。

最近では、ジェットコースターが新世界の空を舞うフェスティバルゲートや、世界の温泉を集めたスパワールドもオープンしたようで「怖い街」から「遊べる街」へとイメージチェンジしているようではあるが、裏へ回れば、覚醒剤の密売が白昼堂々と日常的に行われているのもこの街ならではである。

この一角を少しはなれた西成区の北部から、浪速区に少しかかったところに、日雇い労働者の街と呼ばれる、あいりん地区、別名「釜ヶ崎」と呼ばれている料金の安い粗末な木賃宿（簡易宿泊所）が、二百軒近くひしめきあう日本一のドヤ街がある。東の山谷、西の釜ヶ崎と呼ばれ、時々、労働者が暴動を起こすことでも有名な地区である。

この地域から西に少し下がったところに西成区松通りという住宅密集地があり、その中の一つの荒屋のなかで、私は産声を上げた。一九五八年（昭和三三年）九月三日のことである。そして、父母から「啓三」と名づけられた。生まれて間もない頃の私を見た近所の人たちは「鳶が鷹を生んだ……」などと揶揄するぐらいの色白のかわいらしい赤ちゃんだったようである。しかし、私の体はとても弱く、二歳ぐらいの頃には小児結核になりかけていたらしい。虚弱体質の影響もあって周りの子供に比べてもどこかひ弱で、性格的にもおとなしい恥ずかしがり屋の子供であったという。

私が三歳になった頃、三畳一間しかなかった倉庫のような荒屋から、一畳ほどの板張りの台所と、三畳と四畳半の二間に水洗便所のついた文化住宅へ居を移すことになった。私には、五歳年上の姉が一人いるのだが、親子四人が暮らしてゆくには十分な広さではないにしろ、以前の荒屋から比べると、天と地ほどの違いがあった。そこで、居を移した先というのは、松通から徒歩で三〇分ほどの距離にある津守地区というところだった。家の裏手には、新なにわ筋から繋がっている大阪臨海線、通称三宝線と呼ばれている道路が南北に走っており、昔は、ちんちん電車（路面電車）が市街地を走り抜けていた。また、大阪臨海線の反対方向には、十三間堀川と呼ばれている川が流れていた。しかしながら、川と名が付いているものの実情は、臭くて汚いどぶ川なのである。

その臭くて汚いどぶ川であっても、夕方になると群れになって飛んで来る銀やんまや鬼やんまを網を片手に追いかけ回したり、さおの先に付いた糸に囮のトンボを結び付けて捕えるトンボ釣りなどをしてよく遊んだものである。大人の目からすると臭くて汚いどぶ川ではあったものの子供たちにとっては、至極快適な遊び場となるどぶ川だったのである。このようなところも、私が小学校の高学年の頃になると、路面電車は廃止されて市バスに取って代わり、そしてどぶ川は埋め立てられた。埋め立てられ、その上には阪神高速道路堺線が走るようになった。

ここで少し時間を巻き戻すと、河村家には大変ショッキングな事件も起きている。私たち家族が津守地区へ引っ越し二年ほど経過したのち、叔父の年雄（享年二七歳）が、西成区内で刺殺されたのである。即死だった。この当時の私は五歳であったが、刺殺されたこの叔父にはことのほかよく可愛がってもらったのを今でも覚えている。この叔父は、私の父（武雄）の弟にあたり、兄弟の中でも、父とは特別仲がよかったようである。そんな関係もあってか郷里の岐阜県養老郡から父のあとを追って大阪に出てきて間もない頃に、悲運に会ったのである。とにかく叔父さんは津守の家にきては、「けいぞう、けいぞう」と私を呼んで溺愛してくれた。また、職場の車に私を乗せて、よくドライブにも連れて行ってくれた。このころの姉は、腎臓疾患のために大阪市内の住吉市民病院に長期入院をしていたのではあるが、叔父はこの病院にも足繁く通ってくれていた。そんな心優しい叔父が、まだ二七歳という人生の起点に立つ春秋に富む若さの中で、黄泉の国へ旅立って行ったのである。当時をふり返るも残念でならない……。

少なくともこの時点における私の家族は、被害者遺族の苦しい立場を味わっていたことになる。このような悲しい出来事があってから以降の私の両親は、私たち子供を連れての神社仏閣参りが始まり出した。私の両親は、尋常小学校しか出ていない無学者であるが故に、難しいことをあれこれと考えるのが苦手だったからこそ、純粋な気持ちで神仏に救いを求めたのであろう。その結果として母親が、私と姉に教えたこととして「罪を憎んで人を憎まず」という言葉であった。私の両親や岐阜の祖父母は、加害者を赦したのである。とりわけ父親は、口数の少ない寡黙な人だった故に、怒りや憎しみを子供の前では一切口に出すことはなかった。昔の人らしく、何事にもじっと耐え忍んでいた、そんな姿を私はよく覚えている。

このように叔父が殺される出来事があってから、約二五年の歳月が過ぎたころに、今度は私自身が殺人者の身になり下がってしまった。そんなこともあって、これまでとは違った意味で両親や姉、そして祖母には深い悲しみを背負わせていくことになるのである……。

そこで現在の私は、自身の内面を切開し、捉え返す作業をしていく中で忘れかけていた過去の思い出が少しづつ蘇っている。とにかく、成人して以降の私は、殺された叔父のことを一度も思い出すこともなかった。また、生の在り方を考えようともせず、安易な気持で他人に流されながら、日々の快楽に埋没していたのである。事件を起こす前にこのような点にもう少し早く気づいていれば、もっと違った人生を歩んでいたのかも知れない。そんなことをあれこれ考えていると自分の愚かさが情けない。こうしていま時空を隔てて叔父を刺殺した犯人同様、私自身も囚われの身となり同じ大阪拘置所で生活している現実を見詰めていると、何か目に見えない因縁めいたものを感じてならない。

三八年前に刺殺された叔父のことを考えているとその当時の新聞を読んでみたくなり、知人の協力を得て当時の大阪朝日新聞（昭和三八年一一月七日付朝刊）のコピーを手にすることが出来た。がしかし、事件の真相を知りたくて取り寄せた筈なのに、目を通すのが恐ろしい。まだ記事の内容を何も読んでないにもかかわらず、心臓が激しく波打つ。若かりし頃の叔父の笑顔が瞼に浮かんでくる。このようにして過ぎし日々のことを思い出していると涙が頬をつたう。この涙はいったい何なんだろうか。私は自分の犯した大罪を棚に上げて、叔父を殺したのはどんな男なのかを知ろうとしている。このことが酷く情けなかった。と同時にとても胸が苦しくなってきた。だから、新聞の記事を読むのをやめようと一瞬思った。しかし、今の私の年齢よりも若かった私の両親は、叔父の死をきちんと受け止めた。そして、苦しい思いの中で叔父が刺殺された記事を読んだのであろう。それを思うと、私が逃げるわけにはいかない。今まさしく生と死に向き合いながら一から出直そうという思いで新聞を取り寄せたのではないか。やはり読んでみるべきであろう。新聞の記事には同じ職場の同僚から登山ナイフで心臓を一突されて、即死したという内容で小さく出ていた。

思うに二七歳の若さで黄泉の国へ旅立った叔父さんの年齢を私は遙かに上回っている。その私がいま、大阪拘置所の中で三八年前の新聞を読んでいる。何かとても不思議な感じがする。夢の中にいてるようでもある。いずれにせよ昔の新聞を読んでいると涙で字が霞んで見えなくなった。つまり、身内のものが殺されたというのはこういう思いなのかということを改めて思い知らされた。換言すれば、私たちの手にかけられて亡くなられた被害者の無念さも痛いほどよくわかるようになった。また残された遺家族の気持を思うと、死を持って償うべきではないかとも考えてしまう。そんな思いの中、忸怩たる気持でペンを走らせている。

話を戻すと、小学校へ入学することになった私は、転居先である地区の小学校には入学せずに、前住所地のある地区へ越境入学することになった。

これは、一つに姉が転校せずに引き続いて以前の小学校へ通っていたので、弟の方も姉と同じ学校に通わせたいという親の意向が働いたからである。次に、この地区には被差別部落民の人が多く住んでいたために、差別意識の強かった両親が、「柄も悪い」と、敢えて越境入学させたようである。このはなしを裏付ける一つのエピソードとして、家のすぐ近くには牛や豚を殺す「屠殺場」があり、「そこで働く人たちは、怖い人」という強い偏見を両親は持っていた。

私は、親が言うところの「怖い人」という言葉のイメージが湧いてこず、子供心ながらどう怖いのか確かめてみようと思い、部外者立入禁止の「屠殺場」へこっそり入り込んでみた。すると場内には、白い帽子、白衣と白い長靴を履いた大人がうろちょろしており、生ぐさい臭いがしてくる。不法侵入者の私は、「屠殺場」の人に見つかったら大変だと思い、興奮と恐怖の中でどきどきしながら物陰に身を隠して進んで行った。すると目の前には、豚のたまり場があった。豚たちは悲鳴に近い激しい声を上げて泣いている。それにも増して堪らなく臭い。その臭いにおいを我慢しながら物陰からこっそり見ていると、一人のおじさんが一匹の豚を追いはじめた。その先では、もう一人のおじさんが天井からさがったコードのようなものを持って豚のくるのを待構えている。コードの先には、布団たたきのようなものがついており、それを白豚の尻に押しつけた。するとと、豚の声とは思えないような声を張りあげながら、豚は逃げ回る。それをおじさんがまた追う。周りの豚たちは、激しく泣き叫ぶ。まさしく、阿鼻叫喚である。おじさんは、豚の尻に高圧電流を当てて、豚をショック死させようとしているのである。けれども豚は、なかなか死なない。何か見てはいけない物を見たような気がした。いずれにせよ、そこまで見るとなんだか急に怖くなって来たので私はその場を逃げ出した。親が言う「怖い人」と言う意味がこの時にぼんやり分ったような気がする。

　とにかく私の頭の中には目の前で繰り広げられた白豚を追うおじさんの姿と、高圧電流のコードが強烈な印象として残った。このような体験は身震いするほど怖かった。だから、もう二度と入るまいと心に決めたものの、再び「屠殺場」に入る機会が訪れた。それはどういうことかと言えば、家の近くに住む同い年の五島という子供の親が「屠殺場」で働いていたからである。このような関係から彼についていく形で今度は堂々と「屠殺場」に入場することが出来た。友達と一緒、それも友達の道案内もあったので、前回、私が不法侵入したときのようなどきどき感はなかった。けれどもやはり生臭い臭気が私の鼻腔を刺激する。そのために、胸が重苦しくてなんともいえない思いになった。私と違い五島の方は平気なようである。それはともかく彼の案内で場内を歩いていると、「屠殺場」の中は私が思っていたよりもかなり広かった。前回不法侵入した時に見た白衣を着、白い長靴をはいたおじさんたちと何度も擦れ違う。おじさんは、私たちに向ってニコニコ笑いかけながら、五島に話しかけてくる。それを見ていると、どこにでもいてる普通のおじさんであり、ぜんぜん怖くない。しかし、私の親は「怖い人」という。私は頭の中が混乱しつつも五島のあとをついて歩いた。すると見覚えのある豚の溜まり場のところまで来た。この日は幸いにも、豚が一匹もいないので良かったと思う。なぜなら、あの豚の悲鳴のような声を聞かなくても済むからである。それでも私の脳裏には豚が逃げ回り、殺されようとしていた姿が鮮明に蘇ってくる。けれども今回は豚の姿はなくこの間見た高圧電流の電気コードは、天井近くまで引き上げられていた。五島はそのコードを電気ショックの電極と私に説明してくれた。

ここまでのところは、前回一人で忍び込んでいたので、ある程度のことは分かっていた。しかし、この先は未知の世界になるために少し不安な気持ちになりながらも彼のあとをついていく。すると、五島は建物の中に入り、二階へ上がっていった。そこは広い駐車場のようなところだった。夏場だというのに、薄暗くてひんやりしている。乗用車であるならば軽く二～三〇台は止められる広さであったことを記憶している。その広場の足元を見ると、至るところに黄色のラインが引かれてあり、それが何を意味するのか当時の私には分からなかった。わからないまま黙って五島のあとをついていくと、この建物は室内から屋外に通じていたのである。そこは、二階から一階へくだる横幅が七～八メートルほどの、ゆるやかな勾配のついた滑り台上の坂道になっていた。そこには至るところに、薄い血の水溜りが出来ている。これは牛か豚の血を水道水で流したのが、きれいに流れ落とされずに、血と水が混ざり合った状態で、薄い血の水溜りになっているのであろうと思った。私が怪訝そうな顔をしていると五島は、目にまえの坂道になっているところは、牛や豚の首を切り落としたあと、それらをこの坂から下へ放り投げて一階で待っているトラックに積み込むためのものだと説明してくれた。彼からその話を聞いた私は、子供心ながら「ゾッ」としたものである。これらのことはいくら友達と一緒であるといっても「屠殺場」の中へ入ったというこの事実を親に知られるとまずいと思ったので、この日の出来事は、自分だけの秘密にしておくことにした。

それにしても、家のすぐ近くに生きた牛や豚を殺す場所が現実としてあることを知った時の私は、少なからずショックを受けた。したがってそれ以降は意識してないにも拘らず家の裏手を走る国道で牛や豚を乗せた大型トラックが、やたら私の目に止るようになった。時には、信号待ちに引っかかったトラックからは、牛や豚の泣き叫ぶ声が家の中まで聞こえて来ることもあった。

私の母などは、その泣き叫ぶ声を聞いては「牛や豚は、本能的に殺されるのが近いことを分かっているのや、それであんな声で泣いているのやで、可哀想やな……」と私によく言っていたものである。ちなみに母親は、ベジタリアンだったために、牛や豚には同情的であった。

とにかく、このような親の影響もあってか、被差別部落の人は「怖い」という固定観念が私の小さな心に植えつけられたのである。また、家の近くには、在日韓国・朝鮮人の人も多く住んでいたので、母親は私にたいしてこの在日の人たちも「怖い人なんだ」と教え込んだ。このような家庭環境の中で育てられると、同じ人間同士であるにも拘わらず、差別意識が知らず知らず私の心にも根付くようになってしまった。と同時に、自分の住んでいるところや、親の職業などを小学校の友達に言えなくなってしまったのも事実である。

つまり、私はこの頃から人の顔色を窺いながら嘘つきの子供になっていくのである。嘘をつくことは悪いことと分かっていながら嘘をつく。この点について少し説明すると、前述のとおり本来の私は、T小学校に通わなければいけないのである。しかし、そこには通学せずに、子供の足で三~四〇分もかかる橘小学校へ越境入学していたのである。この橘小学校に通ってくる子供たちは、比較的裕福な家庭の子供が多く、商売人の子や会社経営者の子供、または医者の子といった感じの子供が多くいた。早い話、橘小学校の近くには、市場や会社・医院などが密集していた場所にあったので、この地区とは環境が大きく異なっていた。とは言うものの、橘小学校へ通学する生徒全員が必ずしも裕福な子供ばかりでもなかった。当然のごとく貧しい家庭の子や、被差別部落の子供もいてたと思う。ただし、それがあからさまには見えてこなかったのである。そんな中において、子供同士がする会話の中に出てくるのが、「お前のお父さんは、どんな仕事をしているのや」などと言う話である。私は、このような会話になるといつも逃げ出したくなる思いでいた。何を隠そう私の父は、同和地区の人たちが多く仕事に就く、「皮革漉き割り工」として働いていたからである。この仕事は、通称「割り屋」と呼ばれ、牛や豚のなめし皮を陰干ししたものを、特殊な機械に通して薄く平らに漉いて行く仕事である。

つまり、ベルトやカバンなどの革製品に変ってゆく前段階の仕事に就いていた。このような父の仕事内容を説明するのも面倒であったし、一九六三年五月一日に発生した「狭山事件」がまだまだ尾を引いている時でもあったので部落を意識する人が多かった。この事件は、養豚場で働く被差別部落出身の石川一雄さんが逮捕された事件である。また、私の自宅近くには部落解放同盟西成支部があり、「石川青年を助ける会」というようなものが組織化されていた。したがって、かなり激しい運動をしていた時期とも重なるので、父親の仕事を正直に言うと仲間はずれに合うと思った。だから父の仕事内容は誰にも言えなかった。

あの当時、被差別部落民の人たちが就く仕事としてよく噂されていたのが、一般の人がつかない仕事、つまり人の嫌がる仕事として、「屠殺場」「ゴミ収集」「おわい屋」「肉屋」「皮屋」などがあり、部落の人たちは、「よっつ」と呼ばれて差別されていた。

したがって私の父親が就いている仕事も当然のごとく差別を受ける職業であるために、私にはこの点が強いコンプレックスとなっていた。もしも私がこの地区の学校へ通っていればもっと違った感情で子供らしい生活が出来ていたかも知れない。だが、親の意思によって、生活環境のよい地区に越境入学させられていたために、子供心ながら周囲の目を気にしながら、仲間はずれにされないように智恵をつけていくことになる。私がその一番最初にしたことは、「嘘」をつくことであった。その理由として、同級生の親たちは医院を経営していたり、米屋・畳屋・パン屋・お好み屋・寿司屋・洋品店・会社経営者の子供といった類のいわば、お金持ちの子供が多くいたからである。そのために、「僕の親は割り屋で御座います」とは言える筈もなかった。そんなこともあり、自分の父親は「運転手……」と偽っていた。しかし、子供同士の間では「運転手」だけでは納得して貰える筈もなく「何の運転手や」などと追及してくる。そこで、母親の弟が長距離トラックの運転手をしていたので、「トラックの運転手や」と機転をきかせて答える。このように嘘の上に嘘を重ねて行ったのである。したがって、こんな自分が情けなくもあり、とても悲しくもあった。とにかく、一度嘘をつくと引っ込みがつかなくなり、二重の過ちを犯すことになるのである。

このようにして、部落の子と思われることを危惧した私は、嘘までついて自分の正体がバレないように隠し続けることになる。また、学友たちに迎合することが一番良い方法と考え始め、要領よく巧みに立ち回る術を心得ていくようになった。それに合わせて日和見主義的な部分もあったような気がする。こうして周りに気を遣い出す分、かなりのストレスも溜まるようになっていた。

そんなある日のこと、私は同級生の高価な切手を一枚盗んだのである……。私の両親が一番嫌うドロボーをしてしまったのだ!!

この当時に男子生徒の間で切手を収集するのが流行っていたために、私自身も級友に迎合的態度を示しながら、切手収集の趣味を持つようになっていた。こうなって来ると、当然のごとく各自が持っている自慢の切手を見せ合ったり、また交換し合ったりと様々な交流が始まる。その中の一人に、親が洋品店（ブティック）を経営する金持ちのボンボンで下谷というクラスメートがいた。

下谷はいつもいい服を着ており、目立っていた。その上、母親の方は都会的センスもあり美人で学校のＰＴＡの役員もしている。私は、そんな下谷が羨ましかった。私の母はと言うと、着る服などには一切頓着せず、家で皮製品などの内職をして生計を助けている。それも製品を一つ作って五銭とか一円の仕事である。それより以前は、下駄の鼻緒の内職もしていた。母親は、自分の着物を質入れしたこともあった。

しかし、そんな中においても何不自由なく私たち子供を精一杯育ててくれていた。このような親の姿を見ていると、早く大きくなってお金持ちになりたいというような漠然とした夢を持つようにもなっていた。したがって、このような家庭環境であったがために、小遣い銭もそう沢山は貰っていなかった。だから、自ずと安物の切手しか購入できなかった。それでも、安物の切手とは言え、何種類もの切手が集まって来ると楽しいものであった。自分が集めた切手を切手ブックの中に収めて学校に持って行き見せ合いをする。しかし私と下谷の差は歴然としていた。ブック帳や切手をつかむピンセットなど、下谷は子供であるにも拘わらず切手業者が持つような高価な物を持っており、切手もシートで購入していた。そして、級友に切手を一枚づつ見せては自慢する。私は、下谷のその態度を見ていて「この野郎……」と思ったことがある。そんな折、下谷から「この切手いらんから河村にやるわ」と言って数枚の切手を私にくれたことがある。私はそれを「おおきに……」と言って受け取った。そんな自分が情けなかったし、とても悔しかった。つまり、下谷は切手を私に恵んでくれたのである。本来ならば、「そんなもんいらんわい」と言って断るべきであったが、悲しいかな私には切手を買うお金を持ってなく、下谷から貰わざるを得なかったのである。ここに自身の意志の弱さが潜んでいるのではあるが、その性格は成人して以降もなんら変わることはなかった。

いずれにせよ下谷の善意を素直に受け入れることが出来なかった私は、それならば下谷の持っている切手の中で、一番高価なものを盗んで困らせてやろうと思い、放課後に教室の外、廊下の棚に置いてあった下谷の切手ブックの中から「見返り美人」という高価な切手一枚を抜き取ってやった。このときは悪い事をしているという罪悪感がさほど湧いてこなかった。えてして気の弱い人間ほど、このような思いになるのではないだろうか。だからこそ、大胆な行動に出られたのかもしれない。

だが私が下谷の切手を盗んだ事件は、すぐにばれてしまった。私のやることは、いつもどこか間が抜けているのである。つまり、下谷から盗んだ切手を下谷本人に見せて自慢したのである。まったくもって、大馬鹿としか言いようがない。自分のことながら情けない。この件は、盗んだ切手を下谷に返し、謝って二人だけの秘密として穏便に済ませて貰えた。

私の母は、「嘘吐きは泥棒の始まり」と私と姉によく言っていた。つまり貧乏していても人様の物には絶対手を出すなと。しかし、私は親の思いに反して、学友たちには父親の仕事を「運転手」と偽り平気で嘘を吐いた。その延長線上にクラスメートの切手を「盗む」という醜い行動にまで出たのである。一言でいえば「嘘吐きは泥棒の始まり」を地で行ったことになる。これらの「嘘」と「盗み」という行為は、厳然たる事実ではあるが、多感な幼年期に「嘘」と「盗み」をさせた私の生活環境があったことは否めないような気がする。一つには、父親の仕事があり、二つ目には地元の学校に就学させて貰えなかったことである。父親の仕事は、私たち家族を養ってゆく生活の手段なので責められない面はあるものの、越境入学などせずに私も近所の子供と一緒に地元の小学校へ通っていたとするならば、私の人間形成がもっと違っていたような気がする。

一方、私とは正反対の性格を持つ姉の場合は、これらをすべて克服している。けれども、その克服した代償も大きかった。早い話、姉はぐれたのである。生活態度が乱れ、親に反抗的な行動をするようになっていった。つまり、この頃の姉は不良になっており、中学校では一、二を争うほどの「札付きのわる!!」女番長になっていたのである。姉の遊び場は、西成の山王町――。冒頭部分でも記したと思うが、色の町である飛田新地から動物園前辺りを不良仲間と共に闊歩していた。両親はこのような姉に対して非常に手を焼き、困り果てていたのである。

このように困り果てた両親の姿を見ていた私は、姉のようになってはいけないと思った。苦労している両親に心配をかけてはいけない「いい子」でなければいけないと思い続け、親の前では「いい子」を演じていた。つまり、両親の前に出ると本心や本性を隠し、仮面を被っていたのである。

その点、姉の場合は駆け引きなしの自分が思うがままに、何事もストレートに意思表示をしていた。要するに不良学生ではあったものの、自分自身に対しては正直に生きていたのではないかと思う。しかし私は姉と違い、要領よく立ち振るまう「ズルイ子供」だったのである。こんな私を両親は、「いい子」と思い込んでいた。平たく言えば私は親まで欺いていたことになる。さらに言えば私を見る他者の目が気になって仕方なかったのである。だから、少しでも「いい子」を演じて、周囲から良い評価を受けたかったのだ。

しかしながら私の実態は、「嘘吐きのドロボー」だったのである。仮に、あの当時に私の実態がバレていたとするならばどうしたであろうか。私は自傷行為に走っていたかもしれない。そのぐらい大きな心の負傷（負い目）であった。今でも友達の切手を盗んだということの事実を思い出すと胸が痛む。

このようにして、小学生時代の人格形成の基礎が非常に不安定なまま中学校へと進むことになった。私が中学へ進む際にも、両親は引き続いて越境入学をさせてでも、別の中学へ行かせたかったようである。がしかし、さすがに中学生にもなると、私の意思を尊重すると言って、両親は私の意見を聞いて来た。

私の本心とすれば、越境入学をしてでも小学生時代の友達が沢山いる中学校へ行きたかった。けれどもクラスメートの切手を盗んだことが大きな負い目として心の中に重くのしかかっていたので、同和地区の中学へ行くことに決めた。母親は、「同和地区の中学校は柄も悪く友達も誰もいなくなるけれども、本当にそれでいいのか……」と私に念を押して来る。その言葉に私の心は揺れた。出来るものならば、同和地区の中学へは行きたくはなかった。しかし、子供心ながら過去の嫌な思い出を忘れたくて、ここで一旦、すべてを断ち切り新たな気持でやり直そうと決心したのである。

2、不良中高生の群れの中で

　こうして一九七一年（昭和四六年）四月に大阪市立鶴見橋中学校へ入学した。入学してまず驚いたことは、母親が言ってた通りに物凄く柄の悪かったことである。中学生であるにも拘わらず、平気な顔でタバコを吸いながら校内を歩いている生徒。そして、女性教師のお尻を触る生徒。まさしく不良の固まりである。服装の方も乱れていた。三年生を見るとハイカラーに長らん、ぼんたんという姿である。これらの生徒が数名ずつのグループに別れて校内を我が物顔で闊歩しており、美人教師を見つけると数名の不良グループが、この女性教師を取り囲む。そして、番長風の生徒が教師の肩を抱きながら無理矢理キスをするなど、信じられない光景を目の当りにした私は愕然とした。まるで、テレビの不良学園ドラマでも見るような世界に怖くなった。

　かくして一年間の中学生活が終わりに近づいた頃、学区整理が行われることになり、私は新設中学の方へ移されることになった。それによって、新しく設立された梅南中学へ二年生から通うことになった。一九七二年（昭和四七年）春のことである。

しかし、新設中学へ移ったものの、学校内は前中学と同じようにやはり荒れていた。否、前中学以上だったかもしれない。今でいうところの学級崩壊の走りだったと思う。改めて言うまでもないが、授業中に教室内を徘徊する生徒がいるかと思えば、教室を出たり入ったりする生徒。そして不良グループたちが集団で教師に殴る蹴るの暴行を加えるなどの行為が日常茶飯事になっていた。そのようなこともあり、学校側の要請を受けて警察が出動してくるなど、荒んだ状態が続いた。またパトカーが校門のところで待機することもあり、とにかく非道い、の一言である。

私は、このような滅茶苦茶な出来事をいつも他人事のようにして、見て見ぬふりを決め込んでいた。なぜなら私が不良グループに注意しようものならば、たちまちその火の粉が私に振りかかり、自分がリンチの対象になるからである。さらに言えば不良グループは、学校内でシンナーも吸っていた。それを私にもやれという。そしてトルエンの入ったビニール袋を私に手渡し、やり方を教えてくれたこともある。シンナーを吸っている奴を見ているとその中の一人が完全に乱離《ラリ》っており、めちゃめちゃになった。そして、突然ジッパーを下ろしたかと思うと男根を出してこすりだした。私は、その行為を見てびっくりした。こいつは完全に狂っていると思い、その場を逃げ出したくなった。その時、不良グループの中の一人が、「せんずりや、河村もせえ、ええ気持ちやぞ……」と言うのである。そんなことを言われても、私は人前で自身の性器を出すことなど恥ずかしくて出来るわけがない。まして「せんずり」という言葉を聞いたのもこのときが初めてであり、その行為を見たのも初めてだった。もちろんシンナーを吸って乱離っている同級生の姿を見たのも初めてだったために、自分がとんでもない連中に係わっていることに気がつき怖くなって逃げた。すべてのことがショックだった……。

こんな私を唯一支えてくれたのが「剣道」との出会いである。新設中学へ移った私は、剣道部へ入部した。中学二年生の頃の私は小柄で、よく小学生に間違えられたほどである。しかしそんな私もスポーツをはじめるようになってからは、ぐんぐん身長も伸びだした。そのため最初に買ってもらった剣道着、特に袴の丈が短くなり足の踝より一〇センチほど上あたりまで袴の裾がくる状態になってきた。見るからに不細工な格好である。また、剣道が上達するにつれて、自分の防具が欲しくなってくる。同級生や下級生の中には、自前の防具を買い揃えるものも出だした。またここでも、他者との差が見え出して来たのである……。

裕福な家庭の子供ではない私は、たちどころに困った。「どうしよう、自分も自前の防具が欲しい。だが、親には無理を言えない。でも、防具が欲しい」と心が激しく揺れ動く中、導き出した答えが「アルバイト」である。アルバイトをして稼いだお金で自分の防具を買おう。それなら誰にも文句を言われることはない。そう思った私は父にアルバイトをさせて欲しいと願い出た。すると、「中学生がアルバイトをする必要がない。許さん」とにべもない返事が返って来た。私は、子供心ながら、人の気も知らないで……と思った。しかし頑固な親父が駄目と言うのであるからこれ以上いくら頼んでも無駄だと思い、諦めることにした。すると、剣道に対する情熱もいっぺんに冷めてしまい、それ以降の私は、剣道が上達することもなく、三年生となり剣道部を引退する時期を迎えた。

中学時代に忘れもしない悔しい思い出がもう一つある。手前味噌になるが、私は剣道をしていた関係もあって、中学校では目立つ存在にもなっており、比較的女の子にも人気があった。下級生や同級生の女子生徒とも何度かデートをしたこともある。このような私の行動が不良グループには目障りだったようである。そんなこともあって、十人ほどのグループから技術室の裏へ呼び出されて私は取り囲まれた。刹那、パッチキ（頭突き）が私の顔面に飛んできたのである。私は両手で顔を押さえるも、顔の形が変形するほど袋叩きにあって倒れた。

顔面は腫れ上がり、両眼は充血し鼻も曲がった。痛みはさほど感じなかったが、「俺は何も悪いことをしてないぞ、なんでこんな理不尽なことをされなアカンねん」という強い怒りが込みあげてきた。所謂、リンチは「私刑」なのである。悔しかった。私は、ボロボロになって家へ帰った。母親は、私の姿を見て「どうしたんや」と驚いた。当然のことであろう。私は、返事もせずに黙っていると母親は「誰にやられたんや。学校の先生に言いに行く!!」とまで言い出す。私は、母親に八つ当たり気味に「そんなんいちいち言いにいかんでもえんや……喧嘩しただけや、言いに行ったらまたやられる!!」と強い口調で言い返した。私のこんなボロ雑巾のような姿を父親には見せたくなかったが、三畳と四畳半の二間しかない狭い家ゆえ、仕事から帰ってきた父親にも私の腫れた顔や充血した目を見られてしまうことになった。当時の私の本心をいえば、身体の傷が癒えるまで学校を休みたかった。けれども私が学校を休むと両親に心配をかけると思い、翌日から学校へ行くことにしたのである。

学校へ行ったものの学級担任は、私の変り果てた姿を見ても何一つ声をかけてこない。私は、「なんという先公や」という思いで腹立たしかった。しかし、無理もないのかも知れない。先生自身も不良グループから殴る蹴るの暴行を受けており、かけていたメガネを割られて鼻の横を切ったのだから先生も我が身のことで精一杯やわな、と同情してやりたかった。ともかくこんなことならば、下谷への負い目はあったものの、越境入学をしてでも、別の中学へ進んでいれば良かったと悔んだ。

確かこういった時期だったと思うが、高校進学の話が持ち上がってきた。私は当然のごとく、入学金や月謝の安い公立高校への進学をクラス担任に希望したのである。すると、私の成績が悪いので、確実に行ける私立一本の単願受験を考えるようにというではないか。確かに私は頭が良い方ではない。しかしながら、公立高校へ入るぐらいの能力はあるだろうと思っていた。したがって、私立一本という言葉に、自分のプライドが傷つけられたような思いになった。そこで、公立と私立の併願で受けさせて欲しいと譲歩してみた。しかしながら、担任の答えは「絶対にダメ!!」であった。また、「志望校のレベルを落とさないと絶対に合格しない。受験料がもったいない」とも言われた。その言葉を聞いた私は腹が立つとともに、「『なぜ挑戦して見ろ』ぐらいのことを言うてくれへんねん!」と心の中で叫んだ。しかし気が弱かった私は、教師に対して、自分の思っていることを面と向って言える筈もなく「高校なんかどうでもええわい」と投げ遣りになっていくのである。

話は少しそれるが、私が中学生のころ姉は岐阜県大垣市の病院で、準看護婦として働いていた。そのために、私も中学を卒業したら父親の里へ行って、姉と同じ病院で事務の仕事をしてみたい、と思ったことがある。というのも、中学生時代に不良グループに入り荒れていた姉の将来を危惧した両親は、父方の従姉妹を通じて、病院に就職させながら看護学校へ通わせていたからである。

だから私も中学を卒業後に縁故関係を頼ってこの病院で働きたいと思ったのだ。しかし、私の思いとは裏腹に、両親は「男の子やから高校ぐらい行っとけ!!」という。とは言うものの自分が希望する高校には受験すらできない。そんなときは「どこでもええから、行けるところに行け」ともいう。私は心の中で「それはないやろ……」と思った。

その後、母と私を交えた進路についての「親子面談」があった。その時、担任は、ある商業高校の名前を一つあげて「ここなら絶対に行ける」と強い口調で言ったのである。母は私に向ってその学校に決めろとしつこく迫る。また、母は担任に対して、「先生宜しくお願いします」と必要以上に媚びる。だが当の私は、無関心である。このように興味を示さない私の態度を見た担任は、「河村、この学校へ行け!!」と言った。その時、私は「いやじゃ」と初めて教師に逆らった。母親も担任もびっくりした様子だった。それは今まで一度も教師に対して、反抗的な態度を示したことがなかったからだと思う。そこで今一度「私立と公立の併願にさせてほしい」と食い下がってみた。がしかし、にべも無く断られた。

とにかく、この日の親子面談で、担任が勝手に決めた私立商業高校（男子校）を受験することになったのである。いずれにせよ私は、商業高校ひいては男子校と言う点にも、強い違和感を感じた。したがって、私にとっての高校とは、ただ高校と名の付くところに行くだけでよかった。だから受験勉強も一切しなかった。本来ならば、高校入試を目の前にした冬休みなどは、それぞれが目標を持って最後の追い込みのシーズンである筈なのに、私は家の近くの山下酒店という酒屋で、一二月三一日の午後一一時ごろまで配達のアルバイトに精を出していた。このアルバイトに関しては、やはり父親は猛烈に反対したのではあるが、この時は母親の取り成しでなんとか許して貰えた。

しかし、よく考えてみると、受験生を持つ私の両親も暢気なものである。私に対して「勉強してるか」のひと言もなく、アルバイトをして疲れて帰ってくると私の体を労ってくれるばかりであった。そして、普通ならば受験生が夜食として食べるインスタントラーメンを、私は、アルバイト（配達）の途中に、腹が減ったと言っては家に立ち寄り、母が作ってくれたインスタントラーメンを食べていたのである。なんとも滑稽な話であり、当時のことを思い出すと笑ってしまう。

そして、いよいよ高校入試の日を迎えた。確か、この日は二月の雪が降るとても寒い日だった。ともかく、私はまったく受験勉強をしていなかったので、絶対に合格することはない、そういう思いで当日の朝を迎えた。だから入学試験は気楽に臨めると高を括っていたのである。けれども試験会場では人並みの緊張をしていたので驚いてしまった。母親の方はというと、私が試験を受けるために家を出たあと、近くの津守神社に合格祈願に行ったという。そのような母親の願いとは裏腹に試験の方は散々のできであった。つまり白紙に近い状態で提出した科目があると思えば、出鱈目に書いた答案用紙もあった。早い話、試験内容がまったく分からなかったのである。

また入試会場となった高校では、鶴見橋中学時代から知っていた田矢裕明とばったり出会った。この田矢は、山口組系田矢会の親戚筋にあたる男で、やはり悪かった。喧嘩をする時などは、自転車のチェーンを使うような恐ろしい男である。田矢は試験当日も、ハイカラーに膝下まである長らん、ぼんたんのスタイルで試験を受けに来ていた。入試会場には、田矢のような中学生がうじゃうじゃいる。まるで小さなヤクザ集団が勢力を争っているようにも見える。私は、こいつら本気で試験を受けに来ているのか（？）と思いたくなるぐらい不良同士が、あちらこちらで、メンチの切り合いをする。はったりのきく田矢は、すぐに十名程度の一派を作り、私もその仲間に入ることにした。田矢という男は、オルガナイズすることには長けていた。

このように、幾つかの烏合の衆が出来あがり、入試会場となっている教室からはタバコの煙も流れ出すようなひどい入学試験を体験することになった。話は前後するがこの私立商業高校に入学してから知った事実であるが、私が入学する数年前にこの商業高校の生徒が他校の生徒をナイフで刺すというような痛ましい事件があったらしい。それで大阪府下からこんなに多くのワルが集まってくるのかと思った。要するに、殺傷事件のあとは普通の生徒が集まらないために、どのような生徒でもいいから募集して入学させていたのだと思う。現在は校名を履正社高校と改め、男女共学の普通科の進学校となっている。履正社高校は一九九七年夏の全国高校野球選手権大会甲子園にも出場した!!

――一九七四年（昭和四九年）四月に、私は、大阪私立福島高等学校へ入学した。つまり、この学校の入学試験に合格していたのである。自分自身でも「嘘やろ」という思いで、とても可笑しかった。私が入学して、まず最初にびっくりしたことは、田矢をはじめ素行不良の連中が悉く合格していたことである。所謂、誰でも入れる高校ということになる。それ故に、私自身が転落してゆくのも自明の理であった。しかし、こんな不良高校ではあったが、自然環境はよかった。学校の裏手には関西で有名な服部緑地公園があり、車で北に十分ほど走ると万博公園もある。都会の喧噪から離れて、緑豊かで静かなところだった。

入学して、三日目の朝のことである。田矢が率いるグループが、校舎の屋上でタバコを吸っていた。もちろんのこと、私もその中の一人として仲間に入っている。誰もこないであろうと思い、屋上で気持ちよくタバコを吹かしていたところ、その現場を生活指導の教師に見つかってしまい、私たち不良グループは一週間の停学処分を食らったのである。この学校はじまって以来のスピード停学ということで、田矢をはじめとしてこのグループの一人一人の名前が学校内で広まった。したがって、校内では不良生徒という不名誉なレッテルを貼られた上、この停学処分で、箔のようなものが付いた。そして田矢も校内ではそれなりの喧嘩もして番格に付いた。

私はというと、一週間の停学処分が解けたのち、高校へ再登校すると、自分より弱い者を苛め出すようになってゆくのである。弱いやつの金を巻き上げては、パシリもさせた。周りの生徒が私を見てビビる（怖がる）姿を見るのも面白かった。もちろん、私のバックに田矢の存在があったことは大きい。

また私の容姿も一変して行く。まず、最初に髪の毛にパーマを当てた。そして、髪の生え際を深く剃りこんで、髪型をリーゼントにして眉毛も細くした。制服も不良仲間から貰い、ハイカラーの中らんに、ぼんたんというスタイルに変った。カバンは、ぺしゃんこにして、中にはノートぐらいしか入らないようにして作り直しもした。そして、学校の帰りには、大阪梅田の繁華街に繰り出し、喫茶店に入ってタバコを吸ったり、飲食店でビールを飲んだりもした。金が必要になったときは、他校の生徒を捕まえては、メンを切ったと難癖をつけて「喧嘩にカツアゲ（恐喝）」を繰り返すなどのやりたい放題で、一端の「ワル」になっていたのである。

このように、福島商業高校へ入学して以降の私の生活態度が急変し乱れだしたのには一つの訳がある。それは、中学時代に荒れ狂っていた不良グループ数名を学年担任の各教師たちが新設の公立高校に受験させていた事実を知ったからである。その上あろうことか、彼らが全員合格していることを知ったときには、私はこの上ない大きなショックを受けた。とにかく、私は、中学の担任に対して憤懣やるかたない思いであった。少なからずとも、この十五歳という年代は、大人が考えている以上に物事に敏感で感受性が強く、とても傷つきやすい年頃なのである。

したがって、中学時代まで「いい子」を装っていた私は、高校へ進学したのち、いったい「いい子」とはなんぞやと自問自答するようになり始め「いい子」を装う行為が馬鹿馬鹿しくなってきた。その反動のようなものと、電車等に乗って一時間以上もかけて通学するようになった開放感も手伝い、坂を転がる石のように止めどなく不良の道へと落ちて行ったのである。しかし、外では悪さをしていても、自宅に帰ると相変わらず「いい子」を装っていた。そんな自分自身を二重人格者と思ったこともある。いわゆる「ジキル博士とハイド氏」ではないが、本当の自分はどちらの姿なのか、悪さを続けていると元に戻れないのではないだろうか――という不安感を抱いたことも一度や二度ではない。つまり二つの人格を持つ私は「表」と「裏」の顔をうまく使い分けながら生きていた。そんな自分に対して強い嫌悪感を持ち、もう一人の自分に激しい罵声を浴びせたこともある。そのくらい自己嫌悪に陥りながらの高校生活の始まりであった。

　そうこうしているうちに、不良グループの仲間が、一人、二人と自主的に高校を退学していった。私自身は、高校を辞めようとは思わなかったが、学生生活は面白くも楽しくもなかった。私が高校を辞めなかったその理由は、親の手前と、近所の目や世間の噂（何を言われるのか）が怖かったから、自分の心を騙しながら惰性で通っていたのである。

　それとは別に、高校を退学して行く悪友を見ていて思ったことがある。それはタバコを吸ったりけんかをしたり、弱い者を苛めて金品を巻き上げるこれらの行為が馬鹿馬鹿しく思えてきたのだ!!　意趣返しはないにしろ、そんな自分自身が情けなくなってきたのである。

　よって、陳腐な表現になるかもしれないが、仲間とは距離を置いて「一匹狼」でやって行こうと思い始めたのである。この思いに至るまでには、紆余曲折もあった。それは、十五～六歳の少年がタバコを吸ったり、アルコールを飲むなどの行為は非難されるべきであり言語同断であることも十分わかっていた。しかしながら、不良グループと行動を共にしていると、自分だけ「いい子ぶりっ子」はできないのである。よって、ついつい仲間と一緒になってタバコを吸ったり酒を飲んだりしてしまう。

　こんなときに必ず思い出すのは、一週間の停学処分になった時のことである。つまり私が学校でタバコを吸って見つかったときに母親が学校へ呼び出されて、生活指導の先生に頭を下げて涙を流しながら詫びてくれていた姿が目に浮かんでくるのだ。だから学校に行って悪い事をしながらも、いつも罪悪感に苛まれていたのである。要するに、仲間の前では虚勢を張りながらも心のどこかで親のことをいつも考えるような小心なところが私にはあった。

そんなこともあって、仲間から離れようと何度も試みたのではあるがダメだった。このようなとき、「俺は、本当に不良を止めたいと思っているのか。イヤ、本当のところ心から離れたいとは思ってないのではなかろうか」と、自分の意志の弱さに何度もへこんでしまった。このように何度もへこんだ状態を繰り返しているころ、アルバイトに精を出している山添という男に出会ったのである。私は、この山添という男に近づいてみたくなった。つまり山添という男そのものに魅力があったのではなくて、彼の言うところの学校が終わってから行く「アルバイト」という言葉の声の響きに私が反応したのである。

そして私は、山添に対していろいろと質問をしてみることにした。まず、どんな内容のアルバイトをしているのか、時間は何時から何時までなのか、場所はどこか、バイト料はいくらかなどと一つ一つ聞き出したあと「俺にもそのアルバイトを紹介してくれ」と切り出してみた。すると山添は少し驚いた顔をして「えっ、河村がバイト？」と言ったのである。私は、「そうや、アルバイトを紹介してほしいんや」と答えた。山添の方は、私の口から出た意外な言葉にビックリしたようである。つまり茶髪にパーマを当てて、剃り込みを入れていつも悪ぶっている男から、「アルバイトを紹介してくれ」というような言葉がいきなり飛び出すとは思わなかったようだ。いつもの私ならば「おい、金貸してくれ」とか「食堂へ行って、ジュース買うてきてくれ」とか言わないからである。だから山添が驚くのも無理はない。そこで半信半疑の面持ちの山添に対して、「今日の帰りにバイト先へ連れて行ってくれや」と半ば強制的に承諾させたあと、番格の田矢には「今日からは一緒に帰れない」と一応の筋を通しておいた。すると案の定、妨害と攻撃の矢が私に向ってくるようになった。これは、不良グループとヤクザの似ている部分ではあるが、とにかく、なだめたりすかしたりして、仲間から離れることを妨害する。次に来るのが、暴力だ……。番長の田矢を相手にしてタイマンを張るわけにもいかず、悩んだ末の結論として私が導き出した答えは逃げの一手であった。その手始めに行動したのが、登下校の時間をずらしたりすることであった。しかし、彼らは逃げ回る私を捜すために校内をうろつく。幸い番長の田矢とは、クラスが別だったので、私の行動も数日間は上手くいった。しかしながら、そうそう思い通りにことが運ぶ筈もなく、ついに捕まってしまった。相手は五人、その中の一人である松下が私に向って「何で逃げるんや……」と切り出してきた。私は「もう不良はやめたんや、ほっといてくれへんか」と答えた。すると「なんでやねん」と突っ込んでくる。多分、私が逆の立場でも同じことを言ったと思う。そうであっても、この場で決着をつけないと後々面倒なことになると思った私は、「松、お前ごちゃごちゃぬかすな、そこどけ」と言ってやった。すると、松下は私の売り言葉に切れたのか、「いつでもやったるど」と空手の構えをして私を威嚇する。私は、松下の喧嘩の強さを何度も見て知っていたので、心の中でこれはヤバイと思いつつも黙って対峙していた。否、緊張のせいで私の体が動かなかったのである。

そこへ、のちに親友となり飲食店へのアルバイトを紹介してくれることになる大津と永末が現れた。私の不利な状況を見て取ったこの二人は、「おい河村どうしたんや」と助け舟を出してくれた。この大津も永末も、松下には一度痛い目に遭っていたので腹に一物もっていたようである。

そこで松下の矛先が永末に移った。これはマズイ事になったと思い松下に対して「俺は、バイトをすることに決めたんや、せやさかい真面目になるんや」と説明した。すると松下はえも言わずの顔をしながら「お前バイトするんけ。ほな勝手にさらせ」と言って、簡単に引き下がった。松下の意外な言葉に気が抜けたのと同時に「ホッ」とした。

この日の放課後、大津・永末・私の三人で、学校の裏手を流れる天竺川の川沿いを歩いて永末の家へ向った。その道中、私は大津と永末に礼を言いながら泣いた。高校生になって初めて流した涙……。それも同級生の前で流す涙。自分でも自身の目から流れ落ちる涙が、大津と永末に対する感謝の思いからくる嬉し涙なのか、はたまた松下に対する悔しさがこみ上げてきての悔し涙なのかよく解らなかった。多分、両方の思いが私の胸に押しよせてきたのだと思う。

とにかく、大津と永末は黙って私が流す涙を受け止めてくれた。この不良脱退事件を境にして彼らとは急激に仲良くなっていった。

3、夜の世界へ

こうして誰からも邪魔されず、山添の紹介で大阪中津にある小包集中局でのアルバイトを開始することになった。これは、両親の経済的負担を少しでも軽くしたいという思いが動機の一つになっている。つまり、高校へ進学するときは、入学金や月謝の安い公立高校に行きたいという強い願望を持っていたのでせめて自身の小遣い銭ぐらいは自分で捻出したかったからである。

アルバイトに話を戻すと、小包集中局の仕事は、簡単な仕分け作業である。北は北海道から南は沖縄まで、布製の袋に入った小包を各コーナーのブロックへ一つずつ分け入れていくのである。また、職場の雰囲気もよかったので卒業後は、この郵政局の仕事に就きたいと思うようにまでなっていた。そんなこともあって、日曜・祝日でもアルバイトへ出かけることが多くなっていった。但し、バイト料は安かった。金を稼ぎたいという自身の思いとは相反していたので、この点だけが少々不満だった。けれども、仕事の内容には十分満足していたので、真面目に一生懸命頑張った。

そのような時、親友の大津と永末から自分たちと同じところでアルバイトをしてみないかという誘いを受けることになる。この二人には、不良グループと決別する時に大きな借りがあったので、この誘いを無碍に断ることが出来なかった。よって学校が終わったあと、制服姿のまま大津と永末に連れられて彼らが働くバイト先へ赴いた。大津と永末からはバイト先が食堂と予め聞いていたために、彼らと同じように出前持ちの仕事でもするのであろうという軽い気持ちで、経営者の息子という人に会ってみることにした。そこで会見した第一印象と言うのが、私とそう年齢も変らない若い男性であったことに、衝撃を受けた。のちに分かるのだが、追手門大学の三回生だったのである。つまり、私が受けた衝撃というのは長い間もちつづけてきた金持ちの「ボン」に対するコンプレックスからくるものであった。それにプラスして、直感的に、こいつの下でアルバイトをして果たしてうまくやっていけるかなというような不安が脳裏を過ぎったからである。そう思った私は、適当に話を聞いて家に帰ろうと思った。

しかしながら、私の思いとは裏腹にこの息子は、「さっそく今日から働いてくれ」と言ってきた。私はお茶を濁す程度に表面だけ取り繕ってその場を切り抜けることしか考えていなかったために、咄嗟に出た言葉として「そしたら、あしたからにしますわ」と心にもないことを言いながら逃れようとした。すると、「かまへんがな、今日からバイトしたらええがな」と半強制的に長靴と白衣を私の目の前に差し出してきたのである。相手のペースに飲み込まれてしまった私は、無言で長靴と白衣を受け取っていた。

私は心の中で「かなわんなぁ……」と思いながら、この経営者の息子に強い憤りを感じていた。

しかし、私を紹介してくれた友人の顔もあることなので、複雑な思いのまま「俺についてきてくれ」と言う経営者の息子のあとをついていくことにしたのである。すると、今度は「店のライトバンに乗ってくれ」と言うではないか。私は「うん？」と言う思いで、ポカーンと腑抜けた顔をしていると「寿司屋の方に行って貰うから」と言い出す。こちらとしてはそんな話は一切聞いておらず、私も友人と同じ食堂でバイトが出来ると思っていたので非常に驚いた。驚きはしたものの、根がオプチミストの私ゆえ、「ええい、どうにでもなるわい」とライトバンの助手席に乗り込んだ。そして連れて行かれた先は、曽根崎新地の一角で店を開いている天狗寿司という店であった。私が十七年間大阪で生きてきて初めて目にするとても派手な夜の世界だった。天狗寿司のとなりには、大型キャバレーのビッグ・パラダイスという店があり、寿司屋の斜め前には、ピンクサロンの女王蜂という店やフロリダといった卑猥な店が軒を並べていた。こういった店のボーイが店先きでひっきりなしに客を呼び込む大きな声があたり一面に響き渡るような賑やかな場所であった。

この曽根崎新地には、天狗寿司のようにお客が、三〜四〇名も入れるような比較的大きな寿司屋が左右にたくさん軒を連ねていた。その周辺はスナック・キャバレー・ピンクサロン・ゲームセンター・喫茶店・ろばた焼・鍋物屋・お好み屋・うどん屋などの店が密集している繁華街であった。

こういった雰囲気の店が多いだけに、夜の賑わいはすごいものがある。私がアルバイトをすることになった天狗寿司も、夕刻の四時から営業を始め、翌朝の四時過ぎ頃まで店を開けていたぐらいなので、夜の商売であることが分かると思う。

私は、ライトバンの助手席に座っていて、少しづつ目に入ってくるようになった、赤や青・黄色のネオンを見ていると、俺はどんなところでアルバイトをするのであろうかと、不安と好奇で、お尻の辺りがむず痒くなってきていた。そして、目的地である天狗寿司の前に車が着いた。辺りは、店のネオンや照明灯などで昼間のように明るい。客を送り出すためにピンクサロンから出てくる超ミニスカートのホステスを見ているとにやけてしまう。要するに街全体が派手なのだ!!そのような大人の世界の中に丈の長い学生服に、だぶだぶのズボンを穿き、茶髪でパーマ姿の私がライトバンから出て行くと、一人だけが浮いた感じで、何か場違いのところにでも入り込んだかの状態になっていた。

いずれにせよ私は、すぐに店の二階に連れて行かれた。そして制服を脱いで白衣に着替えさせられると、店の洗い場に案内された。私の仕事は、皿洗いである。小さな店と違い、次から次と客が入ってくるので結構忙しい。客が飲むお茶やビールの栓まで洗い場の人間が抜いたりしないといけない。おまけに大きな声で「あがり一丁!!」とか「ワンビアねぇー」と入り口付近にまで聞こえるように大きな声を出して言わないと怒られる。また、外回りの人や、カウンターの中で寿司を握っている職人さんの方からも、「あがり一丁」「ワンビア」「だし一丁」「ムシ一丁」と次から次に洗い場の方に声をかけてくる。その都度洗い場の人間は、「アイヨォ……」と返事をして、了解したことを言わなければいけないのである。ただ黙って淡々と皿を洗っていればよいわけではないのだ。最初の頃は、声を出すのが恥ずかしくてなかなか思うように声を出せなかった。

けれども時間が経つに連れて、そういう動作にも慣れてきた。このようにして今まで経験したことのないような派手な夜の世界へと足を踏み入れることになってゆくのである……。

とにかくこの天狗寿司での仕事内容は、皿洗いだけではなく、アルバイトの人間にシャリをたかせて酢合わせをさせたり、汁物のだしをとらせたり、魚を三枚に下ろさせたり、寿司を握らせたりするのである。もちろん、最初の頃は店の職人さんから色々と手ほどきを受けるのではあるが、やる気のあった私は、これらのことを次々に覚えて行った。そして、経営者にも目をかけてもらい、カウンターの中で職人さんと一緒に寿司を握らせてもらえるようにもなった。それはアルバイトを始めてから三カ月ほどしてからのことであった。こうなって来ると、高校へ通うよりもバイトの方が俄然楽しくなり、どんどんのめり込んでいった。当然のことのように、将来は寿司職人になり、自分の店を持ってみたい、というような仄かな夢を持つようにもなっていた。そのために、バイトをする時間がどんどん長くなりはじめ、家に帰り着く時刻が午後十一時や午前〇時近くになるのが当たり前のようになっていたのである。

私がバイトに熱心になればなるほど、親の方とすれば、逆に、私に対して大きな心配をしていたと思う。その証拠に「アルバイトなのだからもっと早く帰らせて貰え!!」とか「日曜・祝日ぐらいはバイトを休め!!」と、今まで黙っていた父親が口をはさんでくるようになった。しかし天狗寿司が営業している曽根崎新地という繁華街は、夜の町なのであり、日曜・祝日はかきいれどきなのである。確かに父親が言うことは尤もな話であるのだが、こちらはバイトに夢中で、寿司を握りたくて仕方がないのだ。よって、親の言うことは右から左に聞き流し、より一層アルバイトへとのめり込んでいった。と同時に、大人の世界が至極魅力的であり、なお且つ刺激的な毎日が楽しくて仕方なかった。

刺激的といえば次のようなエピソードがある。天狗寿司の隣で営業しているキャバレー・ビッグ・パラダイスのホステスさんとの同伴出勤である。午後七時ごろになると、馴染みのホステスさんが天狗の暖簾を掻き分けて入ってくる。そして、レジのところにいる経営者の娘に「お姉ちゃん、頼むわ」と声をかける。これは、ビッグ・パラダイスのホステスが自分に与えられたノルマを達成できない時によく使う手である。つまり、ノルマが達成できない場合、日給が減る。所謂、そのペナルティーとして出勤時刻を早められたりするのである。ホステスたちは、店サイドからそのような不利益を受けるのであるならば、自腹を切ってでも、自身に科せられた月何回という同伴のノルマを達成しようとする。もっとも、隣の寿司屋の人間を利用するという行為はルール違反なのであるが、こういった店では暗黙の了解になっていた。

と言っても、皆がそうしている訳ではなく、七〜八〇名近くを抱えている大型キャバレーの中で、トップクラスのホステスのみがよく使う手である。そのため店側も黙って見逃していた部分もあると思う。とにかく、残り一回か二回で自身のノルマがクリアできるのであるならば、自腹を切ってでも同伴出勤するみたいである。

そこで、そのようなトップクラスのホステスたちが「お姉ちゃん、頼むわ」と言って、時々頼みに来るのである。そこで天狗寿司の誰かがホステスと一緒に、キャバレー・ビッグ・パラダイスに入店するのであるが、その御鉢が私にも回ってくるようになった。私はとても嬉しかった。

その理由は一度でいいからキャバレーと呼ばれる店内に入ってみたい。化粧と香水でいいにおいのするホステスさんの横に座ってみたい。また、ビッグ・パラダイスのホステスの中に私好みの女性がいたので、一度でいいからこのホステスさんとも喋ってみたい。このような思いがあったので、飛び上がらんぐらいに喜んだ。当時の私は高校三年生の十七歳である。周りの人間から見ればガキであったと思う。しかし、この水商売で働く人間にとっては、年齢や学歴などまったくと言っていいほど関係がない。喰うか喰われるかの厳しい世界なのだ。利用できるものは利用する。人を蹴落としてでも上に行く、そして、貪欲に金を稼ぐ。まさしく水商売とは金銭至上主義の世界なのである。

それはともかく天狗寿司の姉さんから「啓三君、同伴してやり」の一言で、店の白衣に長靴のまま、隣のビッグ・パラダイスに入っていった。なんともおかしな格好である。かといって、服を着替えると学らんにズック姿になるのでそれだと余計に変だ!!

キャバレー・ビッグ・パラダイスは、ビルの二階のフロアを全部使っているかなり大きな店である。名前どおりのビッグな店内に、びっくりした。一階の入り口には、ドアボーイが立っている。その右奥が二階へ上がる階段になっており、そこにはオール本番の若いホステスや、売上のないホステスが一階から二階へと続く階段の途中までズラリと居並んで立っている。つまり、一見客が入って来たらその客に付くために階段のところで待機しているのである。そのホステスたちを横目で見ながら、階段を上って行くと生バンドのジャズ演奏が少しづつ聞こえてくる。店内は薄暗くて広い。テーブルの上には、赤いキャンドルが置いてあり、そのキャンドルの中のローソクが幻想的にゆらゆらと揺れている。私は、ファンタジックな世界に舞い上がった。ボーイは、片膝を絨緞について、マニュアルどおり「ワンセットですね」と聞いてくる。そして、続けて「ご指名は?」という。舞い上がっていた私はホステスさんの名前を完全に忘れてしまっていた。そうこうしていると、同伴したホステスがとても綺麗なドレスに着替えて私の向かいに座ってくれた。そして「ボクちゃん、今日はゴメンネ、ジュース飲んで行く」と言うのである。私は「あのぉ~、いやぁ~」と訳のわからない返事をしていると、「ウエイターさん、ビールお願いします」と言ってビールを注文してくれたのである。そして、私はビール一本を全部飲んだあと天狗寿司に戻ると、姉さんから「帰ってくるのが遅い!!」とひどく叱られた。しかし、叱られているのが褒められているように感じるくらい、楽しい経験であった。以降ビッグ・パラダイスのホステスから何度も同伴出勤を頼まれることになる。

もう一点だけ付け加えておくと、天狗寿司の斜め向かいに女王蜂というピンクサロンがある。私は、高校生の分際でありながら、この店の店長に勧められるがまま女王蜂で遊んだこともある。むろん、料金など私から取る筈もない。この店に入って大きなショックを受けたのは、ホステスたちの質の低さであった。十坪ほどの小さな店内に二十名近いホステスが所狭しと動き回る。天井をみると蛍光灯に赤や青のセロハン紙を巻き付けただけの安っぽい作りの店内。ビッグ・パラダイスとは雲泥の差である。とにかくムッとするようなすえた汗のにおいに、タバコの煙と女の匂い。そしてボリュームいっぱいに上げたソウル調の音楽。店長がマイク片手に「ハッスル・ハッスル」と大きな声で喚きだすと、ミニスカートを着たホステスたちが一斉に客の座っているソファーの上に立ち上がる。すると目の前に飛び込んで来るのがホステスの太股と、その奥に見える小さなパンティー……。スケベジジイたちは、やんややんやの大喝采――。ホステスのミニスカートの中に顔を埋める酔っ払い客。奥のテーブルでは、あやしい行為をしているものもいる。高校ではツッパリ君の私でも、これらの光景を目の当たりにすると、頭の中がくらくらした。もちろん、以前から女性には興味を持ってはいたが、まだ女を知らない童貞であったために恥ずかしくて、股間のあたりがむず痒い思いをしたことを今でもよく覚えている。要するに、女性に対する免疫ができてなかったのである。

このようにして、郵政の小包集中局という非常に固いバイト先から百八十度正反対のバイトへと突入していったのである。天狗寿司でアルバイトを始めるようになってから自身にとって何が一番変ったかと言えば、規範意識であると思う。行動や判断の基準、これら全ての手本になったのが、この天狗寿司でアルバイトを始めたのがきっかけである。

この天狗寿司でバイトを始めてから、もう一つ「力の論理」も学習した。つまり、天狗寿司の身内には、山口組心康会系横山連合というヤクザの会長が、天狗のバックに鎮座していたのである。そういうこともあって、天狗の人たちは強気の商売をしていた。横山連合は小さな揉め事にもすぐ顔を出してくる。その時の横山会長の身のこなし、所作というものに、カッコよさを覚えた。店に来るときは、必ず外車に乗ってくる。そしてお供の若い衆を二～三人連れて歩く姿に、東映のヤクザ映画を見ているような何か不思議な感じをもった。また、天狗寿司に山口組関係者がバックについていると思うと、私自身も気が大きくなり、店に来た酔っ払い客や、無銭飲食をしようとした客を殴り倒したことがある。もしも被害届を出されていれば、傷害事件で逮捕される可能性もあった。しかしながら当時の私には、そんな簡単なことさえ考えることが出来ない男だったのである。

したがって善悪の判断基準が自身の中にないために、経営者の息子から「ケイゾウ、その酔った客を店の外へ放り出せ」という指示を受けようものなら、待ってましたとばかりに厨房からホールへ出て行き、泥酔い客を店内から引き摺り出すのである。ここまでなら許せる範囲であろう。がしかし、この先がいけない。調子に乗ってしまっている私は、その泥酔い客を店外の人の見ていないところで殴ったり蹴ったりするのだ。今から考えてもなんとも非道い話である。その泥酔い客が翌日、しらふの顔で来店したりすると「ドキリ」としたものである。とにかく、強い後ろ楯を得るようになってからというものは、暴力的傾向が目につくようになり出し、あざとい生き方をするようになっていく。

言うまでもないが、この頃の私は現役の高校生である。にも拘らず、店の姉さん（経営者の長女）から「舎弟」と呼ばれるようになっていた。所謂、ヤクザがよく使う言葉で、自分の弟分という意味で使用する別称である。私はこの別称で呼ばれたり、「ケイゾウ」と呼ばれたりしていた。私はヤクザでもないのに、何故「舎弟」と呼ばれるようになったのかというと、先にも書いたようにこの天狗寿司（本店天狗食堂）の経営者の娘の連れ合いが、山口組心康会系横山連合という組の会長であったために、高校生ながら店にとって重宝している私のことを「舎弟」と呼び出したのである。この頃の私はヤクザなどに興味はなく、ヤクザは怖いものだと思っていた。それゆえに、この別称での呼ばれ方にはいささか抵抗があり嫌だった。さりとてこれ以外では天狗寿司でアルバイトをするのは楽しかったし、店の従業員も全員いい人だったので、好きだった。だから学校が終わると一目散にバイト先へ赴くようになっていた。

確かちょうどこの頃だったと思う。同じ店でアルバイトをしていた私より二歳年上で松山清という男がいた。この松山という男は、非常にバイタリティーに富んだ人間で、親元を離れ、天狗寿司の寮で住み込みながら定時制高校に通っていたのである。天狗寿司の営業が終了するのは、午前四時なのであるが、松山は定時制高校に通いながらそのラストの時間帯まで働くようなすごい奴なのである。

私自身もこと仕事（何時間でも働くこと）に関しては誰にも負けない――という自負があった。がしかし、上には上がいるもんである。私は、同じ男としてこの松山清に興味を持った。魅力も感じた。そのような私の思いが通じたのか松山の方から「おい、ケイゾウ、おれと一緒に天狗の寮で住まへんか、ベッドの下が空いとるで」と誘いの声がかかったのである。好奇心旺盛で前に向かっていく力は、自分でも強い方だと思っていた。したがって、この松山の誘いは、私にとってても願ったり叶ったりであった。と言うのも、私はかねてから親元を離れて早く自立したいと思っていたからである。二人の間でこのような話がどんどん進むにつれて、一途に思い込む性質の私としては、「よおし、家を出よう。松山と一緒に暮らしてみよう」と決心したのである。

自分自身に決心がつくと早いもので、早速、両親の説得にかかった。いつも物事を簡単に考える私は、両親の説得もうまく行くだろうと高を括っていた。しかしながら、私の思惑とは裏腹に、両親は首を縦に振らない。特に、父親の反対する気持ちには凄まじいものがあった。父親は、「何が不満で家を出て住み込みをするのか。アルバイトなら、今までどおり家から通え!!」と言うのである。そして、「家を出たいと言うのならば親を納得さすぐらいの理由をきちんと説明せよ」と迫ってくる。よく考えてみると、父親の言うことが至極もっともな話である。私のわがままなど許される筈もない。今回ばかりは、母親も必死になって家を出るのはやめておけと私を止めるのである。

そこで、翌日、学校に行ってから家であった出来事を親友である大津と永末に話してみた。すると、二人は言下に「家を出るのはやめとけ、お前の考えは甘い。もっと親の気持も考えろ」という。私は二人の言葉に怯んでしまった。なぜなら、親友は私の思いに同調してくれるであろうと考えていたからである。確かに親友が指摘するとおり、自宅にいれば不幸せではなかったけれども、満足するものでもなかった。生活は豊かで優雅な方がいいのにきまっている。己の心が錆びて行くのが嫌だったのである。

ともかく両親との確執があってから数日が過ぎたのではあるが、どうしても家を出て自立したいという思いを抑え切ることができず、ついに家を出る決心をした。そして私は父親が仕事に行って不在の間に、身の回りの荷物を大型バックに詰め込み家を出たのである。そのとき母親は淋しそうな顔をして、「出ていくのか」という。もはや母親には、高校三年生になった息子を止める力などなかった。但し、私は母に一つだけ約束をした。店が休みの日は必ず元気な顔を見せに帰ってくると——

当時、私が思い描いていたことは、この地区から出て自立したかったことに合わせて、お金を沢山稼いで、一軒家の建て売り住宅を買って、そこに両親を住ませて楽な暮らしをさせてやりたいという大きな夢を持っていた。

しかし、こんな私の思いとは反対に、両親は大変淋しい思いをしていたのであろう。特に母親の方は……。いま思うと、もう少し自分をさらけ出して両親に甘えた方がよかったのではないかと思う。だが、私の性格がそうさせなかったのもこれまた事実である。いずれにしても一七歳の青二才が昼間は高校へ通い、夜は深夜遅くまで働くというのであるから、両親は相当心配したと思う。

こうして家を出た私は、学校が終ると店の寮に戻り白衣に着替えて、自転車で寿司屋のある曽根崎新地に向う毎日になった。その後、仕事が終わって寮に帰ってくるのが午後十一時から午前〇時頃になる。それから風呂に入って寝るのである。こんな生活にも慣れてしまえば苦にならなかった。さらに言えば学校が休みとなる前日（土曜日）などは、店の営業が終る午前四時頃まで働いた。

店の定休日は、毎週木曜日である。私は母との約束があったので、最初の頃は毎週木曜日になると実家へ帰っていた。しかし、実家で泊ろうとはせず、夜になるとそそくさ寮へ戻ってしまうのである。そんな私に向って、父親は泊って行けという。こんな時は、曖昧な返事をして家を出ていく。このようなことを何度か繰り返しているうちに、ついには親元へも帰らなくなってしまった。そこで親元へも帰らず何をしていたのかということになる。早い話、店が定休日になると、経営者の息子に連れられて、北（新地）や南（難波）へ繰り出しては深夜まで遊んでいたのである。スナックやバーでアルコールを飲み、タバコを吸うこんな私の姿を両親が見たらさぞかし嘆いたであろう。

この頃になると私の装身具や服装が急変している。タバコは外国産の赤ラークを吸い、ライターはカルチェを使う。服装は、ヨーロピアンスタイルである。いずれも一九七五年（昭和五〇年）頃に流行っていた。これらは、天狗寿司の経営者の息子の影響が大きい。なぜなら、この息子というのがとにかく見栄張りで、エエカッコしいなのである。当時の私には、それが凄くカッコよく見えた。スーツ・靴・腕時計など、身に付ける物すべてが高価な物であり、車は外車のトランザムに乗っていた。世間知らずの私はそれら全てが眩しくて羨しく、そんな生活に憧れた。

そして高校生活も佳境に入ってきた頃、秋の文化祭があった。私は、親友の大津幸彦と永末隆の三人で、巻き寿司と、三角おにぎりを学内で販売することになった。この文化祭の当日の朝、私は天狗の息子が運転するトランザムに乗って登校した。校門に横づけされた外車に、生活指導の先生や、生徒たちが驚いた顔をする。つまり、外車の助手席から出て来たのが、私であったからだ。この時の私は「どないや」という思いで、優越感に浸っていたのを覚えている。それは、このようにして人から注目される生活に憧れていたからである。

ちなみに、大津と永末は、天狗食堂のライトバンで登校したという。彼ら二人は、食堂の方でバイトをしており、文化祭の前日に食堂の寿し職人さんに手伝って貰って、巻き寿司や三角おにぎりを作り、それらを早朝学校へ運んで貰うために、ライトバンに乗せて貰って登校したそうである。私はこの時、巻き寿司やおにぎりを作る作業を手伝っていない。なのに、大津も永末もひと言の文句も言わない。いい奴らである。彼らは、私が寿司屋の方で深夜まで働いているのを知っているとしても何一つ不満を言わず、売上の三分の一を私にくれた。確か、二万円ほど貰ったのを記憶している。

このようにして高校生活も終わりに近づき、卒業を迎えるシーズンに入っていたのである。担任からは、早目に自分の進路をハッキリ決めるようにと言われていたので、私は就職を希望した。だが、クラス担任は生徒の就職活動には非協力的であり、生徒の真剣な話には耳を傾けようとしなかった。私のような不良の劣等生にならいざ知らず、真面目な生徒の相談にも乗ってやらない担任を見ていると頭にきたので文句を言ってやった。すると担任は私に向かって言うのである「人の心配をせず、はよリクルートブックを見て自分の行きたい会社を探せ」と。私は馬鹿馬鹿しくて、開いた口が塞がらなかった。

しかし、それを嘆いていても仕方がない。クラス担任と喋る気もしない私は、一度は天狗寿司への就職も考えたのではあるが、リクルートブックを見ていると、自分も同級生と一緒に就職活動をしたくなってきた。そこで、私が取った行動は、別のクラスの教諭に相談することであった。この教諭は、分け隔てなく不良学生にも寛容な態度を示してくれた。したがって私の話を色々と聞いてくれたこの教諭は何を思ったのか私に向かって「河村、漫才師になる気はないか」という。私は素っ頓狂な声で聞き返した。「マンザイ師って、芸人の……」というと、この教諭は、「お前、わしが受け持つ授業時間中におもろいことを言うやないか、どや……」と私に勧める。話をよく聞いてみると、卒業生に「おぼん・こぼん」という漫才師がいてるという。その弟子になる気があるならば紹介するというのである。この時「それもいいかな」と思いつつも、もし紹介して貰えるのであるならば、金融関係の仕事に就きたいとお願いした。すると、十三《じゅうそう》に本店がある十三信用金庫に推薦状を書いてやるといってくれた。この十三信用金庫には卒業生が何人も就職しているので、試験を受けてこいと言う。私はこの時、「やった……」という思いで、ルンルン気分になった。というのも、商業科の先生の推薦状があれば、なんとかなるであろうという思いで、恰も入社試験に合格したような錯覚を感じたほど嬉しかった。けれども結果は見事に不合格――。

この時ばかりは、さすがに落ち込んだ。自分では筆記試験も面接も完璧に出来たという自信があっただけに挫折感も大きかった。一時は、就職浪人ということも考えたのであるが、世間体を気にする両親の目もあったために、親友の大津に相談してみた。すると、専門学校か、大学の二次試験に間に合うので受けたらどないやというのである。結局のところは、就職活動をしている時に、教師たちから急に、「個性を持て」とか「やりたいことをやれ」と言われて困惑したまま自分が何をしたいのか分からなかったのである。だから、大津の言葉になんとなく「そうしようかな……」と思った。もっとも、天狗の寮で一緒に生活していた松山清は、神戸の八代学院大学に入学しており、私より一年早く大学生活をエンジョイしていた。

そこで奈良大学と大阪経済法科大学の願書を取り寄せた私は、両校の入学試験を受けてみることにした。その結果は、私が行きたいと思っていた奈良大学には落ち、どうでもいいと思っていた大阪経済法科大学の経済学部に合格していた。私自身は、あまり乗り気ではなかったものの、私より両親の方が殊の外よろこび、岐阜の姉や田舎の親戚連中にまで電話をかけまくる始末なのである。したがって私は「大学には行かない」と言えなくなってしまった。また両親は私の心など斟酌せずに、二人揃って入学式に行くとまで言い出す。そして「啓三の入学式に何を着て行こうか……」と二人で相談までする始末なのだ。私は「子供じゃあるまいし、入学式などにこなくてもええ」と反発した。しかし、寡黙な父親がめずらしく「いや行くぞ…」というのである。頑固者の親父が自ら主張するのであるから、これは本気だと思い、あきれて物が言えなかった。

こうして、恥ずかしながら親子三人で、大学の入学式に参加したのである。一九七七年（昭和五二年）四月のよく晴れた暖かい日であった。大学の場所を少し説明しておくと、大阪府八尾市と奈良県平群《へぐり》町の県境に位置しており、信貴山系の山裾にある。意外に知られていないのが、大学のすぐ下には心合寺山古墳があったり、歴史民俗資料館があったりする。また回りには、寺や神社が多く、緑豊かで環境の面においては申し分なかった。

このようにして大学生になった私は、大学へ入学後もアルバイト先はそのまま天狗寿司で働きながら店の寮に住むことにした。いずれにせよ大学生になったものの、それほど大きな感動もなく、取り敢えず四年間は通うことにするか、という軽い思いしか湧いてこなかった。そんなことよりも、私立大学の授業料は高いうえ、大学生ともなると友人関係の幅も広くなりだし、これまでとはまったく違った新しい経験を沢山して行くことになる。よって、付き合いが多くなれば出費も今まで以上にかさむため、より一層アルバイトに精を出すようになっていた。

そこで、大学へ入学してから一つ驚いたことがある。それは、小・中・高のように学校側から管理されるのではなく、全てにおいて自己管理のもとで動いているということであった。つまり、教科配分なども自分で組めるために、授業に出る出ない、大学へ通う通わない、これら全てが自由意志で決められるのだ。但し、自由を満喫し過ぎると、あとでとんでもないシッペ返しを喰うことになる。私の場合は、そのシッペ返しを喰うことになった。そのことに気付かないまま大学へも行かずバイトに精を出していた。このようにして店で一生懸命働く私の姿に、本店のおかみさんはバイト料とは別に、毎月こっそりと小遣いをくれたりもしていた。また、店のこいさんとも少しずつ仲が良くなっていき、最終的には男女の関係になってゆくのである……。

要するに金持ちの娘と、貧乏人の息子。これは大いなるミスマッチの組み合わせであった。私は、子供のころから金持ちに対するコンプレックスはあったものの彼女に対する思いは少し違った。恋は盲目という言葉があるように、彼女が私に向けてくれた愛情は計りしれないほど深く大きなものであった。だがその彼女の思いが、私には少しずつ重荷に感じていく。したがって彼女に対してどこか醒めた部分を私は持っていた。けれども心から彼女を愛していたし、将来的には一緒になりたいという夢を持ち合わせていたのも事実である。それはともかく、こいさんが私を見つめるアンニュイな視線がたまらなく好きだった。ただ私たちの関係は、周りの人間には公ではなかった。いつも人目を忍んで密会を繰り返していたのである。これがなんとも刺激的で楽しかったし、若い私の肉体は彼女なしではいられなくなった。多分、彼女も同じだったと思う。二人っきりになると、互いの肉体をぶつけ合い、飽きることなく何時間も貪り合った。

そんな時である。彼女は私の子供を宿した。お嬢さん育ちの彼女は屈託無く「子供が出来た、いま三か月」と妊娠したことを素直に喜んだ。私の方は「すわ一大事」と、店の親方のことや、両親の顔が瞼に浮かびなんとも腰砕け状態になっていた。私のこんな困った態度などに忖度することなく、彼女はただひと言「生む」という。

しかしながら当時の私は、ずるい男であったため彼女に中絶をすすめた。したがって彼女は、泣く泣く胎児を掻爬《そうは》したのである。もしもこの時、私が出産をすすめていたならば彼女は周りの者からどんなに反対されても多分、子供を生んでいたであろう……

じつのところ、彼女は私の子供を二度堕胎しているのである。この時、彼女は私に向ってハッキリ言った。「三度目は、ケイちゃんに黙って生むからね」と。私は首を縦に振って頷いた。また、彼女はどこで調べてきたのか知らないが京都の有名なお寺に水子供養の予約を入れており、そこに連れて行ってほしいという。私に反論できよう筈はない。私たちは沢山のおかしと花を持って、そのお寺に赴いた。

このようなことがあったあと、暫くしてから店に対する不満を彼女にぶつけたことがある。当然彼女は泣いた……。彼女の涙を見るのは辛かったが、すでに店を辞める決心がついていたので、そのことを話した。すると、彼女は辞めないでほしいと私に懇願する。どうしても辞めるというのであるならば、駆け落ちをしようとまで言い出す。要するに誰にも分からないところで、二人で暮らそうというのだ。また彼女の方は、着物の着付けの資格を持っているので、結婚式場での仕事があるという。そして私には寿司を握れたり、魚を下ろせる中習程度の腕があるのだから、どこかの寿司屋で働いたらいいと言うのである。そして、当面の費用として私に百万円の金をくれた。ちなみに、彼女は私より五歳年上である。そういうこともあってか、年下の私にはよく尽くしてくれた。いずれにしても彼女は実の家族より、彼氏の私の方を選んでくれたのである。そして、私にはなんの相談もなく急に実家を飛び出してしまったのである。私はこの彼女の素早い行動に気後れすると共に、大変困ってしまった。

つまり、私が店の二女と駆け落ちして逃げたとなると、当然のごとく店の親方や、その身内のヤクザ者たちが私の実家へ押しかけて行くのは火を見るよりも明らかだった。私にはそれがとても恐ろしく感じた。いくら高校生の頃から突っ張って来たとはいえ、所詮は半グレもんである。どんなアクションを起こそうとも、頭の中ではいつも両親の影がチラチラするのだ。よって、小心者で卑怯者の私には駆け落ちする勇気が湧いてこなかった。否、早い段階で駆け落ちするのを断念していたのである。しかしながら一方では腹を括らねばならないという思いもあった。そこで実家を飛び出してホテル住いを続けている彼女のために家を借りることにした。家の条件は、二人で一緒に住む家なので男の私にまかせるという。この彼女のひと言で、私の迷い心は吹っ切れた。要するに、ここまで来たらもう行くところまでいくしかないと思ったからである。

さて、私が持っていた小さな頃からの夢は、風呂付きの一軒家に住みたいという思いだった。よって、この条件を不動産屋に提示してみると、私の意に沿う物件があったので早速案内して貰うことにした。案内された場所というのは、京阪本線寝屋川市駅近くの住宅街であった。そこは立地条件もよく、私も彼女もすぐ気に入った。私たちは、この一軒家を契約するために、不動産屋の社員と共に、一旦、京橋駅近くの会社へ戻った。そして、家主に払う敷金と一か月分の家賃、不動産屋に支払う手数料を彼女から預かっていたお金の中から支払い「今日から住まわせて貰いたい」と申しつけて、家の鍵を受け取った。但し、せっかく借りた家なのに、私も彼女もこの家に住むことは出来なかった……。

こうして不動産屋で契約を済ませたあと、二人の生活用品や荷物を運ぶために天満橋の松坂屋百貨店近くでレンタカーを借りた。それは夜逃げするために自身の荷物を運び出すためでもあった。寮の裏手に車を停めた私は、ベッドをレンタカーに積み込み、衣類や必要な物をボストンバッグに詰め込んで彼女との待ち合わせ場所に向った。この出来事は、私が大学二回生の夏休みのことであった。この頃の私は夏休みということもあって毎日午前四時過ぎまで働いていたのである。確か、寮から荷物を運び出したのは、店が定休日の木曜日であったと思う。したがって、前日の夕方四時頃から翌朝の午前四時まで働いていたので、この日は、一睡もせずに走り回っていたことになる。だから肉体的にはかなり疲れた状態になっていた。

ところで、新居に荷物を運び込んだあと私たちは寝屋川市駅周辺を散策しながら、駅前のパチンコ屋に入った。すると、短時間で大勝ちをしたのである。だから二人の門出にツキがあると思い大喜びした。このあと高校時代の同級生を寝屋川の新居まで呼び出して、近くのビヤガーデンでささやかな祝杯をあげた。だが、ツキはここまでであった。帆裏を打つが如く、この数時間後には人生が暗転してしまう。日もとっぷり暮れた午後八時頃、レンタカーを返却するために私達三人は車に乗り込んだ。彼女は、私が生ビールをかなり飲んでいたために「わたしが車を運転する」と言ってくれた。しかし私はこれを拒んだ。要するにこの時点ですべてが終っていたのである。あのとき、彼女の言う通りにしていれば事故など起こさなかったであろう……。

とにかく私が運転席に座り、助手席に彼女が座る。同級生は後部座席という位置関係で大阪市内へ向った。最初の頃は、みんなでワイワイガヤガヤ、時にはサザンの歌などを唄いながら車内で騒いでいたのではあるが、最初に同級生が後部座席で眠り出した。次いで彼女まで助手席でまどろみ出したのである。私自身は、この時点でほぼ三十時間以上まともな睡眠を取らずに行動していたことになる。そのため、肉体的な疲れとアルコールが体内に入っていた関係もあって、何度も意識が遠のいて行くことがあった。それでも必死に睡魔と闘いながらも国道一号線を走り続けた。そしてようやく大阪市内に入ることが出来たのである。がしかしホッとしたのも束の間、刹那……「ガシャーン」という大きな音と共に、体に伝わってくる激しい衝撃に「ハッ」と目が醒めた。目を醒ました瞬間、なんとも信じられない光景が自分の目の前に飛び込んで来たのである。なんと、私の運転する車が、タクシーのトランクにめり込むような形で突き進んでいるのである。まるで、テレビのスローモーションを見ているかのごとく、その場面だけが非常にゆっくりとした形で流れていたのを今でもハッキリ覚えている。このときは、やんぬるかな思いであった。

私が事故を起こした場所というのは、京阪本線関目駅のすぐ前で、タクシーに追突したのである。私はいつブレーキを踏んだのかも覚えていない。ただただ頭の中が真っ白だった……。とにかく、車は止まった。後部座席で横になっていた友人は座席から床に転がり落ちていたし、彼女の方は、フロントガラスに前頭部をしたたか打ちつけ、赤く腫れあがっていた。私自身もハンドルで顔面を強打し、鼻血がしたたり落ちた。床に転がってる友人は私に向って「河村どないしたんや」と、どでかい声で聞いてくる。私は「寝てしもた」と声を荒げた。つい数時間前までは楽しいひと時を過ごしていたのに、それが一転してしまった。自分勝手なことばかりするので私にバチが当ったのだ。自身の快楽のために、世話になっていた店の娘と駆け落ちを試み、世の中を舐めているから、アルコールを飲んで車を運転したのである。こんな私に、神仏のこらしめがあっても当然だったかもしれない。

どちらにせよ、私の「寝てしもた」という言葉に対して、彼女は「啓ちゃん、絶対に寝てたと言うたらアカンよ、よそ見をしてたといいや」と、横から励ましてくれた。私よりも彼女の方が冷静である。事故を起こした当の本人は、気が動転していたので、彼女の言葉に「ふん、ふん」と頷いたものの、じつのところこの難局をどう打開していいものか分からなかった。そんな私の心を見透かしたかのように彼女は私に言うのである。「啓ちゃん、心配しな、わたしにまかして」と――。

とにかく私は、車から外に飛び出て追突した相手のタクシーへ走った。なんと間が悪いことに、事故現場の真横が関目駅の交番だったのである。そんなこともあって沢山の警察車輌と救急車がすぐに来た。私は知らなかったのだがタクシーの後部座席に乗客が一人乗っていたらしい。それで救急車が呼ばれたようである。私自身も流血していたために、その場で救急隊員に応急処置をして貰い、交番に連れて行かれた。そこで、巡査から「アルコールの匂いがする。飲んでるやろ」と鋭い指摘を受けた。私は「いや飲んでない」と突撥ねると、アルコール検査のために風船を膨らませろというのである。私はこれで言い逃れは出来んなと思いつつも最後まで飲んでないと言うつもりだった。

そこに、横山連合の組員数名と天狗の次男坊が現われた。私は、このときひどく怯えた。いうまでもなく、自身の事故で気が動転しているところに、横山さんの若衆と経営者の息子が、突如として現われたのであるから何がどうなっているのか訳が分からなくなった。このことはあとで分かるのだが、私の窮地を救うために彼女が呼んだそうである。

だが、私の膨らました風船から微量のアルコール分が検出されたということで、その場で免許証を取り上げられてしまい、パトカーに乗せられて、交番を管轄している城東警察署の方へ連れていかれた。私は、精神的・肉体的にひどく疲れていたので眠りたかった。城東警察の二階にある広い刑事部屋では、署員から「今日はひと晩泊って貰う」といわれたので、私は頷くしかなかった。すでに覚悟は出来ていたので、豚箱の中でもいいから体を休めたかった。

その時、横山連合の若衆と経営者の息子が刑事部屋にドタドタ入って来たかと思うと、私を連れて帰ると言い始めた。署員は、「いやあかん、泊って貰う」と言って、私のことで揉めはじめる。その近くでは組員が、タクシーの運転手に対して「ワレが急ブレーキを踏みさらしたんちゃうんかい、そやろ、そないしとけ」とカマシを入れる。それを止めるために刑事が割って入るというように刑事部屋は大騒ぎになった。そんな様子を私は「えらいことになったなあ」と他人事のように眺めていたのである。一方、レンタカーに同乗していた私の友人は、私を助けてくれるために、自分の姉を城東警察署に呼びつけて、私の身柄を引き取る準備をしてくれていた。

この時は、どういう話し合いになったのか私にもよく分からないのではあるが、天狗の経営者側が私の身柄を引き受けてくれることになり、数時間後に署から釈放された。そして、警察署の前に止めてあった横山連合の外車の後部座席に私と彼女が乗せられたあと、横山会長の自宅に連れて行かれた。しかし、会長や組員は私にはやさしかった。会長の自宅ではなにも聞かれることなく、しばらくして私一人だけ店の寮に送られた。寮の畳の上に疲れた体を横たえた私は、両瞼をゆっくり閉じた。

今回の事故で私と彼女の関係が全てバレてしまい、経営者側から私に対する厳しい責任追及が始まった。私自身は、自分のやらかしたことなので、どんなことでもするつもりでいたし、その心構えもしていた。また、事故の処理は、横山連合がやってくれることになり、総費用として百万円が必要になった。私は、その費用を出して貰うために、実家の両親に頭を下げて用立てて貰った。私の両親は、皮製品の内職（一つ作って、五銭・一円）をしていたので、大変な負担になったと思う。しかし、私には何一つ文句も言わずポンと出してくれた。さすがにこのときばかりは両親に大変申し訳ない気持ちになり、いつの日か必ず両親を楽にさせてやると強く思ったものである。思い返せば、親には金銭的な負担をかけたくないという思いから天狗の寮で一人住いを始めた筈である。それなのに、自分の甘さから大きな失敗をしでかし両親に対して逆に金銭的な負担をさせてしまったことになる……。

そこで一応、お金の面はこれで解決したのではあるが、それとは別に経営者サイドから、私の個人的責任として、大学を中退して娘と結婚して店で働くか、それとも完全に別れてしまい店で働きながら今まで通り大学へ行くかと二者択一を迫ってきた。よく考えてみると、私には少し理不尽な要求に思えた。つまり、店を辞めてくれとは言わないのである。店を辞めずに寿司屋の方で働けというのだ。私にすれば「お前など首や、とっとと出ていけ」と首を宣告してくれるほうがありがたかった。

そこで、私にとっての大学とはいったいなんぞやを考えてみた。答えはすぐに出た。就職浪人になるのが嫌だったことに合わせて、周りの人に対する見栄で大学に進んだ。つまり大学でもっと勉強したいがために行ったのではない。だから、自身としては大学を中退してもよかった。がしかし、交通事故を起こしてその諸費用を親に出させた上、大学まで中退したとなれば両親を悲しませることになるのは目に見えていた。それゆえに、私は大学を中退することができなかった。もうこれ以上の親不孝は出来なかったのである。否、それ以上に大学へ入った限りは大卒の証明が欲しかったのだ。そんなこともあって私の結論は、引き続いて大学に行くであった。その結果、経営者サイドとすれば、娘は捨てられたというように解釈をしたようである。私とすれば、そうじゃないんだ、もう少し時間が欲しいと言いたかった。けれどもその言葉を飲み込んだ。それは、ここでへたな弁明をすると話が余計ややこしくなると思ったからである。多分、経営者サイドの思惑とすれば、私が大学を中退してこいさんと結婚するという答えが返ってくると思った筈である。けれども私の出した結論が「大学へ行く」であったため、彼女の方は三重県の親類宅に預けられることになった。こうして私は彼女と逢うことを許されなくなったのである。

しかし、恋とは障害があるほど燃えるもの。二人の関係はさらに深まっていくのである。三重県に連れて行かれた彼女から私の部屋へ頻繁に電話が入るようになった。そして店が休みの日に逢いに来てほしいと言うのだ。私にしてもこの誘いに異存はない。ただ、預けられている先というのが、経営者の身内の家になるので躊躇した。だからその点を確認すると、身内の者に協力者がいるという。多分、離ればなれになった事情を説明したのであろう。私は店が定休日になるのを待って、朝一番の近鉄特急に乗って名張へ向った。そこでは彼女の身内の配慮で二人きりにして貰えた。私たちは再会の喜びに言葉もなく、長い抱擁を続けた。

一方、寿司屋の仕事といえば、毎日が辛い日々の連続になった。彼女との一件があってからは寿司を握らせて貰えなくなり、魚にも触らせて貰えない。私の仕事は皿洗いか、店の外へ出ての客の呼び込みである。冬場の寒い日でも、白衣一枚の姿で店の外に出て呼び込みをするのである。これは本当に辛かった……。つまり、店の斜め前で営業するピンクサロン・女王蜂のボーイや、隣のキャバレー・ビッグ・パラダイスのボーイと一緒になって、夕刻から外に立って客引きをするのである。周辺の寿司屋で客引きなどしている店など一軒もない。私が寒さに耐え切れず店の中に入ろうとすると怒られる。それまでの私は、寿司も握れて魚も三枚に下ろせた。自慢するようだがふぐも捌かせて貰っていたので調理師免許を取りに行こうと真剣に考えていたぐらいである。周りの職人さんも認めていたように、中習程度の腕はあると自負していた。それがである、雨の日も風の日も外に出されて客引きをさせられるのである。自分で蒔いた種なので仕方はないが、泣きたいほど辛かった。私は、こんな辛い思いをするのはもうゴメンだという思いになり、天狗を辞めることを決心した。あとは、そのタイミングの問題だけである。そのことを彼女に話すと、とても悲しい顔になり泣き続けた……。
ふり返ってみると、大学へ入ったものの、一年間は仕事・仕事の連続であり、ろくに大学にも行ってなかった。その結果、成績の方はといえば体育と体育講義の三単位しか取れなかった。よく考えてみると、学校へ行くためにバイトをしているのか、それとも、バイトをするために学生という名目を使っているのか、そのことが自分でもよくわからなくなっていた。たとえその答えがわからなくても、このまま天狗で働き続けていると、大学も卒業できずに自身までが潰れてしまう虞れを感じていたのは確かである。したがって店を辞めて一からやり直すのにはちょうど度いい機会でもあった。そこで天狗を辞めた私は寮の荷物を実家に持ち帰り、実家から大学へ通うことにしたのである。

実家に戻った私は、じっとしておれない性格であったことから、すぐさまアルバイト情報誌を購入して、新しいバイト先を探した。場所は、堺筋本町駅近くのオフィス街である。店の名前は、大衆割烹松という。営業時間は前半が午前十一時から午後二時まで。そして、途中に中休みがあり、後半が午後四時半から午後十一時までの営業である。松では、私が大学生であることを伏せていたので調理場は全て任せて貰えた。この店では天狗寿司での経験が役に立ち、どうにかこうにか春休み期間中を勤め上げることが出来た。そして、次にアルバイト先を見つけたのが難波の福寿司である。この福寿司は、ミナミでも有名な老舗で、高級寿司店（一人のお愛想が、平均一～二万）なのだ。寿司のタネ（材料）は、全て「活け魚」を使い、冷凍物は一切使わないというこだわりを持った店である。よって、値段は高い。その分、客筋もよい。この「福寿司」は、数店のチェーン店も出していた。私は、この福寿司でも非常によく可愛がって貰い、重宝された。それは、福寿司の見習いの人が寿司を握れないのに、大学生の私が寿司を握れたり、魚を下ろせたりしたからである。そんなこともあり、ナンバ虹の街店で時々寿司を握らせて貰っていた。また福寿司の職人さんから鮨をよく貰って帰った。それを両親に食べさせてやると、いつも、「旨い、旨い」と恵比寿顔で食べていた。私は、そんな両親の顔を見るのがとても嬉しかった。だから職人さんにお願いして寿司を握らせて貰い、その鮨を家に持って帰ってやったりしたこともある。

そのような落ち着いた生活をしていた頃、天狗から私の実家に電話が入った。つまり私と彼女のことで話があるので両親を連れて、天狗の方へ出向いてこいというのである。こちらが行かないと、押しかけるぞと脅してくる。私は、困ったことになったと思った。早い話、私と天狗の娘の関係が切れておらず、こいさんは家族に問い詰められて白状したのであろう。したがって、今回ばかりは只では済まないと思った。ひょっとして、横山さんが出てくるのではないかと危惧した。よって、この時に私の頭をふと過ったのは、高校時代の同級生である田矢の存在である。彼の身内にも山口組系列の会長をしている人がおり、私の実家の近くには、田矢会の組事務所があった。そのために彼の力を借りようと考えた。けれども私の両親はヤクザに対して強い嫌悪感を持っていたので、勝手な行動は慎んだ。

私の両親のすごいところは、(特に父親は) 気が弱くて怖がりのくせに、こと子供のことになるとたとえ相手がヤクザの事務所であろうが、一人で出向いて行く人であった。但し、あとで寝込むのではあるが……。私は、天狗の娘との関係を両親に話すと、一緒に行ってやるという。私たち親子三人は、タクシーを拾い天狗本店へ赴いた。相手方は経営者の息子二人と長女の三人が待ちかまえており、こいさんは席を外していた。話し合いに入って間もなくして、経営者の息子（長男）が私に殴りかかって来た。それを見て取った父親は、我が身を挺して止めに入ってくれた。下を向いていた私は、一瞬のことで何が起こったのか分からなかった。父親は、私を庇ってくれたために、経営者の息子（長男）に殴られる羽目になったのである。この時は、さすがに次男と長女は、長男に対して「手を出したらアカン」と言って止めていた。

両親を見ると、意気消沈している。天狗のバックにはヤクザが付いているので、こんな暴力的な態度に出てくるのだと思うと私は悔しかった。とにかくこれでは紳士的な話し合いなど出来よう筈がない。やっぱり、田矢の力を借りるべきだったと後悔した。そういう思いの中で対峙していると、長女は私を部屋の外に連れ出したあと、奥の部屋からこいさんを連れて来たのである。そして私に土下座して詫びろというのである。私は心の中で彼女が身内の者にどんな話をしたのか聞きたくて彼女の顔を見た。がしかし、彼女の態度を見てすべてが終ったと感じた。私は、彼女の前で土下座して「すいません」と詫びた。こんな自分が情けなくて仕方なかった。でも、この件があったので、天狗とはきっぱり手を切ることが出来た。だが、それ以降私の実家に無言電話が頻繁にかかるようになった。相手が誰であるのか、凡その見当はついていた。

いずれにせよ、天狗を辞めたあとの私は、大学へ毎日通い出すようになった。ときには一回生に混じって不足していた単位の取得に励んだものである。もちろん大学に通いながら福寿司でのバイトは続けている。また、この年の夏休みには大阪心斎橋そごう百貨店の地下にある水満という喫茶店でウェイターのアルバイトも始め出した。この喫茶店では午前七時頃から午後四時頃まで働き、午後五時から午後十時までの間は福寿司で働いた。いくら夏休みとはいえ、なぜかけ持ちまでしてアルバイトをせねばならなかったのか。どうしてほかの大学生のようにのんびりした大学生活を過ごすことが出来なかったのか。それは、お金持ちになりたいという人生に対する焦り（？）、確かにそれもあったと思う。しかし、それだけではない。天狗に対する悔しさと、「いまに見ておれ」という男としての意地、親の七光には絶対に負けたくない、という思いが自身を駆り立てていたような気がする。

それはともかく、当時の私は若かったこともあり、何事に対しても貪欲だった。だから大学へ通いながらも人一倍よく働きよく遊んだ。土曜の夜になると友人と連れだったディスコを梯子して朝まで踊った。当然、一睡もしない。また、バイトが休みの日はミナミやキタの繁華街に繰り出し、若者が集まる居酒屋やパブで大学の友人と酒を飲んで騒いだ。大学のキャンパスでは、友人たちと将来の夢に付いて何時間も語り合ったこともある。このような頃になってから、ようやく大学生らしい大学生に戻れたような気がしてきた。そんな自分がとても嬉しくもあり、毎日が楽しかった。

そんな折、知り合いからミナミのナイトクラブでボーイを探してる店があるという話を耳にした。前へ前への精神の私は、その店を紹介して貰うことにした。実家に戻って、約一年。私自身は、いま一度外に出て冒険をしてみたくなったのである。実家で大人しく生活していればいいものを、私にはそれが出来ない性分なのであろう。いずれにせよ、ナイトクラブの面接に行ってみることにした。すると、即決採用である。それもアルバイトではなく、正社員で採用してくれるというのである。私は、大衆割烹松で仕事をした時は、大学生であることを伏せて働いた。しかし、今回は大学生であることを述べた上での採用なのだ。働く条件も申し分なくよかった。まず、私が一番懸念していたのは勤務時間である。この店の勤務時間は、午後四時から午後十一時三〇分までということなので、午前〇時前後には、寮に戻って風呂に入って寝ることができる。仕事がこの程度の時間であるならば天狗で午前四時頃まで働いていた私にとっては苦にならない。それにも増して寮では食事の用意もして貰える上に、ナイトクラブにも社員食堂があり、そこでも夕食を食べられる。

そして、これまで働いて来たところとの大きな違いは、日・祝日は完全に休みであり、年二回の賞与と、社会保険のあることだった。私にとっては、全てが願ったりかなったりで、何の不満もなかった。したがって、実家を出て、ナイトクラブの寮で住むことを両親に話したところ、以前ほどの強い反対はなかった。

こうして私は、丸菱観光株式会社クラブ千扇《ちせん》というところで正社員として勤めることになった。千扇周辺は曽根崎新地同様、大阪の歓楽街である。よって、小さなスナックから大型ナイトクラブまで入れると数千軒にものぼる夜の街になる。その中でもナイトクラブ千扇は、ミナミでも一番大きなクラブであった。

ここで紙面を割いて、私が大学生の頃に正社員として働いていた千扇の規模と内容を少し説明したいと思う。丸菱観光は五階建ての自社ビルを構えていた。地下一階には、クラブ・リンという店が入っている。一階は駐車場、二階と三階をクラブ千扇が使う。四階部分は、事務所や丸菱観光グループの社員食堂、そしてホステスの更衣室がある。同じフロアには企画室、芸能人の控え室（おもに二流の歌手が多い）、千扇とリンの料理を作るコックの調理場がある。五階は、男子従業員（千扇とリン）の更衣室と、バンドマンの控え室（二つのバンドが交代で入っている）そして、機械室になっていた。

次に、千扇が収容できる客のキャパシティーは、一六〇名ほどである。クラブ・リンが収容できるのは、その半分。よって、ホステスの数も半端ではない。千扇だけでも多い時に約八〇名近くのホステスがいた。また、フロアでは男子従業員が常に一五〜六名が動き回っているのである。とにかく、丸菱グループの店は全てが超大型クラブのために一人のホステスを探すのに、店の中を走り回らないといけないほどであった。

それよりも、私が入社して驚いたのは会計の高さである。一人の客単価が平均二万円前後になるために、一見客やサラリーマンは飲みにこない。丸菱観光グループの店は調度品を含め、すべてにおいて高級志向に作られているために客単価が高いのである。特に、クラブ・アンという店は、グレードの高い店に作られていた。丸菱観光グループの店を列挙してみると、クラブ千扇・クラブリン・クラブアン・クラブミナミ、それに、道頓堀の喫茶ミュンヘン・虹の街の喫茶ミュンヘン、ボーリング場などを経営していた。これらグループの本丸で私は勤めていた。

このようにして、「大学生」と「正社員」という二つの立場を両立しながら、二足の草鞋をはくことになっていく。この頃の私は、自分でもびっくりするほど真面目に一生懸命頑張っていたと思う。とにかく寝る間も惜しんでよく働いた。ナイトクラブ千扇に入社したその年の暮れなどは、千扇の仕事が終わったあと、宗右衛門町のカティサークという名前のホストクラブで、ホストとして深夜から朝方までアルバイトをしたこともある。ヤンキーな私は、このホストのバイトには、さすがに抵抗があった。けれども、実入がよかったために辛抱して働いたのを覚えている。また、ホストを経験した関係で、社交ダンスのジルバやルンバを覚えられたことは私にとっての収穫であった。

ナイトクラブ千扇に話を戻してみると、ボーイからスタートした私は、とんとん拍子に出世していった。もちろん、そのための努力はした。ナイトクラブでの努力とはどういうことかというと、売り上げのできるホステスを他店から引き抜いてくるか、もしくは若くて美人のホステスをスカウトしてくることが出世して行く第一条件になる。

したがって、時間が許す限り心斎橋商店街に出かけては、ホステスとして使えそうな女性に片っ端から声をかけては、お茶や食事に誘った。早い話がナンパである。また、知り合いにも声をかけ、若いホステスを紹介して貰ったりもした。こうして、ボーイからワンランク上のガイド（お客さんを一階の玄関から、二階・三階の客席へ案内していく人をガイドという）となり、最終的には係長にまでなった。水商売というのは、立場が上になればなるほど肉体的な仕事から解放され、営業時間中でも、スカウトと称していくらでも店を抜け出せるのである。

いずれにしても、これまで、ボーイやガイドを鼻であしらっていたホステスたちが、係長やマネージャー・次長、店長クラスには、きちんとした態度で接してくるようになる。だから、ホステスとの会話も多くなり、店が終ったあと深夜スナックなどに飲みに誘われたり、ホステスの住むマンションに呼ばれたりするのである。そうすると、結果はおのずと見えてくる。男女関係になってしまうのだ。水商売の掟として、同じ店の者同士で男女関係になるのは、御法度とされている。もしも、そういう関係になると、どちらかの一方が店を辞めないといけない。大抵の場合は、商品価値のない男子従業員が辞めていくことが多い。

私は、その水商売でタブーとされている掟て破りをしたのである。その相手というのが私より二歳年上の源氏名三希というホステスであった。私たちは、店の関係者にバレないように細心の注意を払った。私と三希に幸いだったのは、クラブ千扇は大型店であったために、常時お互いが顔を合わせているということはなかったからである。これが小さなクラブだったら困ったと思う。そこで、互いの関係が深くなりだすと、三希は私と一緒に住みたいと言い出すようになった。私も同棲生活というものに憧れを持っていたので悩んだ。なぜ悩むのかというと、それは女性問題で一度頭を打っていたからである。それ以上に、新たな気持ちで千扇で働き、店の寮で住みながら、真面目に大学に通っていたからである。

さりとて、据え膳食わぬは男の恥とでも言うのか、この甘い誘惑には勝てず、ついには三希と同棲を始めることになった。いずれにせよ、当初の私は軽い遊びのつもりで始めた同棲だった筈なのに、結局は七年も関係が続くことになった。同棲相手の三希には一度離婚歴があり、高校生の頃に生んだという小学一年生の女の子がいた。この事実は、同棲を始めたあとに聞かされたために、私は驚きを隠せなかった。その子供は、三希の母親が育てていた。したがって三希は毎月の生活費を母親に渡していたし、定期的に子供の許へ帰っていた。この点は暗黙の了解となっていた。

他方、三希は大学生の私にもよく尽くしてくれた。ホステスという夜遅い仕事にも拘らず、私より早く起きて朝食の仕度をして大学へ送り出してくれるのだ。またテストの前になると、私が友人から借りて来たノートを写してくれたりもしていた。こんな三希を大学に連れて行ってやると、恥ずかしそうにする。そういう三希を見ていると水商売で働いている女性には見えなかった。どこにでもいてるごく普通の二二～三歳の女性に戻っており、私の友人と楽しそうにしていた。また、三希と同棲するようになってから、少しずつ金回りもよくなっていった。三希は、千扇では、若手の人気ホステスであり、客からの指名も店内では一、二を争うほどだったので収入も多かった。よって私たちは贅沢な暮らしをすることができた。三希が買ってくる私の服は一流ブランド品が多く、二人で車も買った。私は、自分の車で大学に通いたいという夢を持ち続けていたので嬉しかった。これで人並み以上の生活が出来たという喜びで、大学の同級生を自宅マンションに呼んでは、夕食を持て成し、酒を酌み交わした。もちろん、料理を作るのは三希である。要するに、当時の私は自分の生活状態を友人に見せて、自慢したかったのだと思う。

話は脱線するが、私が、二一歳の時に三希と知り合い、同棲を始めてから、今回の強盗殺人という事件を起こすまでの約八年ほどの間で、前半部分の四年間が私の人生の中で一番楽しかった時期である。一方、後半の四年間は、私がくたびれてしまったのか、楽しいと感じる日があまりなかったように思う。

とにかく、たった八年、されど八年である。前半と後半では私の人生が百八十度変化するのであるから人生なんて誰にも分からない。前半の頃は、大学生と社会人という微妙な立場を利用しながら自身が楽しんでいた部分があった。つまり、大切な試験の前や大学生のコンパ、または旅行などで仕事をどうしても休まないといけない時は、その旨を店長に伝えると、大学の行事を優先させてくれた。そんなこともあり、大学の頃は長野県の八方尾根や栂池高原・野沢温泉スキー場によく出かけていた。もちろん、三希も仕事を休んで私に付いてくる。三希は、私のスキーの先生でもあり、ゴルフの先生でもあった。さすがに早くから水商売に身を置いてるだけあってこの手の娯楽には長けていた。多分、私と知り合う前に客から手ほどきを受けたのであろう。私にはそんな三希の過去のことなど、どうでもよかった。とにかく、私は三希のレベルなどすぐに追い越してしまい、ずいぶん三希を悔しがらせたものである。またこれとはべつに夏場になると、仲間を大勢募っては福井県の若狭や、兵庫県の丹後半島に出かけてキャンプファイヤーをしたものである。

脱線した話を戻すと、私が丸菱観光（株）の係長に昇格した頃だったと思うが新築マンションへ居を移している。そして、新たにマルチーズを二頭飼いはじめた。こうして多少なりともお金も貯まり私と三希の甘い生活は続くのではあるが、私は大学を卒業するシーズンに入っていた。よって、卒業後の進路のことや三希との関係をどのようにするのかという二つの問題が、私の両肩にズシリと重くのしかかってきたのである。所謂、人生の大きな岐路に立つことになった。三希の様子を見ていると、私と別れる気がないというのが手に取るように分かる。つまり、「どこまでもついてゆく」と、口に出して意思表示をするようになっていたからである。

そこで、ずるい考えかも知れないが、三希のことを考えるのは少し先に伸ばしにしておいて、取り敢えず堅い仕事に就くことを考えた。これは、高校を卒業する時にも持ったのと同じ感情である。どうも私の性格というのは、自身の能力以上のところに行きたがる傾向があるようだ。それに、人生に対するハッキリとした目標を持っている訳でもなかった。

そのために、漠然とではあるが公務員もいいかなという思いに傾いていった。そこで、私の頭に思い浮かんだ公務員とは警察官と消防士である。そこで、迷わず警察官になろうと考えた。その理由には二つあった。一つ目は高校時代の同級生と、大学の先輩が大阪府警に就職していたことがあげられる。二つ目に、「千扇」には、防犯の視察と称して南警察署の署長が出入りしていた関係もあり、店の店長から私のことを警察署長に口添えして貰おうと考えたからである。現に店長の方から口添えを頼んでもらった。すると、一次試験に合格したら受験番号を知らせるようにとのことであった。

この公務員試験とは別に、大学での就職ガイダンスも受けており、大学の卒業生が働いているという会社を紹介して貰っている。この会社は、絨緞（カーペット）の問屋であった。ここでは、就職試験というような堅苦しいものはなく、面接と簡単なアンケート用紙に回答し、作文を書いた程度だったと記憶する。確かその日のうちに内定を貰えたのだったと思う。私は、自身が考えているよりもあっさり決まったので、何か拍子抜けしてしまった。この会社の場所は、私と三希が住んでいたマンションから歩いて一五分程度で行ける距離であった。そのため、場所的には文句はない。けれども給料面においては不満があった。つまり、私は大学在学中に丸菱観光から貰っていた給料や賞与と比較してしまうために、どうしても引っかかりを覚えてしまうのである。そうであっても、この会社は一応、押さえて置くことにした。

次のステップは、公務員試験である。試験会場は、門真市にある自動車運転免許試験場で行われた。千人近い受験者がいたことに私は戸惑った。試験内容は、マークシート方式と作文。そして、一階の別室（自動車免許の合否を発表するパネルのある体育館程度の広い場所）での身体検査。受験者は、パンツ一枚の状態にさせられ、検査官が一人一人の体を頭の先から足の先まで細かくチェックしていく。仮に、体に切り傷や縫合のあとが残っていれば、検査官が「いつ・どこで・どういうことから怪我をしたのか」などとしつこく質問しながら手許の身体検査表に記載していく。私の場合は、右足の膝下外側に二箇所、合計二十針の縫合したあとがある。いずれも、小学校高学年の時に作った傷である。一度は、講堂の舞台裏で鬼ごっこをしていて、踵からうえ約二〇センチのところが真横に裂けた。傷口の長さは一〇センチ、白っぽい肉が血と一緒に飛び出した。先生や両親が事故現場を見にいくと怪我をするようなところでないため、俗にいう「かまいたち現象」ということで話が収まった。もう一箇所は、この怪我から半年ほど経過した頃に交通事故に遭う。二度目も前回と同じ右足である。右の膝下外側部分を鉤裂き状態に一四センチ裂け、中の骨が見えていた。この時は、傷口も大きくて大怪我になった。検査官は、これら私の身体状況を詳しく聞き取り、身体検査表に記した。そのあと受験者全員に号令をかけ、その場で飛んだり跳ねたり、垂直飛びなどで肉体的な支障はないかを調べたあと、一次試験が全て終了した。私は、足の怪我をしつこく聞かれた点が気にかかったが、それ以外は七割程度の確率で合格はしているだろうと思った。したがって公務員試験を受けたあとの私は、今後の人生設計を自分なりに組み立てていた。つまり、千扇を辞めることになるのは当然のこととして、警察学校に通い寮生活をすることになると、三希との関係をどうするのかなどのことに思いを巡らせていた。しかし、私のそんな思いとは裏腹に、結果は不合格。そこで、就職活動の失敗で自分に何が足りないのか考えてみた。答えはすぐに出た。学問である。つまり、私が落ちるということは、私の代わりに誰かが合格しているのである。その人は、多分、私よりも沢山勉強したから、いずれの試験にも合格したのであろう。それを考えると目の前がパッと明るくなり、もう一度勉強をし直して、来年、公務員試験に再チャレンジしようと、自身の気持ちをポジティブに切り替えた。ひと言でいえばあくまでも合法的な社会上昇ルートで成功することのみしか私の頭にはなかった。しかし、三希との快楽生活を続けていくうちに、夢見ていた公務員という表の道をやがては放棄していくことになるのである……。

いずれにせよ大学の方は、なんとか四年間で卒業することが出来た。一九八一年（昭和五六年）三月のことである。公務員になれなかった私は、内定を貰っていた会社には就職せず引き続いてナイトクラブ千扇で働くことにした。それはやはり生活の水準を下げたくなかったからだと思う。

話は少し前後するが、私は一度だけ親孝行らしいことをしたことがある。それは銀婚式の祝いとして、両親を九州一周の旅へ行かせたことである。一度も飛行機に乗ったことがない母などは大そう喜んでくれた。この出来事は私が大学へ在学中のことである。デキの悪い馬鹿息子からの旅のプレゼントが忘れられなかったのか、何かのひょうしに「あの時は、お前に世話になった」と母はいう。私の方から言わせて貰えば、その何十倍も世話になり迷惑をかけてきたと言うのに……。いま振り返ってみても、旅のプレゼントをしておいてよかったと思う。とにかく、親の思いは本当に有り難いものである。「親思ふ心にまさる親心今日のおとづれ何と聞くらん」この吉田松陰の歌が身に沁みる……。

そういう親の心がわかっていたからこそ、早く自分の力で家を建ててそこに両親を住ませてやりたかった。これが、私の夢であり、生きて行く上での活力にもなっていた。この一九七〇年代～八〇年代の日本は、列島改造論にあおられて、土地ブームに沸きかえっていた。いわゆる日本経済の成長期、借金をしてでもマイホームを持つことが男のステイタスのような風潮があった。だからマイホームの話題がいっぱいで、子供心にも土地への憧れが生まれていた。つまりこの頃の両親の夢は土地つき一戸建のマイホームを持つことであった。その両親の夢を、無言で私が引き継いだ形になる。この土地ブームの頃、私は両親と一緒に、土地つきの一軒家を見て回ったことがある。父親が仕事の休みの日に、母と私を連れだって見にいくのである。一時的ではあるが、父も母も私も、そのブームに酔っていたことになる。とにかく当時は、土地神話のようなものがあり、不動産を持っている人はお金持ち、土地の評価は上がっても下がらないというのを日本国民の多くは信じていたと思う。だからこそ、土地つきの家がほしいと思い続けたのである。いま思うに、まるでワッと噴き出るビールの泡のようだった……。

かくして、「よしやってやる」と、我武者羅になり始めた頃から、丸菱観光グループの系列店が不況の煽で、一店舗ずつ閉鎖に追い込まれて行った。世の中とはうまく行かないものである。まず、ボーリング場の経営から手を引き始めた。この時点における私の気持ちは、丸菱グループがアブナイという危機的なものは感じなかった。がしかし、実情は違ったようである……。

たとえそうであってもナイトクラブ千扇自体は客入りも多くかなりの利益も出していたので、会社が潰れることなど絶対にないと思っていた。また、南税務署から迎えていた丸菱観光の専務の口からも、会社は絶対に潰れない。というように、太鼓判を貰っていたので私は安心していた。

しかしながら道頓堀にある喫茶ミュンヘン本店（自社ビル、地下一階、地上四階、五階は社員寮）と、虹の街店（ミュンヘン）を手放したのである。繁華街で営業する喫茶ミュンヘンは、両店とも客入りが多くていつも繁盛していた。その喫茶部門を他人の手に渡すとは、いくら経営にタッチしていない私と言えども、不安を隠すことは出来なかった。私は、大学を卒業してから本格的に「千扇」で働き出したばかりだったので、その不安を店長や専務に問うてみた。すると上司たちは、口を揃えて「大丈夫、心配するな！」という。にも拘らず、相変らず会社の規模を縮小していく。この頃になると、日頃は顔を見せない丸菱のオーナーや、社長が頻繁にナイトクラブ「千扇」に集まってくるようになった。そして割烹料理店を潰した頃になると、いよいよ会社が危ないと思い始めるようになった。すると雪崩が起きたように、本業であるナイトクラブの方にも影響が出始めたのである。この頃になると、現場は笛吹けど踊らずといった状態に陥っていた。

こうしてまず最初にクラブアンが閉鎖した。続いて、クラブミナミが閉鎖する。どちらの店も男女を合わせて、五〜六十名ずつの従業員が失業するなどの大型店舗の閉鎖であった。丸菱観光株式会社にとっては由々しき一大事である。そして、最後まで残っていたクラブリンと、クラブ千扇が、同時に閉鎖することになった。このナイトクラブ千扇が幕を下ろす時には、当時の新聞（読売新聞）に、写真入りで小さく取り上げられた。それぐらい業界では有名な老舗クラブの閉鎖であった。私が大学を卒業してから、四か月後のことであった。

このようにして、丸菱グループの解散により、クラブ千扇の上司であった、加賀氏と山田氏と一緒になって、新たにナイトクラブを立ち上げたのである。そのナイトクラブの名前は、エスポワールという。このクラブエスポワールのママとして迎えたのが、クラブリンでホステスをしていた源氏名、篠という女性であった。こうして、千扇とリンの若いホステスを集めて、総勢二五名で新たなスタートを切ることになった。もちろんのこと、私は三希も一緒にエスポワールへ連れて行ったのだが、以前働いていたクラブ千扇とエスポワールを比較すると、店の規模が十分の一にも満たない小さな店であった。したがって、内縁関係がばれないように細心の注意を払わねばならなかった。

またこのクラブエスポワールは、会社組織ではなく個人経営であるために、税務面などはデタラメであった。この点に、私は大きな不満を持ちながら働き続けたのである。その不満はあったもののクラブエスポワールは、繁盛した。要するに新規オープンということも手伝って、連日連夜、満席状態が続いた。そのため、お客さんには近くの喫茶店に入って待って貰うほどであった。それゆえに、篠ママも男子スタッフも殺気だつ日が多くなっていたのである。確かに、篠ママは大口の客を持っており、店の売り上げにはかなりの貢献をしていた。それは分かるけれども、クラブリンのホステスではなく、エスポワールのママとなったのであるから、お店全体のバランスを考えた行動を取って貰わないと困るのである。早い話、ホステス時代のような我儘な言動は許されないのである。だがその点を分かっていない篠ママと私は、営業時間中にレジ付近で言い争いになった。

たとえ雇われママとはいえ、相手はお客さんを沢山持っているママさんである。私は一介のマネジャーに過ぎない。ママとぶつかった時点で勝負はついていた。篠ママは、私に向って「気にいらんのやったら辞めてもええよ」と宣ふ。思い返してみると、当時の私は若かったのであろう。この言葉を聞いて私はキレた。篠ママと対峙したまま、売り言葉に買い言葉。私はおしぼりを床に叩つけ、「こんな店、やめたらァ〜」と暴言を吐き捨てたあと、エスポワールを飛び出した。

この状況を近くで一部始終みていた三希は、オロオロしながら私のあとを走って追いかけてくるではないか。そして私に追いつくと、三希は私の手をギューと握り「わたしも店をやめる。今からバックを取ってくるので車の中で待ってて」と言い残し、踵を返して店へ戻って行った。私はエスポワールのすぐ近くの路上に、いつも車を止めていたので、三希は当然そのことを知っている。私は車の中に入りタバコに火を点けて吸い始めた。少し冷静になった私は、先ほどの出来事が蘇り、悔しくて涙が雫り落ちて来た。

暫くすると三希が助手席側のフロントドアガラスをコンコンと叩いてくる。私は、その三希の姿が自身の涙で霞んでしまうほどであった。助手席のドアロックを解除してやると、泣き虫の三希は私の涙を見て、早くも涕泣する。しかし、こういう時に一緒に涙を流してくれるのは嬉しいものである。私は、心の中で三希に感謝した。そこで、三希に対する照れ隠しもあり、少し強がって「今から飲みに行くぞ！」と口にした。三希は、黙ったままコクリと頷き、今度は泣き笑いのような、なんとも言えない顔をして私を見詰める。私は、そんな三希の顔を見ていると、彼女は大切にしてやろうと思った。

こうして私は、エスポワールを辞めた。多分、三希も私と一緒に店を辞めたかったと思う。しかし、水商売は狭い業界ゆえに二人が同時に辞めてしまうと良からぬ噂が広がり、三希もホステスを続けにくくなるのがわかっていたので、しばらくの間は、エスポワールで働いてもらうことにした。

エスポワールを辞めた私は、色々と思案を巡らせた末に、クラブ千扇の元上司だった芝谷氏に職の相談してみた。この芝谷氏は、クラブローゼという店の営業部長をしていた。よって、千扇での私の仕事ぶりもよく知っていたので、「明日から来てくれ！」ということになった。かくして、私はローゼのマネジャーとして迎え入れて貰うことになったのである。その後に私がしたことは、まずエスポワールから三希を引き抜くことであった。三希を引き抜く時には、ローゼから三十万円の支度金が出た。この業界では、よくある話である。つまり売り上げの出るホステスや若い人気のあるホステスには、支度金や日給を高くして他店から引き抜くのである。その他にバンスと言って、無金利でホステスにお金を貸すシステムもある。

とにかく、水商売という業界は、非常にシビアな世界である。若くて綺麗な間はチヤホヤされる。しかし、次から次へと新しい若いホステスが入ってくるために、稼げる時に稼いでおかないと、惨めな結末が待ち受けていることになる。商品価値の低くなったホステスは売れない。客を持っているホステスは別であるが……。

いずれにせよ私と三希はローゼで一緒に働くことになった。だがよく考えてみると、タブーとされている（店の女に手をつけることや、自分の女を同じ店で働かせることは禁止されている）ことが、長期間もバレずによく済んでいたと思う。ともかく、私自身はナイトクラブ千扇を皮切りに、エスポワール、ローゼと渡り歩いた関係もあり、すっかり水商売の体質に慣れてしまい、自己を厳しく見詰める目も遠のいてしまっていた。したがって、このころになると公務員（警察官）になりたいという夢も消え失せていた。つまり、合法的な社会上昇ルートを忘れていくのである。この水商売を長く続けてしまった点が、私にとっての落とし穴であり、大きな誤算だった。

話を続けると、三希の客の柳田弘治という商事会社の社長が、ローゼへ飲みに来た。この社長はエスポワールの時から私を可愛がってくれていたのではあるが、ひょんな話から私を三泊四日の韓国旅行に連れて行ってやると言ってくれたのである。それまでの私は、海外旅行に一度も行ったことがなかったので、社長の誘いに飛びついた。店のママも営業部長の芝谷も、私に臨時休暇をくれるという。ママなどは、旅行の餞別として、十万円の小遣いまで出してくれた。つまり、ここら辺りが普通の仕事と違い、水商売と呼ばれる所以なのである。早い話、高い金を払って飲みに来てくれるお客さんの機嫌を損ねては元も子もないからだ。よって、ママも部長も、「ヤナちゃん（社長のこと）、マネジャーを韓国に連れて行ってやって」という。

但し、韓国旅行とは名ばかりで、本当の目的は、女と博奕である。私以外の人（社長のブレーン）は、四十代後半であるために、女と博奕この二本立ての話には頷けるものがあった。若いのは、二十三歳という年齢の私一人だけである。それはともかく韓国で女を買うという話を聞いた時は、胸がドキドキした。この頃の私は、ソープランドにも行ったことがないのである。そんな男に対して、目の前に並んだ四～五人の若い女性の中から気にいった子を一人選べるという話をするのだ。もし、誰も気にいる子がいなかった場合、全員チェンジできるともいう。まったく知らない大人の世界、私は是が非でも行ってみたいと思った。しかし、店ではニコニコ笑っていた三希も自宅マンションに帰ると、韓国旅行へ行くのをやめてほしいと私に懇願する。至極もっともな話であり三希の気持ちは痛いほど分かる。分かるけれども、男のエゴイズムとしては韓国へは行きたい。そこで、私は、韓国へ行っても女は絶対に買わないと見え見えの嘘をついて三希を納得させた。多分、三希の方も納得した振りをしただけで、本心では私の言葉が嘘であることを分かっていたと思う。それを分かっていながらも、心のどこかで私の言葉を信じたい、というような純真なところがあった……。とにかく、しぶしぶではあるが、韓国旅行を認めてくれた。こうして、内妻も公認のもと私は韓国へと飛び立った。

韓国金浦空港へ着くとキムという手配師の男が私たち一行を迎えに来ており、キムの車で、繁華街・ミョンドン地区のホテル・ロッテに直行した。すでに、部屋も用意されていた。私たちを案内したキムは、女の子を連れてくると行って、部屋から出て行った。男四人が部屋の中に残される格好になり、手持ち無沙汰になってしまった。その時、社長のツレが、「女がくるまでの間、マージャンか、チンチロでもするか」と言い出した。私は学生のころからマージャンを打っていたのでやり方は知っているが、チンチロという遊びは知らなかった。また、この時に初めてチンチロという言葉を聞いたのである。正確には、チンチロリンという。このチンチロリンというのは、サイコロ博奕の一つである。茶碗に投げ入れた、二つないし数個のサイコロの目の出方によって勝負をする手軽な博奕である。私は、女の子にエエカッコを見せようと思い、チンチロ博奕の仲間に入れて貰った。勝負事などは、時の運。こういう時は、えてしてトーシロー（素人）が勝つものである。そうこうしていると、キムが若い五名の女性を連れて部屋に入ってきた。私は、その五名の女性を気にしながらも、そ知らぬ態度を示した。つまり、スケベと思われるのが嫌だったからである。しかし、社長は私の心を見抜いており、「河村くん、好きな子を先に選べ」という。そう言われて女性の方を見ると、全員が若くて個性的な韓国美人ばかりであった。スタイルも申し分ない。何か変な表現になってしまうが、子供が好きなおもちゃを選ぶ時に迷うような、そんな感覚に近いものがあった。そんな胸の高まりの中で、私は一人の女性を選んだ。こうして、四組のペアが出来たあと、ソウルの街へ食事に出かけることになった。一日目の夜は、当然のごとく焼き肉である。やはり本場の焼き肉は旨い！　カルビなどは、ハサミで切るほど大きいのである。とにかく、日本とは比べようもないぐらい肉がでかい。そして旨いのだ。チシャやキムチは食べ放題。私たちと同行した韓国女性たちは、チシャに肉とキムチそして少量の御飯を巻いて、男性の口まで運んで食べさせてくれる。男はモグモグと口を動かすのみで、まさしく大名遊びである。また、韓国では女性が立て膝をして食事をするのが普通であることを知り、文化の違いに驚いた。二日目は、韓国の料亭に行った。テーブルの上には豪勢な韓国料理と酒がズラリと並び、隣にはチマ・チョゴリをまとう妖艶な美女が寄り添う。すなわちこれが、キーセン・パーティーと呼ばれるものであり、私もそれに参加したのである。こうして私たちは料理を食べながら歌と踊りを楽しんだ。

私が韓国へ行った当時は、韓国の物価は日本の三分の一程度だったと思う。よって、三十万円ほど持参していた私は、すごく金持ちになったような気分になっていた。韓国の貨幣単位は、ウォンである。しかし、当時の韓国では日本円を渡すと何故か喜ばれた。また、私は社長に連れられてウォーカーヒルでカジノも初体験した。韓国は米ネバダ州同様カジノが合法化されている。先進諸国でカジノが非合法なのは日本だけと聞く。韓国カジノでは、ルーレット・バカラ・ポーカーなどが行われており、私は柳田社長から手ほどきを受けて、生まれて初めて本格的なカジノを体験した。体育館のように広い部屋の中は、空気がピーンと張り詰めている。物音といえば、カードとチップの音だけ……ディーラーとギャンブラーが差し向いで真剣勝負をしているのである。見ているこちらまで緊張してくる。私は、世の中にはすごい世界があるものだと感心した。

そこで素人の私はスロットマシンで楽しむことにした。スロットならば図柄を合わせるだけなので、私にも簡単に出来た。だが持ち金の半分近くをすぐに擦ってしまったのである。社長を見ると、ブラックジャックでかなりの成績を上げており、チップをうず高く積み上げていた。このような社長を見ていると、私の目には至極カッコよく映った。つまり、人生は一度限りなので、自分も社長のようにキザな生き方をしてみたいと思うようになっていく。

とにもかくにも、私は柳田社長の男の渋さに引き込まれていったのである。こうして、韓国旅行から戻って来た私は、急激に社長との距離が縮まっていった。社長が経営する会社は、天王寺にあた。私は、昼間に時間を作っては社長の会社へせっせと遊びに行くようになっていた。会社の周りには、高級車がずらりと並んで止まっている。社長は、外車のマーキュリーモナークやボルボに乗っている。社長の友人たちはベンツに乗っていた。それらを目のあたりにしていると、私も外車に憧れた。なんと言っても、私が乗っているのは、排気量一六〇〇CCほどの車なのである。社長の車と比較するとなんともショボイ。すべてがまるで違い過ぎるのである。そこで私は、社長に金の稼ぎ方を教えてほしいと頼んでみた。すると、宅建（宅地建物取引業）の免許を取れという。つまり、宅建の免許があればその名義貸しだけで、数十万の金が毎月入るので紹介してやると言うのである。がしかし、私には粒々辛苦する気持ちが失せていた。すでに、アウトローの道を進み始めていた私は、らくして稼ぐことしか頭になかったのである。そんな私の心を見透かしたかのように、社長は、競馬の呑み行為でも始めてみるかと言い出した。さすがに博奕好きの発想である。

　この頃の柳田社長といえば、ローゼへ毎日のように飲みに来ていた。そして、店が終るとローゼのママや店の営業部長らと、近くのマージャン店に赴き明け方まで賭けマージャンに耽るのである。私や三希もよく夜明け前までつき合わされた。三希は自分の上客なので、社長に朝までつき合うのもわかるが、私は社長の本質を知りたかったので、自分の方から食らいついていった。だからとことん社長の指示通りに動いてみることにしたのである。その手始めとして、競馬の呑み行為である。私は、社長から金を預かり、自宅近くに新築されていたワンルームマンションを借りることにした。ここが呑み行為を受ける拠点となる。だが、私が闇馬券の受け方を知らないためにに、社長の親戚という人が登場することになった。なるほど社長に顔がよく似ている。そこでこの人が、呑み行為の責任者となったために私のやることは何もなくなった。すると、社長から新たな話が持ち上がった。それはなんと、売春斡旋業なのである。社長は、体を売る若いホステスを沢山あつめてほしいと私にいうのだ。私とすれば、ホステスを店にスカウトしてくることに関しては自信があった。さりとて体を売るホステスとなると話の次元が違ってくる。そこで社長の話をよく聞いてみると、女を買う客の方は自分が連れてくるというのである。早い話、私たちが韓国に行って女遊びをしたのと同じことを日本で始めようというのだ。

けれども日本人のホステスでは難しい。そう思った私はそのことを伝えると、社長は、外国人でもいいという。但し、美人でスタイルのいいのを揃えないと客は付かないと注文を出してくる。それは当然であろう……。そこで、フィリピンからダンサーと称して日本に送り込みホステスとして働かせている、フィリピン人の女ボス（元締め）を水商売の仲間から紹介して貰った。早速この女ボスに会って一連の事情を説明すると、二つ返事で「ＯＫ」という返事を取りつけることが出来た。女ボスは若くてピチピチした子をフィリピンからいくらでも連れてくることが出来るとたのもしいことを言ってくれた。あとはマネーの問題であり、上がりの半分をよこせというのである。ここらあたりはさすがに抜け目がない。金の話は私にはわからないのでこの女ボスを柳田社長に引き逢わせて、条件を決めて貰うことにした。

こうして、ワンルームマンションで、呑み行為と売春斡旋業という裏のビジネスが始まり出したのである。けれども売春行為には素直な気持ちで参加できなかった。何かしら引っかかるものがあった。それはともかく、社長とやり始めた当初は豊かな生活がしたいとか、どんなことをしてでも金持ちになりたいと思って参加した筈なのに、「何かが違う……」と思い始めたのである。その答えを導き出せないまま私は抜けさせて貰った。結局、私が抜けたあとこの裏ビジネスは、数か月で頓挫したようである。

このようなことがあってすぐの頃だったと思う。店が終わったあとローゼのママに誘われて、天王寺区生玉町の連れ込みホテルに入った。ただしホテルに入ったまではいいのだが、そのホテルの部屋まで三希に踏み込まれるという大失態を演じてしまったのである。このようなドジ話は、他人事かテレビドラマに出てくる間抜けな男と決め込んでいた私である筈なのに、まさかそれを自分自身が体験するとは、洒落にもならない話であった。とにかく、三希（女）の勘とでも言うべきものなのか、改めて女は恐ろしいと思った。それにしても、私が一番間抜けな男なのであろう。私は、自分の車で、ラブホテルに入っていたために、その車を三希に見つけられたのである。

話は少しそれるが、柳田社長と知り合ってからというものは、自身の生活が乱れて行ってるのも感じていた。だからこそ、非合法と分かっていながらも、呑み行為や売春の話に荷担するようになったのである。否、むしろ私がそれらのことを社長の引き出しから出させていたのかもしれない。だとしても、当時の私はこの非合法の道に撤することも出来ず、すぐにケツを割ってしまったのである。すでに、社会上昇ルートの道を放棄していた私は悩んだ。だからその悩みをママに相談してみた。すると、三百万ほど融通するので、小さなスナックでもやってみればどうかといってくれた。私にとっては願ってもない話だった。早速のそことを三希にも話した。だが私の思いとは裏腹に、そんな甘い話はやめておけという。この辺りから、私と三希との間で喧嘩が絶えなくなった。

そして、私はついに「もう別れよう」と三希に切り出したのである。当然、ローゼの店内でも周りに気づかれない程度で、「今日で別れるぞ！」という言葉を三希に発している。冗談ではなく本気であった。だから、いつもと違うのを感じ取った三希は少し焦ったのであろう。要するに、私がローゼのママと何かある――と感じ取るところが女の勘なのかも知れない。とにかく、店の営業が終ったあと、私とママの姿が忽然と消えた。それに、いつも停めているところにも私の車がない。三希が私を捜し回るのも分からなくはない気がする。

それにしても、ラブホテルの部屋まで入ってこられた時には狼狽した。三希は、部屋の外から扉をドンドン叩く。そして、泣きながら「けいちゃん、中に入ってるのは分かってる、はよここ開けて……」と部屋の外で叫んでいる。私の方は、ことを始める前の状態であり、風呂から上がって、瓶ビールを一本飲んでベッドに入ろうとしたところだった。まさしく、私もママも真っ裸。男の私は、突然のことでどぎまぎしていたが、ママの方は落ち着いたものである。こういう時は、女性の方が腹が据わるのであろうか。そんなことを考えながら、私は、腰にバスタオルを巻いて、そっと扉を開けた。すると、三希は部屋の中へ突入しようとするではないか、私はそれをなんとか押しとどめて、ママに「帰ります」とだけ言って、ほうほうのていでラブホテルを出て行った……。

ラブホテルを出たあと、「どうしてこの場所が分かったのか」ということと、「どのようにして、ホテルの中まで入って来たのか」この二点が知りたくて三希に聞いてみた。すると、ミナミから近いラブホテルと言えば、天王寺区生玉町のホテル街か、アベノ・ナンバしかないと言う。あとは自分の勘で、生玉のホテル街と決めたという。そして、このホテル街の周辺を、なんと柳田社長に頼んで、社長が運転するボルボに乗せて貰って、ホテル街をぐるぐる回っていて、緑色の車を見つけたという。私の車を見つけた瞬間、三希は膝の力が抜けてわなないたらしい。社長がいなかったら狂っていたともいう。

そして、ラブホテルのフロントでは、「弟がこのホテルに入ってる、親が危篤なので連れて帰りたい」とかなんとか言って、緑色の車に乗って来た客の部屋番号を教えて貰ったという。とにかく、必死だったために口から出任せを述べたので、具体的な言葉は思い出せないと言う。いずれにせよ、私はママとセックスをする前でよかったと思う。だが本音を言えば、ほんの少し残念な思いもあった……。

こういう大失態を演じたあと私はローゼを辞めた。もちろん、三希も翌日から店には出勤していない。たちまち二人は無職になった。こういう状態では、「別れる、別れない」の話は二の次となり、私は三希に詫びてよりを戻した。そして、二度と水商売では働かないと誓ったあと、日給八千円で働く日雇い労働者になった。所謂、土方である。この仕事に就いてみようと思った理由は、私と同じように大学へ通いながら、ナイトクラブ千扇で働いていた篠山信一という存在があったからである。この篠山は、クラブ千扇を早い時期に辞めており、奈良県に戻って、家業の土建業を手伝っていた。私と篠山は、同じ学生同士ということもあり、千扇時代から気も合い親しいつき合いをしていた。この関係は、篠山が千扇を辞めたあとも続いており、気が置けない間柄となっている。そのようなことから、私は篠山に「水商売をあがろうと思っている」という相談を持ちかけた。すると案の定、「うちにこい」と、土方の仕事を誘ってくれた。私には断る理由もなく、むしろ篠山が誘ってくれることを期待していた。そして私は日雇労働者となったのである。

けれども、私が考えているほど、この仕事は甘いものではなかった。働く場所は、当然のごとく奈良方面になる。また、土方の仕事は朝が早い。私の住まいは大阪市内なので奈良県まで通勤するために、毎朝五時に起床する。そして、自宅から近鉄ナンバ駅まで歩いて一番電車に乗り、近鉄学園前駅まで行くのである。そこには、篠山が自家用車で迎えに来てくれており、車で十分程度の距離にある篠山の飯場へ連れて行って貰っていた。そこで、作業服に着替えたあと、地下足袋を履き、黄色のヘルメットを貸して貰って、労働者の仲間入りをするのである。

私が篠山の仕事を手伝わせて貰った季節は夏。仕事の内容は山林を切り開いて、ニュータウンを作る宅地造成の仕事である。篠山は、ユンボに乗って穴を掘ったりして忙しく動き回りながら働いている。私の方はというと、真上から真夏の太陽が、ギラギラ照りつけてくる強烈な暑さの中で、ヘルメットの中から汗をポタポタ垂らしながら、スコップを持って側溝（排水溝）掘りに精を出す。ユンボなら、ひと掻きで終るようなところを人力で、何時間もかけて掘るのである。忍耐と根性がいる仕事である。私は、何度も熱中症で倒れるのではないかと思うぐらい、めまい、頭痛、吐き気、疲労感に悩まされた。とにかく、太陽を遮るものや日陰など何一つないところなのだ。だからすぐに咽がカラカラになる。作業現場には、自動販売機の一台もない。それは当り前と言えば当り前の話で、要するに電気がまだ通ってないからである。とにかく、目に入るのは造成されていく広い土地と、重機のみである。そして、耳に入ってくるのは、動力の音だけで、土方衆はみな黙々と自分の仕事をこなしている。それを見ていると、「みな偉いなァ」と他人事のように私は感心していた。口八丁の私には、真似ができないと思った。

どちらにせよ私の場合は土方としては役立たずであったと思う。穴一つまともに掘れない私は、型枠大工が作った側溝の板（セメントが付着したもの）を一枚ずつ取り外して行き、板に付着したセメントをスコップでこそぎ落として行くという遊びのような仕事をさせられた。つまり、U字溝（コンクリートで出来たU字の形をした溝）さえ、ろくに持ち運び出来ない人間なのだから仕方がない。とにかく、この仕事は私には向いてないと思った。よって、ケツを割るタイミングを計りながら土方を続けていたのである。

ただ、この仕事をしていて、心が満たされることもあった。それは、現場で汗みどろになって肉体労働をしたあと、飯場に戻って風呂に入った時の爽快感。そしてその後に、土方衆と一緒に夕食を食べるのではあるが、この時に飲む大瓶のビールの旨さは格別であり、今でもその時の味をよく覚えている。コップ一〜二杯のビールなど、体のどこに入ったのか分からないぐらい、

「ゴクン・ゴクン」と二口ほどで飲んでしまう。陳腐な表現になるが、五臓六腑に沁み渡るというのか、生きている喜びを感じる瞬間でもあった。多分、今ならあの辛いと思った仕事も楽しくやり通せると思う。もしも時間を巻き戻せるものならば、今一度やってみたいものである。

しかし、当時の私には、毎朝五時に起きて始発電車に乗り、奈良まで通うのが苦痛であった。帰りは、夕刻の満員電車に揺られて戻ってくるのである。三希は、そんな私の姿に満足顔であった。だからすぐにはケツを割ることも出来ず、仮病を使って仕事を休むようになっていった。この手を使い始めるともう駄目である。こうして、私の肉体労働は、二十日余りであっけなく幕を閉じたのである。

三希の方はというと、ローゼを辞めたあと、ミナミの笠屋町で、スナック・めんそ～れという店の雇われママをしていた。十人ほど座ると満席になる小さな店ではあったが繁盛していた。私もちょくちょくめんそ～れに出入りしては酒を飲んだ。そんな私に、「当分の間は、私が面倒を見るので、自分に合った昼間の仕事をゆっくり探せばよい」と三希はいう。しかし、これではヒモになってしまう。女を働かせて金品をみつがせる情夫にはなりたくなかった私は、三希の言葉を拒絶したのである。働くことを苦にしない私の性格を知っている三希は、それ以上なにも言わなかった。

4、サラ金業界で働く

その代りとして、三希は自分の兄を介して、金融屋の仕事を紹介してくれたのである。所謂、サラ金と呼ばれる職種である。私が勤めることになったこの会社は、道頓堀観光ビルの四階で営業をしていた。商号は、ローンズ夷というサラリーマン金融であった。ここで、事件の共犯者となる江守博巳の友人である山本善二郎と知り合った。山本は、私より七歳年上であり、金融関係の仕事には精通していた。よってこの山本からサラ金のＡＢＣとも言える初歩的なことを手取り足取り教えて貰ったのである。そんなこともあって、山本が私の師のような存在であったために、山本の一挙手一投足を真似た。つまり、支払いが延滞している客に対する督促電話のかけ方（口の利き方）や、集金と称する暴力的な取り立てなどである。早い話が、陰湿な弱い者いじめとも言える。こんな理不尽な仕事内容が私の性格にピッタリ嵌まった。少し変な言い回しになるけれども、世の中にこんな面白い仕事があったのかと思えるぐらい、肉体的にもらくで、楽しい仕事に思えた。

それまで私が就いていた仕事といえば、客に頭を下げることが多い接客業であったために、精神的に疲れることが多かった。しかし、サラ金という職業はまったく逆なのである。相手方は客であるにもかかわらず、頭を下げて「お金を貸して下さい」と言って金を借りにくる。客であるのだから卑屈になる必要がない筈なのに、変にへりくだる。こちらはデスクに座って踏ん反り返り「なんぼいるねん」という高飛車な態度をとる。二十代前半の若造がこんな態度を取るのだから、客の多くはさぞかし腹が立っていたと思う。

とにかく当時の私は、相手を思いやるという心など持ち合わせていなかった。ただただ、突っ張り切ることのみを教え込まれ、客に舐められないように、それだけを考えていた。それでないと成り立たない仕事が、サラ金という職種なのである。私がサラ金業界に入った頃は、貸金業規制法が施行される前であったために、法律的には無法地帯の部分もあった。つまり、金銭の貸借では、警察も介入しにくかったのであろう。だから、当時のサラ金業者はやりたい放題にやっていた。現在、テレビやラジオ、新聞・雑誌等で色々な広告を出し、大手となって全国的にチェーン展開している消費者金融も、その昔は高金利でひどい取り立てをし、多くの客を泣かせながら会社を大きくしてきたのである。

私が勤めていたローンズ夷の利息は、月九分であった。当時は、これが普通の金利であったので、消費者金融の多くはどんどん太っていった。商品の在庫を抱えるわけでもなく、事務所と電話さえあれば出来る商売で金が金を生んでいく。やり方さえ間違わなければ、こんなにボロい商売はない。したがって、小銭を持っているサラ金会社の社員は、上客を選び出して、会社とは別に個人の金を貸し付けては小遣い銭を稼ぎ出すような人間も出てくる。もちろん、会社には無断である。また、会社の金を食いにかかる（不正融資や架空融資をして、会社の金を横領する）不逞な輩まで出だすのである。

私はローンズ夷で、それらを一つ一つ注意深く観察しながら、自身をアウトローの道へと導いて行った。確かサラ金の仕事にも慣れて来た頃の話だったと思う。同棲中の三希が、私の性格の変化に逸早く気づいて指摘してきた。つまり、言葉遣いが荒くなり、チンピラが好むような服装をしたがるようになったからである。所謂、ブランド物の派手な柄のジャンパースーツなどを買うようになっていったのである。また、三希と痴話喧嘩をした時などは、延滞客に向って使うような暴言をはき、くだを巻くなどして三希に暴力を振るようにもなり出した。

思うに、私の性格が急変したのは、やはりローンズ夷で働くようになったのが大きな原因であると思う。とにかく、金を借りにくる客。返済しにくる客。延滞してる客。老若男女、問わずみながペコペコ頭を下げてくる。私はなにか、自分が偉くなり強くなったように錯覚していたのである。この頃になると本物のヤクザとも喧嘩をするようにもなっていた。だから、恐懼することすら知らずイケイケドンドンの状態が続いていた。そんなことも手伝って二十代半ば頃から事件を起こす二十九歳までの間は、立ち止まろうともせず目いっぱい走り出してゆくのである。

ところで、このローンズ夷という場所は、道頓堀の盛り場で営業していた関係から、水商売の客も多かった。その中の一人にスナックを経営している橋田恵一という男がいた。私も水商売で働いていたので、この橋田とは馬があった。だから、融資や金利などは特別便宜をはかってやっていた。そんな橋田から、電気工事職人の坂井伸秋を紹介されたのである。彼らは私よりも年齢は十ほど上であったけれども、それぞれの仕事を継続しながら三人で力を合わせるという意味を込めて三協商事という裏会社を設立することになった。会社の事務所は、松屋町筋に面したビルの五階の一室（二十坪）を借りたのである。仕事の内容は、闇金融である。私たちは利益第一主義のために、近畿財務局には登録する気などなかった。金利の方は、十日で一割の「十一」に決めたあと、客は全てローンズ夷の上客をピックアップした。そこで残る問題は資金面になってくる。この点は、橋田が国民金融公庫から引っ張ることで話は落ち着いた。事務所も借り、電話も引き、備品や応接セットを買い揃えていざ営業となった時につまづいた。つまり、橋田がトンコ（逃げた）したのである！　理由は、すぐに分かった。橋田が国金から金を引っ張れなくなったために、私と坂井の前から姿を晦ましたのである。私は、その卑怯な態度に腹が立ち、すぐさま追い込みをかけた。これは私の得意とする分野である。まずは、橋田のスナックを押えたあと、親元に攻め込んだ。すると橋田の親は、代理人を立てて、私に和解案を示してきた。けれども橋田恵一本人は、右翼の事務所に助けを求めて逃げ込んでいたのである。私は、「右翼なんて……」と鼻で笑って馬鹿にしていた。つまり、右翼の人間を舐めていたのである。だから最初の頃は、「ああでもない、こうでもない」と屁理屈を並べてやりあっていた。だが次第に相手の勢いに呑まれて行くようになり、私の立場が危うくなった。それで、仕方なく知り合いを辿って山口組系の組員に間に入って貰った。そして、最終的には迷惑料として橋田の店の権利を坂井が受け取ることで話が落ちついた。

その後、私と坂井は、島之内に事務所を移転させた。部屋の広さは、三坪ほどの小さな事務所での再スタートとなった。ここで、電気工事請負業と電工の人夫出し、そして闇金融を開始したのである。資金は、私の手持ちの金であるが、それではあまりにも資力が乏し過ぎた。私は、夷の給料も全て三協商事に注ぎ込み、坂井も電気工事の上がりを投入してくれた。それでなんとかひと息つける状態であった。そういう状態でありながらも「十一」の利息が入ると嬉しくて飲み食いに使ってしまう。所謂、丼勘定なのである。ただ、全てを自己資金で賄っていたので借金もなかった。平たく言えば、銀行から金を借りたくとも、担保も信用もなかったので、借金が出来なかったということになる。

このようにして坂井と事業を始めてしばらくしたころ、水商売で働く三希を通じて、丸菱観光グループの元上司から、私に逢いたいという連絡が入った。話の内容は、元上司の友人が、新しく中堅規模の消費者金融を設立するので、その会社を手伝ってほしいということだった。要するに、今の会社よりも、良い条件で迎え入れるという話であった。私は、この話に興味を持った。そこで、その条件というのを聞いてみた。すると、新規オープンの店では、店長待遇で迎えてくれるということと、賞与は夏と冬の二回。それプラス、各店の貸出し率や回収率に応じて、上位店には別途金品の支給があるという。それ以外では、株式会社の形態を取っていたので、この点が私の心を大きく動かす要因にもなった。ローンズ夷の場合は、個人経営のために社会保険が完備していない。そういうこともあり丸菱観光（株）が解散して以降の私は、約一年半ほど健康保険を持たずに生活していたのである。そのために病気をした時などは、不便を感じていた。不便を感じていたならば、国民健康保険にでも加入すればよさそうなものであるが、当時の私は何故か国保には加入する気が起こらなかった。よって、風邪を引いたりした場合は、友人の社会保険を借りて、その友人に成り済まして病院で診察して貰い、薬なども貰っていた。入院とか怪我は別として、それ以外（風邪程度）なら、友人の保険で充分対処できていたので、それほど自身の保険証を必要としていなかった感もある。しかし、いつまでも友人から保険証を借りるのは良くないということも分かっていた。だから、元上司の誘いは、再度社会保険を交付して貰うにしてもちょうどいい機会であり、渡りに船であった。

このようなことからローンズ夷を辞めることにしたのではあるが、夷の経営者にはことわりを入れずに無断で辞めることにした。と言うのも経営者の奥さんには非常によくして貰っていた関係もあり「会社を辞めます」とは言い辛く後ろめたい思いがしたので、何の挨拶もせず辞めたのである。しかし、山本にだけは、新規の消費者金融へ転職することは話して置いた。

かくして、株式会社リバティという会社へ入社したのである。私の年齢は、二十四歳になっていた。リバティに入社して、一週間ほど本社で研修を受けたあと、リバティの系列会社ヨツバクレジット、心斎橋店の店長として任命された。私は、ローンズ夷で培ってきた手腕を新規の会社で遺憾なく発揮することができた。手前味噌になってしまうがヨツバクレジットの業績はすぐに伸びた。私の仕事ぶりを高く評価してくれた会社の次長は、業績の悪かったリバティの系列会社ミリオンリースに、私を配置転換させた。このミリオンリースは、大阪新歌舞伎座のすぐ裏手にあり、私が住んでいたマンションから歩いて十五分程度の距離だったので、私にも好都合であった。都合のいいことがある反面、都合の悪いこともある。それは、ミリオンリースには不良債権が多くあったのでその回収に窮した。よって、業績も上がらず毎日が四苦八苦の連続だった。

私が千辛万苦している頃、以前勤めていたローンズ夷の山本善二郎からミリオンリースへ頻繁に電話が入るようになり出した。つまりローンズ夷も別会社を二店舗もっており、そのうちの一つローンズ北海という消費者金融がミリオンリースのすぐ近くで営業していたのである。その関係もあって、山本はローンズ北海に顔を出したついでと称して、私の勤めるミリオンリースに顔を出したり、私を近くの喫茶店に呼び出すようになったのである。店長をしていた私は、営業中でも時間などいくらでも作れる立場であったために、仕事を抜け出しては、山本に誘われるまま喫茶店で逢っていた。その大きな理由として、同じ金融関係（サラ金）で働く者同士として、元上司の山本より自分の方が店長として出世しており、自身の立場が誇らしく、また山本に対する優越感からくるものもあったと思う。だから山本と逢うのも悪い気がしなかった。その上、周りの者から「店長・店長」と呼ばれることが嬉しくもあり、私の自尊心をくすぐられているようで、気持ちがよかった。

このような私の心を見透かしたかのように、山本から本件事件の共犯となる江守博巳を紹介された。この時、山本から「金に困っている友達がおる。俺が全責任を持つので出来る限りの金を貸してやってほしい」という依頼があった。この山本の申し出に対して私は断る理由もなく、二つ返事で承諾した。

そして、私の勤めるミリオンリースにお金を借りに来たのが、江守博巳であった。私と江守の関係は、債権者（金を貸す側）と債務者（金を借りる側）である以外のなにものでもなかった。後年、金を借りにきたこの江守と一緒になって「億」という大金を奪うことになるとは夢にも思わなかった。とにかく、私は通常の事務手順を踏んで、三十万を江守博巳に貸付けたのである。これが江守との最初の出会いであり、これと言って深い印象は残らなかった。

こうして、江守にお金を貸し付けたあと、私は、ミリオンリースの立て直しに尽力した。当時のサラ金業界は、「朝駆け夜討ち」は当り前のことであり、延滞者に対する厳しい取り立てをしていた。つまり、真夜中に出向いて行っては、寝ている相手を叩き起こして集金をするのである。債務者宅へ夜中に出向くと、近所迷惑になるために、必ず鍵を開けて出てくる。しかし、これが昼間だと居留守を使われてしまう。よって、真夜中が効果的といえる。

但し、真夜中の集金は命懸けになる場合もある。私は、リバティ天満橋店の社員を連れて、夜明け前にヤクザ者の家を急襲したことがある。店長をしていた私は社員の手前があるために、弱気な姿勢は見せられない。そう思った私は、そのヤクザ者に向って、「モンモン入れる金あったら銭を払え！」とやってしまった……。この私の言葉に逆上したヤクザ者は、玄関から台所に向った。そして、そのヤクザ者の連れ合いが必死に止めるのを払いのけ、右手に包丁を持って私に向って突っ込んできたのである。刹那、集金カバンを相手に放り投げた私は社員を突き飛ばして逃げたのである。集金先は、公団住宅の確か六階か七階だったと思う。その階段を転がるようにして、一階まで走った。うしろを振り返ると相手のヤクザ者は、目を血走らさせて追いかけてくるではないか……。幸いなことに、若い私の方が脚力では分があった。一階にたどりついたあと、平坦な道に出ると、ヤクザ者との距離がどんどん広がっていった。逃げてる最中は、自分のことで精いっぱいだった。だが、ふと我に返ると社員の愛知がいないのである。私は、「あいつ捕ったのかな……」と能天気なことを考えながらも、一応は店長という責任もあるために、逃げて来た道を恐る恐る引き返した。すると、間抜けズラした愛知が、集金カバンを小脇に抱えて、辺りをキョロキョロしながらのんびりした足取りで歩みを進めてくる。私はそんな愛知を見つけて、「おい」と声をかけた。私と愛知が短い言葉を交わしたとき、包丁を持ったヤクザ者に見つかったのである。今度は、私のあとを愛知も一緒について走ってくる。前述のとおり平坦な道を走らせたら、二十代の私たちの方が遙かに早い。私と愛知は、集金のために乗って来た会社の車まで、らくらくとたどり着いた。ヤクザ者に向って、「あかんべい」と嘲笑う余裕すらあった。がしかし、エンジンのかかった車は、まったく発進しない。ヤクザ者は、右手に包丁を持ったままどんどん距離を縮めてくる。私は、愛知に向って「はよ車を出せ」と怒鳴った。すると愛知は「車が動きませんねん……」と、アクセルを目いっぱい踏んで、エンジン音ばかりを高鳴らせる。私は、不思議に思い、車のギアに目をやると、愛知は、ギアをパーキングからニュートラルに入れてアクセルを踏んでるのである。これでは絶対に進む筈がない。私は愛知に向って「アホ、ドライブにせんかい」と再度怒鳴った。すると車は、派手なスキール音を鳴らし白煙をあげて急発進した。やれやれである。発進するのがもう少し遅れていると大変なことになっていたと思う。現場から離れたあと「お前、焦ってたのぉ、車のギアぐらいちゃんと入れてくれよ」と言ってやった。すると、愛知は私に向って、「河村さんひどいですわ、集金カバンは放り投げたあと、僕を突き飛ばして先に一人で逃げ出すんやから……僕は、カバンを拾ってきたんですよ」と言う。確かに、愛知の言うとおりである。集金カバンの中には、ほかで集金してきた金や、領収書、そして顧客カードなどが沢山入っていた。それをそのままヤクザ者の家に置いてきたとなると、あとあと面倒なことになる。そうはいうものの一歩間違うと私は刺されていたかもしれない。そして、刺されどころが悪かったとしたら、私も叔父さんのように春秋に富む若さの中で黄泉の国へ旅立っていたかもしれない。そういう意味からすると、集金カバンを放り投げたことが結果的によかったのかも知れない。

このようにして、サラ金業者の多くが厳しい取り立てをしながら、債務者をとことん追い込むために、自殺する者も増え始めた。だから社会問題にもなり出した。そのため、一九八三年（昭和五八年）十一月に、貸金業規制法が施行されることになった。したがって、この日を境として、午後九時以降の取り立てや、厳しい督促電話がかけられなくなったのである。

この貸金業規制法の施行に伴って三協商事の看板を下ろし、事務所の荷物や連絡先は私の住むマンションへ移したのである。確か、この頃であったと思うのだが、ミリオンリースの前店長をしていた大下邦正という男と急激に仲良くなっていくのである。「人の運命を変えるのは他者との出会いである」とはよく言ったものだ。とりたててこれといった理由はないのだがこの大下とは非常に馬が合った。野球で言えば、ピッチャーとキャッチャーの関係に似ていた。そんなこともあり、大下とつき合いだしてから私の人生が大きく捻転して行くことになる。また親しく大下とつき合い出してから、彼の裏側も見えてきた。それは彼が私に心を開いてきた証拠でもあった。つまり、彼はリバティに勤めながら、山口組系列の組員になっていたのである。その事実を知った時は少なからず驚いた。サラ金業界で働いてる者の多くは、チンピラ気質のようなところを持ち合わせている部分はある。けれども大下のように本物のヤクザになった者など、これまで見たことも聞いたこともなかった。

話は前後するがこの大下という男はミリオンリースの店長から、本社のリバティに戻されている。その大下と入れ替る形で私がミリオンリースの店長になったのである。したがって、彼とはほとんど顔を合わすことがなかった。それなのに、ミリオンリースに電話をしてきては飲みに行こうと私をよく誘ってくる。飲むことが好きな私は、大下の誘いを断ることもなくスナックを何件も梯子した。こういう時は、必ず大下が奢ってくれるのである。それが不思議だった……。要するにリバティでは、お互い同程度の給料しか貰ってない筈だし、大下には専業主婦をしている連れ合いや、小さな子供が二人もいた。にも拘わらず毎日のように飲み歩き、休日にはゴルフにも行く……。そんな金回りのよい大下を深く詮索することもなくつき合っていた。しかしながら、こういうことは徐々に分かってくるものである。大下はリバティの仕事とは別にヤクザとしての凌ぎもしていたのだ。その凌ぎとは飲食店から受けた未収金の回収や、債権の取り立て、そして呑み行為などで稼いでいたようである。私はこの時点においても、ヤクザという稼業にそれほど興味もなく、ヤクザになりたいとも思わなかった。だが大下を介してヤクザを利用してもいいかな、という程度のことぐらいは漠然とではあるが、考えていたと思う。だから自分の方から離れていこうとしなかった。

かくして、私は大下の凌ぎ（スナックの未収金回収）を時々手伝っては、平穏な時間が過ぎて行った。されど私の知らないところで大下は、リバティの金をも食い始めていたのである。それも、本社の目が届きにくい地方（福井県や長野県）の支店の店長とつるんで、不正融資を繰り返していたのだ。私はそんな大下とは少し距離を置いた方がよいのではないかと考えるようになっていた。なっていたけれども一旦つながった縁はそう簡単に切れるものでもなかった。人の縁とは不思議なもので、大下と手を切らなかったために、次々と難題が私を襲ってくることになる。まず最初に、会社の営業方針を巡って、社長と次長が対立し始めていた。そして、次長の取った行動は、ストライキと称して長期欠勤を敢行したのである。

私がリバティへ入社する時に声をかけてくれたのが、水商売で働いていた時の元上司である。この元上司の友人がリバティの次長なのだ。そんな関係もあって、私はリバティに入社してから以降は、次長派閥に属していた。私同様、次長派の人間も数多くいた。その中には、大下邦正も入っている。これらの同志が次長の自宅へ集まり、今後の対策を練った。大下は、さすがに現役のヤクザであるだけに「社長をいわしてまう」と過激なことをいう。大下にとっては、不正融資が発覚しないためにも会社内部のゴタゴタは好都合のようであった。

がしかし、次長の話によるとストライキを敢行した時点において、次長の腹は決まっていたようである。つまり、リバティを辞めるつもりでいたらしい。私は、こんな時に男気を見せる必要もないのであるが、これが私の性格なのであろう。次長の話に迎合するように、「ほな、自分も次長と一緒に辞めますわ」と、一気に捲立てた。まったく後先を考えない行動だと思う。ハッキリ言って馬鹿な男なのである。こうして株式会社リバティを退職したのである。

内妻の三希は、数度に渡る私のこうした突拍子もない行動には慣れているようで、「リバティを辞めてきた」と事後報告をするも、それほど驚いた様子も見せなかった。ここで、二度目の失業保険を貰いながら、新しい職を探し始めた。私が希望する職種は、やはり同じ業界の消費者金融（サラ金）である。この頃になると、公務員になろうとか、なりたいとか、そのような夢は木っ端微塵に消え去っていた。つまり、三希との生活に埋没してしまい、らくな仕事しか出来なくなっていたのである。

このようにして、消費者金融を探していると、運よく読売新聞の求人欄にリバティよりも大きな消費者金融の求人募集を見つけた。早速、その会社に電話をかけてみると、履歴書を持って面接に来てほしいという。面接に赴いた場所は、本町で営業している株式会社大和コーヨーという準大手の消費者金融だった。この会社は、別称さわやかレディースともいい、女性を対象とした振り込みローン専門の消費者金融であった。私が面接に行って驚いたのは、五階の百坪ほどあるフロアーを全部使っていることだった。その会社の広さを見た私は萎縮してしまった。その上、簡単な入社試験として、金融に関する短い作文のようなものを書かされたのである。私は、試験と名のつくものに対して、過去にあまりいい思い出がなかったので心が萎えてしまった。いずれにせよ、ろくな作文も書けなかったので、東京に本社のあるこの準大手の消費者金融に採用されることなど絶対にないと思い、ローンズ夷のような個人経営の会社を探すことにした。そして、その後二〜三の小さな金融会社の面接も済ませておいたのである。あとは、私を採用してくれる会社からの返事を待つばかりとなった。面接から一週間ほど経過したお昼頃、電話が鳴った。「○○会社の○○ですが……」というのである。私の頭の中には、個人経営の金融会社しか浮かんでこず、「あ〜社長さんですか、どうも」と答えた。すると、電話口の向こうから「はあ？？？」という言葉が返ってくるではないか。私は、働けるというううれしさのあまり、準大手と個人経営の消費者金融を間違えていたようである。電話口の相手は、再度「河村さんですね」とひと言ずつゆっくり聞いてくる。そこで、私も少し冷静さを取り戻した。相手の人は、「大和コーヨーの高倉ですが」と言った。今度は私の両の耳でハッキリこの言葉を捕えることができた。と同時に、百坪ほどある大きな会社のフロアが私の目の前にパァーと広がった。とにかく、準大手のこの会社には縁がないであろうと思っていたので、心の底より嬉しかった。あの当時を思い出してみても、胸が熱くなってくる。人生とはダメであろうと思っている方が結果はいいのかも知れない。ともかく、私を採用してくれるという電話であった。

したがって「あすから行きます」と答えて、ていねいに受話器を下ろした。電話を切ったあとも、夢ではないだろうかという思いで、しばらくの間はふわふわした気持でいた。それがなんとも心地よかったのを覚えている。そこで私は考えたことがある。もう二度とこのような準大手の会社に就職することは出来ないであろう。だから今度こそこの会社で骨を埋めるつもりで頑張ろうと、心に強く誓ったのである。こうして、株式会社大和コーヨーに入社したのである。私の年齢は二十七歳になっていた。

私は心に誓った通り、この会社に骨を埋めるつもりで、真面目に一生懸命働いた。これまで培ってきた金融のノウハウも思う存分発揮することが出来た。このさわやかレディースという会社は、社内が明るくてとても楽しく働ける職場であった。したがって何の不満もない。不満がないのが不満とでも言えるぐらい雰囲気のいい会社だった。また通称名がさわやかレディースと称するように会社のスタッフも若い女性がほとんどである。だから社内も明るい。それに社風も東京本社のスタイルを取り入れていたので全てにおいてスマートである。大阪のこてこてした街金融とはまったく違っていた。そういう点も私の目には新鮮に映った。とにかく、この会社は暴力的な取り立て行為は一切やっておらず紳士的な優良企業であった。そんなこともあり、さわやかレディースにおける私の存在（債権回収のやり方）は、少々異端に映ったと思う。そうはいうものの別の角度から見ると、私が新しい空気を持ち込んだために、他の社員に活を入れたのも確かである。なかでも不良債務者に対しては厳しい態度で追い込まないと回収など出来ない。だから、私は以前のような厳しい口調で督促電話をかけまくった。すると、みるみるうちに回収率もアップし、東京本社から「大阪支店副長」というポストの辞令を受けた。こうして私の影響を受けた他の男子社員は、私の言葉を真似て追い込みをするようになった。また、さわやかレディースの社員が私になびいてきてるのも分かった。そんなこともあって、私は、会社での地位を固めようとした矢先にあることがおきた。好事魔多しとはよく言ったものである。ある一人の不良債務者が、私の取り立て行為が厳し過ぎるということで、大阪府警に訴えたのである。そんなこともあり、私と支店長は警察に出頭することになった。もちろん、任意である。だが刑事が私たちを見る目は明らかに「犯罪者」であった。だから刑事の口調も汚い。私は、腹が立ち「借りた金を返さん方が悪い、民事の問題やろ」と食ってかかった。すると、権力とは恐ろしいものだ。私は何一つ悪いことをしてないのに、刑事は私に向って「お前をパクルど！」と脅す。支店長は、その言葉にビビッてしまい、平身低頭して詫びている。そして、私にも刑事に謝れという。多分、私の顔が不満にみち溢れていたのであろう。支店長は「ええから謝っとけ」というのである。私が頭を下げなかったので支店長がずっと頭を下げ続けていた。こうして、私たちは一時間ほどこっぴどく絞られたあと解放された。警察署を出たあと、私がその昔に憧れた警察官とは、この程度のものであったのかという思いが頭を過り、何か吹っ切れるものがあった。

また、別の機会には次のようなエピソードもある。私と部下が二人で集金に回っていた時の話である。会社へ戻る前に電話を入れたところ、部長が電話口に出て、口ごもるように「支店長と河野くんが、ヤクザの事務所へ呼び出されて出向いて行った」というではないか。私は、詳しい内容が分からないためにすぐ会社に戻ると言って電話を切った。この頃、一九八五年（昭和六十年）当時といえば、この年の一月二十六日に、竹中正久山口組四代目組長が、一和会のヒットマンに射殺された年である。つまり山一抗争真っ只中の時であったため、ヤクザ連中は皆ピリピリしていた。そんなヤクザ者の一人の家に、河野くんが私の口調を真似て追い込みの督促電話をかけたようである。借り主は、ヤクザ者の母親である。その人に、厳しい言葉を浴びせてしまったという。その後、ヤクザ者の息子が電話口に出て来て、河野くんと言い争いになったのが原因らしい。もちろん、河野くんは、相手方を本物のヤクザと知り得る筈もない。よって目いっぱいの能書きを言ったことぐらいは充分想像できる。相手のヤクザ者は、こちらが一和会の人間と思い込んだみたいである。そうなると相手は山口組関係者となる。そこで意気込んだ相手はこちらの会社に乗り込んでくるという話にまで発展したので、支店長が河野くんを連れて、ヤクザの事務所へ詫びに行くことになったらしい。組事務所では、支店長と河野くんが数名のヤクザに囲れ、きついクンロク（カマシ）を入れられたあと、夜遅く解放されて会社に戻ってきた。河野くんは、ヤクザの事務所でずっと泣いていたという。会社に戻って来てもシュン太郎で、「怖かった、怖かった」とその言葉を連呼する。山一抗争のまっ最中なので、余計こわかったのであろう。その後、河野くんは会社を辞めた。

私もヤクザとはよく揉めた。私の場合は、知り合いに山口組系列の人間がいたので、いつも強気で攻めていた。また私が消費者金融で勤めていた頃、ヤクザの凌ぎに整理屋というのが流行っていた。つまり、整理屋と称して元金の一割から二割の金を支払って、サラ金業者を泣かして行くというボロい凌ぎである。この整理屋には、私がリバティで働いていた当時からかなり手を焼いていた。整理屋の手口はこうである。「〇〇の借りているお金を支払うので、借用書と領収書を持って、いついつ、どこどこに集金に来て下さい」と、至極ていねいな言葉を使い業者を安心させる。そして、借り主のところには一切行かないでほしいとつけ加えることも忘れない。サラ金業者は、金を支払ってくれると言うのであるから相手が指定する場所に喜んで集金に伺う。けれども出向いたその先というのが、ヤクザの代紋や提灯がかかった組事務所であったり、喫茶店を借り切ってそこで整理が行なわれるのである。サラ金業者は、その場所に赴くまで相手がヤクザとは分からない。先の河野くんではないが、いくら突っ張った男でも堅気の人間ならば普通はビビッてしまう。それこそ泣き出してしまった河野くんの心理状態がよく分かるような気がする。ともかく、サラ金業者を組事務所に呼びつけたあとがじつに巧妙なのである。順番に業者名を言わせたあと、予め用意してある現金入りの封筒を差し出す。そして借用書と領収証を要求するのである。サラ金の社員は、封筒の中身を確認すると、請求金額とはほど遠い微々たる金額しか入っていない。つまり、全業者に対して、一割もしくは二割付けなのである。サラ金の社員は当然のごとく納得しない。しかし、ここからがヤクザのヤクザたる所以なのである。すなわち態度を一変させて本性を現わす。つまり、「なにかい、わしが支払うと言うてるのに気に入らんちゅうんか、おどれはええ度胸しとるやんけ……」とこう出てくるのである。この時点で、ほとんど勝負はついている。四～五人の若い衆は、黙って睨みをきかせているのであるから、ほかのサラ金業者はたまったもんではない。気の弱い業者は、さっさと整理屋の条件を呑んで帰って行くものまで出てくる。一件の業者が条件を呑むと、雪崩を打ったように次々と条件を呑んでいく。つまり、一番最初の業者を見せしめとして、カマシあげるのである。このやり方が上手ほど、プロ級のヤクザといえる。若いチンピラが真似ても、まず無理であろう。それは貫目が違い過ぎるからである。

余談になるが整理屋の手口はこうである。債務者が仮に十数社のサラ金業者から合計四百万円を借りていたとする。すると、整理屋（ヤクザ）は債務者に対して、半分の金額（二百万円）で、全てのサラ金業者に話を付けてやると持ちかける。債務者とすれば、半分の金で煩しいサラ金業者から解放されるとなれば、相手が少し怪しげな人だと分かっていても頼みたくなるのが道理かもしれない。サラ金地獄から解放されたい思いが強い人ほど無理をしてでも二百万の金を工面してくるのである。整理屋の方は、二百万円を預かったあと、債務者が業者から借り入れてる一覧表を作り、一割ないし二割付けをして行くのである。つまり、A業者から四十万円を借りていたら、一割の四万円しか支払わない。仮に、A業者に対して、何回か元金と利息を支払っていたとするならば、その点もきちんと計算しており、差引くのである。だから単純計算すると、借入金が合計四百万として、その一割付けとした場合、四十万円になる。整理屋が、債務者から預かっているお金は、二百万であるから差引きすると、一回の債権整理で百六十万円の凌ぎになる。若い衆に、十万円ずつの小遣いを投げてやったとしてもボロい稼ぎになることには違いない。これが、整理屋の実態なのだ。私は、この整理屋が許せず徹底的に闘うことにした。

とにかく、この当時は新聞広告などにも堂々と「債務整理します」と出していたり、はたまたチラシを撒いたり、電信柱に貼り紙をして債務者を募っていた。当時はそんな時代であった。私は、さわやかレディースの関西全店を統括していた関係もあり、こういう状態を見ていて、手を拱いてる訳には行かなかった。消費者金融を食い物にしているヤクザが許せなかったのである。よって、私は本物のヤクザを相手に激しくやり合うこともあった。やり合うと言っても、電話口での喧嘩なのであるが、しかし最終的には私が負ける。ヤクザ者の決め台詞は、「お前、どこの組のもんじゃい」とこうくるのである。私は、堅気であり代紋など持っていない。確かに、ヤクザに負けないぐらいの能書きをタレ、偉そうな言葉を吐く。けれども、所詮は「似非ヤクザ」なのだ――。私と言い争ってる相手のヤクザ者は、似非ヤクザに舐められてなるものかと、これでもか――というように私をカマシてくる。こうなると、お手上げ状態になる。向こうは、殺気立ち、さわやかレディーズの事務所に乗り込むと脅かしてくる。脅かしと分かっていてもやはり恐怖である。こういう時の私は、仕方なく大下が属する組事務所に電話を入れて、助けを求める。するど、「ケツをうちの事務所に振れ」と言ってくれる。この言葉を確認してから相手のヤクザにその旨を伝える。そうすると必ず「なんや、鷹見さんとこか、それなら最初からそう言うてくれ」とこうなる。つまり、同じ山口組でも組によって重みの違いがあることが分かった。要するに、座布団の序列というやつである。

こうして、何度か大下に助けて貰っているうちに、以前のようなつき合いが始まり出す。そして私も大下同様、代紋を背負う本物のヤクザになっていくのである……。

そこで、会社のためとはいえ何故、大下の力を借りてまで債権回収に力を入れなければいけなかったのだろうか。それは、ひとえに私の性格からくるものであった。その一つに「負けん気の強さ」。二つ目に「出世欲」これらの条件が重なり合うと、私はいい意味で突っ走ってしまう。悪い面では、やり過ぎてしまい命取りになるのである。

要するに、私という人間は「ころかげん」というのが出来ない男なのであろう。だから必死になって不良債権の回収にあたり、ヤクザと正面から向き合っていたのである。そんなこともあり、大下の力を借りることが多くなっていた。これは、私にとっての諸刃の剣にもなっている。すなわち、大下とのつき合いが深くなるほど抜き差しならない状態へと陥っていくのである。

　他方、私は、自分の生きる方向性というのが分からなくなっていた時期でもある。つまり、自分は何のために生きているのか、三〇を前にして何がしたいのか、これからどうするべきなのかが分からずに悩んでいたのである。その答を見つけだすために、アルバイトに出ることにした。幸いなことにさわやかレディースという会社は、午後五時三十分の終業チャイムが鳴ると、その日の業務を完全に終えてもよかった。但し、週二回（水・金）は、午後九時まで延滞者に対する督促電話等の残業がある。この程度の残業ならば本業を終えたあとでもアルバイトに出る時間を捻出できる。そこで、早速アルバイト情報雑誌を買い求め、バーテンダーの仕事を見つけた。しかし、これは以前のことがあるので、たとえアルバイトとはいえ水商売で働くことに対しては三希から反対された。だが病的とでもいうのであろうか、一旦働きたいと思い出すと自分の心を押さえることができず、強迫観念的に仕事を探してしまうところが私にはあった。

　こうして見つけたのが、ミナミで営業するラウンジであった。このラウンジでは午後七時から午前一時頃までバーテンダーとして働いた。さわやかレディースが残業の日は、午後九時半頃に店へ入った。私がバイトを始めて間も無いころに一人のホステス（耀子）から声をかけられた。それは、私が昼間の会社で働きながら深夜までバーテンダーのアルバイトをしていることはすごいことなので、自分の旦那に一度会って欲しいというのである。そこで、詳しく話を聞いてみると自分の内縁の夫が定職にもつかず、毎日ぶらぶらしているので、友達になってやってくれないかということであった。早い話、私の前向きに頑張る意気込みを自分の夫にも注入してほしいと頼まれたのである。耀子の内縁の夫という男はバイト先の店にも飲みに来ていたので、顔は知っていた。こうして紹介されたのが、私より一つ年下の河内伸二という優男であった。この河内は、定職を持っておらず収入源といえば、パチンコと競馬である。言葉は悪いが、ホステスである耀子のヒモのような存在であった。したがって、私とは、ライフスタイルが百八十度違う。そんなこともありこの河内との組み合わせは、一見するとミスマッチのようではあるが、それが幸いしたのか意外と気が合った。

とりわけ河内と知り合うまでの私は、賭事が好きな方ではなかった。というよりも毎日が忙しくてパチンコや競馬をやる暇がなかった――という表現の方がいいのかも知れない。とにかく、それまでの私は堅実に稼ぐことをモットーにしていたのである。そんな私が、後にパチプロを自負するようになり、競馬の胴元や野球賭博の胴を持つようになるのだから、人生なんてどこでどう変わるのか分からない。

それはともかく、生活の張りを見いだすためにバーテンダーを始めたはずなのに、河内との関係を持つようになってから、なにか不思議な感覚に陥っていくのである。一方、大下の方からは凌ぎとして、競馬の呑み行為を誘われていた。けれども私には呑み行為の経験がない。とは言うものの以前に一度、柳田社長に呑み屋をしてはどうかと、さそわれたことがある。がしかし、実際問題として私が直接電話を受けたこともなければ、その計算方法も知らない。そのことを大下に伝えると、「ワシが教えたるので心配するな！」という。そこでこれはちょうどいい機会だと思い、競馬好きの河内にも声をかけた。すると「河村くんがやるならば参加してもかまへんで」

という答が返ってきたので河内を大下に紹介することにした。ところで呑み行為を受ける場所になるのだが、私が空部屋にして置いた桜川のマンションを提供することにした。そして、競馬専用回線として電話をもう一回線引いたのである。事務用品（机や書庫）応接四点セットなどは、三協商事の時に使っていた物があったので、それが役に立った。

あとは、各自が客を集めることになり、私は、坂井の電工関係者や、山本の関係者を紹介して貰い、土建業の篠山信一にも声をかけ、土方連中の闇馬券をまとめて貰った。河内の方はさすがに遊び人だけあって、喫茶店のマスターや、バー・スナック関係者から客を集めて来た。けれども言いだしっぺの大下は、客を集めてこない。私も河内も、本物のヤクザである大下に遠慮しているためか、心に思っていることを口に出せないでいる。河内の方は私と二人になると、「河村くん、大下に喰われるで」と、我々二人だけが客を集めてきて、その上がりを三等分している。という不満を口に出し始めた。確かに河内の言う通りなのである。こうなった責任は私にあるので、大下をナイトクラブに連れて行き、当り障りのない話をしながら、客を集めてくるようにと暗に注意した。大下は、薄笑いを浮かべながら「分かった」と言った。しかし、この時ヤクザのズルさを垣間見たような気がした。もはや昔の大下ではなくなっていた。そして、そんな大下がとった行動は、彼が属する組の若い衆に、馬券を通させてきたことである。これには、私も河内もあっと言わされた。この大下の行動は、理屈上では我々に文句を言わせないものがあったが、こういう状況になった時に河内は「ヤクザ相手に賭博の金は集金でけへんさかい、やめて貰え」と私にいう。確かに河内のいうことは正論なので、私は答えに窮した。そこで一時的な答として

「大下がきちんとするやろ」と言ってなんとか矛を収めて貰った。けれども結果的には河内の主張が全て正しかった。つまり、大下が早いもん（使い込み）をしていたのである。組の若い衆は闇馬券の負けた分は兄貴（大下）に毎回渡しているというのである。

話は脱線するが、大下が属する組から金融流れのムスタングを買ったことがある。そのときに、事務所に赴いたことがある。だから組長や若い衆とは面識もあったし、大下と一緒に若者たちとも飯を喰ったことがある。そんなこともあり、若い衆と電話で話すことには抵抗はなかった。そこで、先ほどの話を若い衆に振ってみると、「毎週の支払い日には兄貴（大下）に渡してまっせ」とこういう答が返ってきた。したがって、この時に大下の使い込みが判明したのである。私は、大下という男が好きだったので信じられなかったけれども使い込みは事実だった。でも、世の中には、裏切られても憎めない奴が一人や二人ぐらいいる筈である。それがこの大下であった。そうは言うものの、河内の立場もあるので、このままの状態にしておくわけにはいかなかった。私は、大下に対して組の若い衆が、「これこれ言うてるぞ」と問い質してみた。すると、案の定「受け取ってない」と、のらりくらりと逃げ出す。そうこうするうちに大下は桜川のマンションにも寄りつかなくなった。

すわ、トンコ（逃げた）かと、私たちは考えた。しかしなんのことはない。大下は傷害罪で警察にパクられていたのである。その後、裁判で執行猶予の判決が出たあと、今度は本当に行方をくらましました。組事務所にも出入りしなくなったようである。こうして大下との縁も完全に切れてしまった。と同時に、ヤクザの後ろ盾も失ったことになる。河内は、ヤクザと手が切れたと言って大いに喜ぶ。確かに、遊び人の河内にすれば、ヤクザ者が仲間だとデメリットの方が多かったのかも知れない。しかし、私にはそれなりのメリットがあった。

いずれにせよ大下が抜けたあと、収入の面においては、三分の一から二分の一になった。そのために取り分は少し増えた。土・日の両日で出る利益は、七万円から八万円程度。ひと月、四週で換算すると、ざっと三十万円ほどになる。土・日の二日間、月にすると八日間の凌ぎでこのぐらいの利益ならばよしとしていた。但し、呑み屋としては、利益が少ない方の部類に入る。競馬・競輪を本格的に受けているところならば、月に何百万と稼ぎ出すところも多くある。しかし、私と河内は堅気ゆえ、この程度の利益で充分であった。これら博奕の支払い方法は、毎週一回ずつ清算することになっている。したがって、私の場合は毎月貰うさわやかレディースの給料とは別に、毎週、三～四万円の小遣いが自分のポケットに入り込むようになっていた。河内の場合は、宵越しの金を持たないタイプの人間のために、毎週金が入ると、「河村くん、パァーといこう」という。こういうところは、さすがに「ジゴロ」である。

私は、河内とは正反対の面を持っていたので、ケツの穴が小さい。つまり、「もしも大口を当てられた場合はどうするのか」という考えを持っていた。そのために利益を少しでもプールして置きたかったのである。支払いに窮しない為にも……。しかし、私のこんな心配を河内は苦笑しながら一蹴した。河内は、遊び人だけあって、賭博関係にも長けた男であった。私がそんなに心配するのならば、「保険をかけてやる」という。私は、意味が分からず、「博奕に保険???」と聞き返した。すると、河内は「大口で張ってくる客や大穴狙いの客は、見たらすぐ分かる。せやさかい、そんな客の分をよその呑み屋に振り分ける」とこう言うのである。つまり、河内が判断してヤバイと思う馬券に関しては、これまで河内自身が利用して来た何軒かの呑み屋に分散させて通すというのである。すると被るリスクも少なくて済むとこういうことである。

私は、なるほどいい案だと思った。実際、河内は桜川のマンションで受けた闇馬券を、そのまま別の呑み屋へ横すべりさせて通したこともある。こうして、保険をかけることによって、私の心配を払拭してくれた。しかし、その分「パアーといこう」という河内の話は断わり切れなくなり、競馬で出た利益をポケットに詰め込んでは毎週のように夜のネオン街を河内と二人で飲み歩いた。私たちは呑み行為で得た利益以上に飲み歩くために、足が出ることも多く、ツケで飲むようにもなっていたのである。だから、賭博で得た金は一銭も残らず、享楽の代償として全て消えて行ったのである。

一方、さわやかレディースの仕事は順調そのものであった。だが、相変わらず整理屋と称するヤクザ者は消費者金融を食い物にしようとして、介入してくる。そして、私の聞き覚えのある関西相合と名乗る整理屋からさわやかレディースの会社へ電話がかかってきた。対応してるのは、社員の矢賀くんである。私は、関西相合と聞いて、もしや……と思い、矢賀くんと整理屋のやり取りを別の電話機を使って盗み聞きすることにした。すると、なんということであろうか、大下が属していた組の若い衆の声が、私の持つ受話器から聞こえてくるではないか。やはり私が思ったとおり関西相合というのは、大下が属していた組が仕事をする時に使っていた名前なのである。私は、そのことを大下から聞いて知っていたし関西相合の名刺も貰っていた。但し、私がさわやかレディースで働いていることを知るのは大下のみである。そのために組長や若い衆はその事実を知らない。もしも大下がトンズラせず組に残っていれば、少なくとも関西相互からの整理は入らなかったであろう。つまり、大下が防波堤となって私が勤める会社に電話を入れさすようなドジなことはしないと思うからである。

それはともかく、大下以外の人間には、さわやかレディースで働く私の存在を知られたくなかった。それは大下自身も消費者金融で働いたことのある人間なので、不良債務者や整理屋等と対峙するサラ金の管理部社員の大変さを熟知していたからである。だから大下は無茶なことは言わない。しかし、それらを知らないヤクザ者は、本気で喧嘩を吹っかけてくる。今回の関西相互のケースもそれである。電話をかけて来ているのは、野間宏昌という男だった。私は、この野間宏昌という男は、苦手なタイプだった。彼は極道というよりも愚連隊と断言しても差し支えはない部分を持ち合わせている突破な奴であった。しかし、ヤクザとして生きて行くならば、野間のような気性の激しい人間が大成すると思う。

私は、心の中で舌打ちしながら、「こいつなら、必ず一人でも会社に乗り込んでくるであろう」と思った。そう思った私は、組の事務所へ電話をかけて電話口に野間を呼び出した。そして、私がさわやかレディースの社員であることを説明した。すると、野間は素頓狂な声を出しながら「ほんまでっかいな、それならもっと早よ言うておくんなはれ」という。私は、大下が組の人間には何も言ってないのを知ってはいたが、敢えて、「大下から聞いてないんか？」と野間に問うてみた。すると案の定「兄貴からはなんも聞いてまへん」という答えが返って来た。そして、続けざまに「今晩、飲みに行きまひょうな」と野間はいう。私は断わりたかったが狂犬のような野間を手なずけるのには、飯を腹いっぱい喰わせてやり、酒を好きなだけ飲ませてやるのが一番だと考え、野間の申し出を承諾した。これが、結果的には間違っていたことになる……。

当時の私は、野間と個人的に深いつき合いをする気はなかったものの野間を大下の代役として利用しようと考えたのである。つまり、私は金融会社を辞める気などさらさら持っておらず、逆に、管理部を統括する立場としては、不良債権を少しでも多く回収し、整理屋を押え込むことが私の役目でもあり、またそれが自身の成績にもつながってくるのであった。そのためのヤクザ対策として、野間の力を利用し、整理屋を完全に押え込もうと考えた。そこで早速そのことを野間に話してみた。すると、すぐに了承してくれた。その代りとして、凌ぎを回してほしいという交換条件を持ち出して来た。この辺りは、さすがに抜けめがない。しかし、ここはギブアンドテークであろう。幸いなことに私は水商売関係の知り合いから、飲み代に関する未収金の取り立てを頼まれることも多かった。それらを野間に回してやることにしたのである。野間が私に近づきたがる本心は、この点にあると私は見抜いていた。つまり、二十代前半のチンピラヤクザには、生活していけるだけの凌ぎを集めてくる能力には欠けており無理があったということである。いずれにせよ、突進して行くことしか知らない狂犬のような若い力は、将棋にたとえていうと、使い方（動かし方）しだいで、歩からト金に化けることもある。但し、使い方を誤らなければの話であるが……。

こうして、新たに野間宏昌とのつき合いが始まったころに、私はミナミでスナック・メイをオープンさせた。当然のごとく、野間は毎日のようにタダ酒を飲みにくるようになり始め、野間の紹介で組関係者も店に出入りするようになった。そんな関係もあり、組長の知り合いの音響会社とカラオケのリース契約を結んだ。

一方、店をオープンさせたあとも私はさわやかレディースの方でも働いている。つまり、昼間の仕事が終るとすぐに自分の店に駆け込み、開店の準備をするのである。このかけ持ちの生活は今まで以上にかなりハードなものとなった。要するに寝る時間もないぐらい忙しく動き回っていたのである。これ以外では土曜日・日曜日になると、競馬の呑み行為が待っている。私の年齢は二十七歳と若かったので、若さと、内に秘めた「なにくそ、負けるものか」という向こう意気の強さが、私を倒れさそうとはしなかった。けれども、この無茶な行動がボクシングでいうところのボディーブローのように、肉体的および精神的疲弊となってあとあと出てくるとは、当時の私には分からなかった。したがって、毎日が無理の連続であった。ときには、午前六時頃まで店を開けていることもあった。だからさわやかレディースの方も、おざなりな言い訳をして遅刻や欠勤を繰り返すようになっていた。

このように、肉体的には極限に近いところまで自身の体を引っ張りに引っ張った。にも拘らず、思うほどの利益は上がらない。その大きな理由は、店の家賃と光熱費、そして人件費などの出費が大きかった。これまでの私は、働いて報酬を貰うような言わば気楽な立場であった。しかし、スナック・メイをオープンさせたがために、自身がいくら一生懸命働いてみても従業員には、労働して貰った分の賃金を支払わなければならない。それは経営者として当然のことである。その当然のことに窮する月も出始めた。こうしてマイナスの月が出始めると、私の神経も徐々にまいってくる。このように、一旦悪い目に回り出してくると、得てしてそういうものかも知れないが、競馬のシノギ（呑み行為）の方も、負けが込んできた。それまで出ていた競馬の利益については、前述の通り、河内と二人で飲み喰いに使ってしまっていた。私の場合は、使うと言っても、飲みにいく先々の店で、自身の店（メイ）の宣伝を兼ねた営業活動もしていたので、それなりの利点はあった。さりとて、呑み行為の利益をプールしていなかったために、たちまち張り客に対する支払いが出来なくなったのである。呑みの客は胴元が支払うことになる金を一回でも飛ばすと、二度と通してこなくなる。すわ、どうする……これぞまさしく「貧すれば鈍する」である。

この時、差し迫って必要になった金は、百万円程度のものであった。したがって、いざとなったら、スナック・メイを借りる時に、保証金を支払っていたので、店を解約すれば、少しの金はすぐ作れると思った。また、ムスタングを売れば、五～六十万の金にはなると思っていたし、負けの半分は河内が負担すると思っていたので、気持ち的にはヘコまなかった。

そこで河内と話し合った結果、競馬で当てられた負け分を客に支払わずに「飛ばしてしまう」という結論に達したのである。ずい分、勝手な了見である。客が負けた時は、毎週、きちんと私の銀行口座に振り込んで貰っていたのに、こちらが負けたら払わないとはひどい話である。但し、河内の話によると飛ばすと言っても呑み行為をやめてしまうのではない。当てられた客のみを切り捨てるだけなのである。要するにその方法として、胴を取っている私たちの電話番号を変更することによって、その人間の闇馬券を次の週末から受けられないようにする、と、こういうことなのだ。それ以外の客には、こちらから予め連絡を取り、新しい電話番号を知らせておくので、何ら問題はない。よって、この件に関しては一応の解決をみたことになる。

他方、スナック・メイの売り上げも芳しくない。店をオープンした当初こそ、毎月五十万円ほどの利益が出ていたものの、それが日を追うごとにじり貧になっていく……。一時は店を畳もうかとも考えたこともあるものの、あちらこちらに声をかけていた関係もあり、そう簡単には店を畳む訳にはいかなかった。確か、この頃から三希との関係もギクシャクし始めた。その大きな理由としてあげられるのが、生活のズレである。私の場合は、月曜日から金曜日までさわやかレディースの仕事があり、夜は自分の店に出る。土曜・日曜になると、朝早くから、桜川マンションへ赴いて仕事（シノギ）をする。呑み行為が終るのは、夕刻の五時前後になる。したがって、実質、私が自由に使える時間となると、日曜日の午後五時以降からの数時間しかないのである。しかし、私はその時間を利用しサウナに通い、マッサージを受けて疲れた体を癒す。こうして三希とは擦れ違いの生活が多くなっていった。そのために、互いの気持ちが少しずつ離れて行ったのである。とにかく膨らんでいた風船の空気が少しづつ抜けていくような感じで、「俺は、いったい何（誰）のために頑張ってきたのか、何のために生きているのか」が分からなくなってしまった。

5、五億円強奪という誘惑

私がスナック・メイを開店したあと、ローンズ夷の元上司だった山本善二郎が、一週間に一、二度飲みにくるようになった。この頃の山本は、大阪梅田の場外馬券売場近くで営業するシンコー（手形割引・証券金融）という、小さな金融会社に勤め先が変わっていた。そしてこの山本の口から意外な男の名前が出たのである。それは、事件の共犯者となる江守博巳だった。最初は投資顧問業を営んでいる「江守」という名前を聞いてもピンとこず、数年前に私が勤めていたミリオンリースの店にお金を借りに来た男（エモリ）と結びつかなかった。多分、山本自身も江守をミリオンリースへ紹介したことを忘れていたのであろう。もしも覚えていたとするならば、あの時の男（エモリ）と言った筈だからである。

そこで本件事件の発端となる五億円強取の話をすることにしよう。一九八七年（昭和六二年）五月半ば頃のことである。山本が投資顧問業の社長を店（メイ）に紹介してやると連れて来たのが、この江守博巳であった。私は、このとき江守と会うのが二度目になる。一度目は、江守がミリオンリースにお金を借りに来た時になるので、じつに四年ぶりの再会である。そこで、江守が来店した場面に話を戻すと、私がカウンターの中で洗い物をしていた時であったと思う。店のドアが開いたので反射的に顔を上げると山本は「ヨッ」と笑いながら、いつもの調子で、フローリングの床の上を歩いてくる。その山本のうしろから続いて店に入って来たのが、江守だった。私は、江守の顔を見て「あっ」と思った。それは四年前に会った男だったからである。山本の方は、四年前のことを完全に忘れている様子に見て取れた。その理由は「株の仕事をしている社長やから、また飲みに来て貰らいや」と言って私に紹介してくれたからである。したがって私は、スナック・メイの名刺を江守に差し出した。江守の方は、自身が経営する投資顧問業紫光の名刺を私に呉れた。江守も私も、お互い過去のことなどどうでもいいという感じで、名刺を交換しながら昔の話には一切触れようとしなかった。それはともかくとしても、江守は「メイ」にとって新規客になるので楽しく遊んで帰って貰うことのみを心がけた。だが、そういう私の思いとは裏腹に江守は、私が作ったヘネシーの水割りを飲みながら、訥々とコスモリサーチ社のことを喋り始めたのである。

この当時、江守の意図がどこにあったのかわからない。けれども事実として、江守の口から出た言葉は、コスモリサーチの社員が運ぶ大金を奪い取るという内容の話であった。正直なところ私も金は欲しい。だからといって、私は江守に対して大金を取る話を求めていたのではない。仮に私が求めるとするならば、何十万、何百万単位の取り立てを回してくれるだけで充分だった。

だから、この話を最初に聞いたときには「江守の与太話」と決めつけていたのである。つまり銀行員でもない人間が、五億、十億の大金を運ぶこと自体不自然であり信じられなかった。とかくスナックやクラブへ飲みに来る客の多くが能書きをいい大口を叩く。そして流言飛語を流すために、江守の話もそれらと同等にとらえていたのである。ともかく、私が営んでいたスナックは、外側から見れば、一見華やかそうな商売に見えるが、内側はその逆で、客単価は一人当り五千円、一万円といった具合である。よって利幅の薄い儲けを毎日コツコツ積み上げていくのだ。確かに表向きは派手な反面、金銭面では比較的に地道な商売なのである。したがって、五億、十億を奪取するという話は、私の商売からすると何十桁も違う話になるので、何かもう一つピンとこなかったというのが正直なところだった。もう一方では、江守は株の知識がない私を馬鹿にしながら、ちゃかしてるのだろうかという思いも持った。この点については、後で詳しく説明するが、江守の話がちゃかし話ではなかったので、私は驚きを隠せなかった。いずれにせよ、五月半ば頃に山本と江守が飲みに来てから一～二週間がすぎた頃だったと思う。ふたたび江守が「スナック・メイ」に飲みに来た。私は、江守がスナック・メイを気に入ってくれたのだと思い喜んだ。水商売に身を置くものにとって、新規の客が一～二週間以内に再来店すると、上客として扱うことが常になっている。よって、粗末には扱えない。また、江守が経営する投資顧問業は、景気がよくて儲かっているのだろうとも思った。この頃の世相といえば、土地も株も右肩上がりで上昇を続けていた時期でもあった。所謂、バブル経済と呼ばれたこの時期に、土地や株に投機して巨額の富を得た一般市民も多くいた筈である。しかし、これが「泡」（バブル）であったことに気づくのは、ずっと後のことになる――。

とにかくこのような時期ゆえ、江守自身も金の回りがいいのであろうと思った。水ものと呼ばれる箱商売は客が足を運んでくれないと成り立たない。どうやって足繁く通ってくれるか、リピーターにできるかが店舗経営の大きなポイントになる。そこで、私は江守の機嫌を取りながら次のような言葉を投げてみた。

「江守さん、一人で儲けんと何か儲け話があったら言うて下さいよ。」

このようにして私は、軽い気持ちで問いかけたのである。すると、江守は何の躊躇《ためら》いもなく私の言葉にすぐ反応した。反応してくれたのはいいのだけれども江守の話す言葉は私の予想をはるかに上回っていた。つまり、江守は悪びれた様子も見せずに、とんでもないことをしゃべり始めたのである。

「このあいだ来た時に話したコスモリサーチは、何億という大金を運んでるんやから、その途中を狙って五億円の金をパクったらええやないか。」

これは暗に犯罪をほのめかす言葉である。いくらヤンチャな私でも一瞬、絶句した。江守が口にしたことは儲け話ではなく、法律に違反することを私に勧める言葉だったのである。ともかく、こちらとしても即答できるような話ではなかった。だから、江守が本気でしゃべっているのか、それを探ってみることにしたのである。

それというのも、スナック・メイもじり貧状態であったし、また自身がアンニュイな人生に我慢できなかったこともある。それと歳を重ねるにつれて残りの人生を逆算してしまう傾向が私にはあった。人生五十年ととらえていた私は生き急ぎとでもいうのだろうか、なにかしら焦っていたのだ。だからリタイアする前に、自分のエネルギーを何かにぶつけてみたかった。それがたとえ悪い事と分かっていても、当時の私には、それはそれでよかったのである。すでに合法的な社会上昇ルートを放棄した私にとっては、非合法でもいいから一獲千金の話があれば乗ってみたかった。寂しいと言えば寂しい生き方をしていたと思う。

いずれにせよ、千載一遇のチャンスなどそうあるものではない。なかんずく私の場合は、色々な意味において、親の期待を背負って生きて来た部分があった。多分スナック・メイをオープンさせたことによって、その思いがより一層大きくなり始め、期待という重圧に耐えられなくなっていたのかもしれない。だから早くなんとかしようと焦り始めていたような気がする。

このように、幾分、情緒不安定な状態の時期に、これまで身近な人間から聞いたこともないような金額を耳にしたのである。それが、五億円強取の話であった。江守からこの話を聞いた時は、何か目の前がパッと明るくなった感じがした。どうせ短い人生、江守の話が本当であるならばのってみるのも悪くないかもしれないと思ったのである。

私は、五億円強取の話を耳にしたあと暫くしてさわやかレディースを辞めている。この会社へ入社できた当時、二度とこのような準大手の消費者金融には就職できないと思い、定年まで真面目に働いてさわやかレディースに骨を埋めようと心に誓った筈なのに、無謀にも会社を辞めてしまった。その背景には、ヤクザの影響があったことは否めない。

要するに、上原総業の組員に私が働いている職場を教えてしまったのが、そもそもの失敗だった。それは、組員から私の会社へ頻繁に電話が入るようになり出したからである。向こうは事務所当番なので暇を持て余しているのかもしれないが、こちらは堅気の会社である。そうそう何度も会社に電話を入れられると具合が悪い。そこで、私が持っていたポケットベルの番号を教えることにした。すると、液晶表示に組事務所の電話番号が連続して入る。それを無視して放っておくと、今度は会社の方へ直接電話をかけてくる。会社に電話が入ると居留守は使えない。よって、仕方なく電話に出て、コソコソ喋る。それを見ている支店長からは、「私用電話が多過ぎる」と注意を受ける。こんなことの繰り返しが続くようになった。それと並行するようにして、延滞者に対する私の荒っぽい回収方法が段々と否定され出したのである。このようなことが重なってくると毎日が憂うつになってくる。こういった現実から逃避するかの如く、私は組事務所へも出入りするようになっていった。会社を取るのか、ヤクザになるのか……。そして、ついには上原総業の組長から盃を貰うことになった。

すべてはなりゆきにまかせた。はたしてそれだけの言葉で片ずけられるのであろうか。私の場合は学生時代のアルバイトを含めて水商売、消費者金融といくつもの勤め先を渡り歩いてきた中で、ヤクザに対しては嫌悪感を持っていた筈である。そんな自分が、皮肉にもヤクザになってしまった。正直いって、大下と知り合ってから以降の私はヤクザが身近な存在となり、この組織に興味を持ち始めたのである。つまりヤクザという怪物の正体はどういうものかと。月並みな言い方をすれば、極道と呼ばれている人達の羽振りの良さがとても恰好よかった。だからヤクザの内側を知ってみたくなったのである。そこで組員になること自体は至極簡単である。学歴・年齢・前科・経験等は一切不問の世界である。国籍や出自もこの世界には関係がない。しかし、一人前のヤクザになるのはそうたやすくない。昔と違い、ヤクザの社会も万事金次第の風潮がまかり通るようになっている。今の世の中、社会全体がそういう風潮に成り下がっている気もする。だからこの世界に入って来た以上、金を握らなければ何の意味もない。金を儲けるためには、どんな場所にも首を突っ込んで行くのが、ヤクザのヤクザたるゆえんであろう。じつに馬鹿馬鹿しい話だ。しかし社会からドロップアウトした私には、もはや馬鹿馬鹿しいと思う道に進むしか術がなかった。もう戻る道はなくなっていたように思う。

いずれにせよ、さわやかレディースを退職するまでの私は、曲がりなりにも生活のリズムはうまい具合に回転していた。だけれども私がヤクザ組織の仲間に入ったことが原因で、長く連れ添ってきた三希とも離別することになってしまった。とにかく三希は、私が裏の世界（ヤクザ）に入り込むことを極端に嫌った。それなのに、三希の思いを振り切って私はヤクザになった。かくして三希と離別するという喪失体験をしたあとの私は、その淋しさからラウンジのホステスをしていた久美と同棲を始めた。しかしながら、三希への思いは強かった。それゆえに、三希と別れたあとの私は、あたかも糸が切れた凧のように、自身の行動をコントロール出来ない状況に陥っていくのである。

ここで本件のもう一人の共犯のことを書いておくことにする。私より二か月ほど遅れて、朴伸一という男が上原総業の相談役として組に入ってきた。上原組長と横のつながりを持つ朴は、相談役という肩書きからして、それなりの金は持っているのだろうと思った。がしかし、朴は組員になってからすぐのころ、私に借金を申し込んできた。私は、闇金融を続けていたので朴の申し出を了承したのだが、心の中では「何が相談役や、このくすぼりめ」と思った。それはともかく、朴に金を貸したとしても同じ組の組員であるために、焦げつく心配はないだろうという安心感があった。だから五十万円を二回に分けて合計百万円の金を貸し付けたのである。だがこれが焦げ付いたのだ。朴を信用した私が甘かった。結局この貸付金は事件を起こした強取金で返済して貰ったのだが……。

このようにして、上原総業の相談役としてあとから入って来た朴に金を貸したことで、二人の間に利害関係が出来たのではあるが、それ以外のことでは朴をあまり相手にする気はなかった。それは相談役として組員になった朴がシノギの一つも持っておらず、持ち得ているものは腕力のみであった。朴の話によると、彼は空手五段の腕前で、「拳侠館」という道場で実践空手を教えているという。その道場に上原総業の組長が空手を習いに来ていたらしい。そこで、道場の館長が、師範である朴に上原組長の相手をしてやるようにと言ったことで、組長と朴の関係が出来たという。そこまでは、ふんふんと聞き流せる話であった。けれどもそのあと、空手の練習をしている時に、朴の前蹴りによって上原組長の肋骨が折れたことを他の組員の前で自慢する。私は、こんな朴の自慢話を聞いていると不愉快になった。はっきり言えば気分が悪かった。多分、朴の方も組長に目をかけられていた私に対して、いい感情は持っていなかったと思う。そうはいうものの同じ組員同士なので当たり障りのないつき合いはしていた。不思議に思うかも知れないが、こんな関係であるからこそ共犯者になれるのである。つまり、二人が真の友情で結びついていたとするならば、一方が犯罪になることに手を染めようとしていた場合は、必ず止める筈である。がしかし、利害関係だけの繋りであるならばそんな感情は湧いてこない。だからこそ、おいしい話があると食いついて離れようとしないし、場合によっては同じ組内の人間でも蹴落としてしまう。

いずれにせよヤクザになった時点で、私も一度は懲役に行かなくてはならないだろうとは思っていた。但し、それは組ごとであって、タタキ（強盗）や薬物で懲役に行くことはないと思っていた。けれども江守の話に乗ってしまうと、事がうまく運んで「窃盗」、へたをすると、「強盗」になってしまう。当時の私にそこまで思慮深く考えられていたのかは疑問であるが、多分、「五億円」という途方もない金額を耳にした時は舞い上がっていたのだと思う。それほど江守が発した「五億円」という声の響きに魔力があったということである。

さらにいえば江守の話が例えタイトロープであったとしても「五億円」の話には魅力があった。その魅力的な「五億円」を江守は、私に向って「狙え」という。けれどもただ単に狙えと言われても私は困る。つまり、狙う相手を知っているのは江守しかいないからである。唯一、被害者と接点があるのは江守なのだ。そこで、江守の話をもっと詳しく聞いてみたくなった。ここで私の助兵衛根性が、疼き出したのである。さて、江守から聞いた話の内容とは、こうであった。

「コスモリサーチは、仕手筋なので、五億・十億の金が動いても不思議でない。東京・大阪間を直接現金で運ぶのは表に出せない裏の金（アングラマネー）なので、取っても警察には届け出ることはない。」

この江守の言葉が私を強気にさせ、心を大きく動かせた。誰だって、サツのお世話になりたくないし、刑務所にも行きたくない。それは当り前のことであろう。それが「五億円」もの大金を取っても表ざたにならないというのである。こんなおいしい話はない。この話を聞き流してしまう馬鹿な奴はいるのだろうか。私はこの「五億円」の話を聞いた時点において、前後の見境がつかなくなり、自己の考えを正当化しようとしたのである。

要するに表に出せないような汚い金であるならば、大金を取られても文句はないだろうと思った。いわゆる、地下経済というやつである。日本の裏社会で取引きされているアングラマネー。本来は、市場経済に含まれる筈なのに、不当に課税を免れている。つまり「脱税」をしているのである。一言で言えば、江守が私と一緒に狙おうとしている相手も社会のルールで禁じられている経済活動の「犯罪者」なのだ。だからこの金を奪い取るのは、それほど危ない橋にはならないだろうと思った。

ともかく江守の話を詳しく聞いていると、「仕手筋が、五億・十億を新幹線で運ぶ」という話の意味合いがうっすら分かり出してきたのである。結局、所得をごまかすのであれば、小切手や銀行振り込みでは証拠が残る。仕手筋は、国税局の査察が怖いのである。よって、「脱税」をする場合は、現ナマを直接運ぶらしい。その金を、横から頂戴しようというのである。

私たちが今回の事件を思いついた頃（一九八〇年代後半）は、地下経済も地上経済も急拡大していた。こちらが狙う相手は、地下経済。さらに言えばブラックマネーは目に見えない仕手筋の経済活動の主役。脱税＝非合法の所得なのだ。

この点でものを言うならば、私たちが狙おうとしている相手も五十歩百歩。ヤクザと一緒ではないか……。ヤクザの場合は、違法賭博・セックス産業・麻薬取引・ノミ行為など、これら全てが非合法の所得である。私は、子供の頃から金持ちに対するコンプレックスを持っていたので、貧乏人や弱者は苦しめたくなかった。やるならば、金のある人間から巻き上げればいいではないか。それも、裏の金であり警察にも届け出ることが出来ないときている。私は、この「五億円」という金額の響きに取りつかれたのと、サツにパクられることはないというこの二つの魅力に善悪の区別をつけることが出来なくなった。また、ヤクザになった限りは一旗揚げたかった。野心に燃える私にとっては、まさしく千載一遇のチャンスだった。

そこでスナック・メイに話を戻すと、私は、江守に対して「江守さん、何か新しい情報が入ったら教えてや」と言ってみた。すると江守の方は「よっしゃ、わかった」と答えたのである。この江守の力強い言葉に対して、私は「こ奴め、金を取るということを本気で考えとるな」と思った。

江守が私の店から帰ったあと、私の下半身が何かこそばゆい感じになっていた。それは、大金が手に入るというようなあらぬ妄想からくるものであった。そして、すべての客が引けたあと、私は一人でブランデーグラスを傾けながら「五億円って、いったいどのぐらいの量があるのやろ」と考えた。そのことを考えれば考えるほど、頭の中がクラクラしてしまい、夢を見ているようでもあった。

このようにしてスナック・メイでの話があったあと、私たちが狙いをつけた仕手筋のコスモリサーチに関することを二人で話し合ったことがある。しかしながら、私の店で聞いた話以外、目新しい内容を江守から聞くことは出来なかった。ただ、コスモリサーチの情報を横流ししている男が、江守の経営する投資顧問会社紫光の元社員であるということは聞いている。つまり、紫光を辞めたあと、コスモリサーチへ再就職しており、その会社の仕手情報を有償で江守に流しているという話であった。

ところがこのような話のあと、江守との間でしばらく疎遠状態が続くのである。その理由として、私と山本が江守から依頼された東京の取立てが関係している。つまり取り立ててきた合計二百万円の金を江守に無断で山本と取り込んでしまったために、私の方は江守に対して大きな負い目が出来たからである。そんなこともあり、「五億円」の話を継続して聞きたかったのではあるが、私の方からは連絡できない状態になってしまったのである。それに山本からも「江守には俺がうまく話をつけておくので、河村くんは連絡するな」というように念を押されていた関係もあり、江守には連絡を取り辛くなっていた。

かくして、この「五億円強取」の話は自然消滅するが如く、六月・七月・八月・九月と過ぎて行った……。

一九八七年（昭和六二年）十月十九日の月曜日、ニューヨーク市場は寄り付きから大量の売りに見舞われ、ニューヨーク・ダウはその日、一日で幅にして五〇八ドル、率にして二二・六%の急落を演じた。大恐慌のきっかけとなった一九二九年十月二四日（木曜日）のニューヨーク株式大暴落を上回る暴落ということで、この日は「暗黒の月曜日」（ブラックマンデー）と名づけられた。ニューヨーク市場の暴落により、日本の株式市場にも大きな影響を与え、投資家たちが軒並み損失を出した。

このブラックマンデーというのは、日本では日付が一日ずれており、十月二十日になる。確か、このブラックマンデーの翌日だったと思う。夜遅く山本善二郎が「スナック・メイ」に飲みに来た。山本は、私に向って、「株が暴落したというニュースを見たか」と聞いてきた。この当時、まだ株には手を出していなかったのであるが、株が暴落したというニュースは知っていた。よって、山本に向って「知ってるで」と答えた。すると、山本は次のようなことを言ったのである。

「江守が、今回の暴落でえらい損をした。多分、あいつは金を貸してくれと河村くんに言うてくる筈や。せやさかい江守から金を貸してくれと頼まれても絶対に貸したらアカンど。貸しても戻ってこんかも分からんので、やめとけよ！」

と忠告してくれた。私自身は、株を買ってないので呑気なものである。山本の忠告に対して

「おおきに、わかった。江守を相手にせんわな。」

と答えた。この山本の忠告を私が忠実に守っていれば、今回の事件には繋がらなかったのかも知れない。それは別問題としても、八月・九月、そして、このブラックマンデーの日まで、江守とは疎遠になっていたので、まさか江守から本当に連絡が入るとは思わなかった。だから、びっ

くりしたのが半分と、彼から連絡が入ったのが久しぶりだったので江守に逢ってみたい気分になった。

江守が私を呼び出した場所は、北新地の大阪全日空ホテルシェラトンであった。このホテルのロビーに午後九時頃きてくれというのである。私は、自分が経営する店の都合もあったが、江守の申し出を承諾した。

この時、江守が北新地に私を呼び出したのは、新地のナイトクラブにでも接待してくれて、金の算段を私に頼むつもりなんだろうと解釈していた。だから、江守の話はお茶をにごす程度にしておいて、新地のクラブで遊んでやろうという思いでいそいそ出かけて行ったのである。私は車を堂島川の川沿いに路上駐車させたあと、全日空ホテルのロビーに入った。午後九時、江守はまだ来ていない。私は、ホテルのロビーをウロウロしながら十分ほど待った。時間にルーズな江守に苛々していたところ、ホテル横の出入口から彼が現われた。私の不機嫌そうな顔も意に介さず「やァ〜」と言いながら、私を一階奥にある喫茶ルームへと導いて行く。江守は、人気のないところのテーブルを選び先に座った。あとに続いた私は、江守と向き合う形でテーブルの反対側に腰を下ろした。

私たちは飲み物を注文して、ボーイを追い払ったあと、江守はおもむろにブラックマンデーによる株の暴落で損金を出したということを喋り始めた。この話は、山本からも聞いていたので、私は江守に向って「そのことは、山本さんから聞いているけど、大分やられたらしいなァ」と言って哀れんでやった。すると江守は「そうなんや、大分損をした」と言いながら話を続けた。私は、江守が喋る内容を上の空で聞きながら「ふんふん」と相槌を打ってやった。

こういうような話が続いたあと、江守がいつ金を貸してくれと言ってくるのかと、そのことばかりを考えていた。山本からは、「江守には絶対に金を貸すな」という忠告を受けていたものの、闇金融で利息を稼ぐのが私のシノギなので、百か二百程度の金ならば用立ててやろうと思っていた。けれども、二人の間で持ちあがった話題はコスモリサーチのことだった。すなわち、二人が会った時点でこの話になるのは必然的だと言えば必然的だったのかもしれない。

そこで以前江守から聞いた話を思い出してみると、株の仕手筋で働くコスモリサーチの社員は、もともと江守が経営する投資顧問会社紫光の社員であったこと。それに加えてこの社員から有償でコスモリサーチの情報を入手していたこと。その関係で、東京・大阪間（五億）の現金運搬の話が出たことなど、要するにコスモリサーチは、株の仕手筋であるために表に出せない裏の金で相場を動かす。したがってコスモリサーチは、国税の査察が恐ろしいために、アングラマネーを奪われても警察に届け出ることができない。これらの話を相合してみると、コスモリサーチも臑に疵を持つ身であり、改めておいしい話であると思った。こうして、ブラックマンデー以降の私たちは、金を奪うという目的に向ってつき進んで行くのである。

いずれにせよ、彼からブラックマンデーの話を聞いたあと、五億円が運ばれているという話の真偽のほどを今一度、確認してみることにした。というのも、これまでの話があまりにも漠然とし過ぎていたからである。要するに五億から十億という大金を江守の会社で働いていた元社員が本当に運んでいるのかという疑問に加えて、こんな杜撰な会社があるのだろうかという疑い。だから考えれば考えるほど分からなくなり、唸り声をあげるしかなかったのである。

それゆえにこれらの疑問を投げてみた。すると、江守は
「俺が田辺と直接逢って、コスモリサーチの話をするので、それを聞いとれば本当か嘘かわかるやろ。」

とこういう。確かに江守の言うとおりである。そして、江守は言葉を続けた。

「近々、喫茶店かどこかで田辺と逢う段取りをつけるので、その近くの席に座って俺と田辺の会話を聞いたらどないや。」

私は、江守の提案に異存などあろう筈もなかった。また、この言葉を聞いたときに、五億円が運搬されているという話が、私の中では疑いから確信へと変わっていったのである。そして、その喫茶店というのが、ミナミの千日前で営業する喫茶ナポレオンという店であった。

江守が田辺さんと待ち合わせをした時刻というのが、確か午後七時頃であったと思う。私が喫茶ナポレオンに入ってみると、江守はまだ来ていなかった。ナポレオンという店は、二階にも喫茶ルームがあるような比較的大きな店なのである。したがって江守と田辺さんは二階で逢っているのかもしれないと思った私は二階へ駆け上がった。けれども江守の姿はなかった。時刻はすでに午後七時を過ぎている。私は、階下におりて一階で待つことにした。そのとき、一階の左奥に座る田辺さんらしき人物を発見したのである。この男が江守のいうコスモリサーチの社員であろうという当りをつけた私は、その近くの席に座ることにしたのである。言っておくが、私は田辺さんの顔を一度も見たことはない。あくまでも私の勘であった。

ナポレオンは、客席を隔てるための壁の役目として、席と席との間に観葉植物の入ったスチールワイヤーガーデンラックを各テーブルの横に置いている。したがって観葉植物で隣りの席に座る人物の顔を分かりにくくしてあるのだ。この点は、こちらにとっても好都合であった。だけれども、肝心要の江守が現われない。全日空ホテルシェラトンの時もそうであったように、江守は時間にルーズなところがある。このようにして江守を待つ間に、私のポケットベルが何度か鳴った。その度に、田辺さんはチラチラ私の方を見る。もちろん、ガーデンラックに入ったポトス越しにではあるが……。そういう時は店のスポーツ新聞を読んでいるふりをして顔を隠す。そうしながらポケットベルの液晶表示の番号を見ると、組事務所からの呼び出しであった。組の人間は、こちらが事務所に電話を入れるまでしつこくポケットベルを鳴らしてくる。だから私は席を立ちあがりレジ横の赤い公衆電話に向った。

そして、その公衆電話から組事務所に電話をかけている時、江守がナポレオンに入ってきたのである。江守は、レジ横にいる私の方を見向きもせずに、待ち人の方に向って真っすぐ歩みを進めて行った。私はその江守の後ろ姿を目で追いかけた。すると、私がこの男であろうと当りをつけた人物の前に行き挨拶をしたあと、田辺さんの向かい側の椅子に腰を下ろしたのである。つまり、私の勘が当っていたのだ。電話を切った私は自分の席へそそくさと戻り、江守と田辺さんの会話に聞き耳を立てることにした。

最初の頃は、私が聞いても分からないような雑談をしながら、株の話をしていた。そうこうしていると、江守はおもむろに「社長は元気にしているか」と、コスモリサーチの会社に関係することを口に出し始めたのである。江守の問いかけに対して、「今日も社長は、北新地へ飲みに行ってますわ」と田辺さんが答える。私は、必死になって聞き耳を立てた。その後、江守と田辺さんの間で会話が進んだ頃、「それはそうと、東京・大阪間の現金運搬をやっているのか」と、決定的な言葉を江守が口にしたのである。

私は、この江守の言葉を聞いた時にめまいがした。言葉は悪いが、私の横でコスモリサーチの秘密をペラペラ喋るこんな男が社員だと、社長もたまったものではないなあと思った。がしかし裏を返すと田辺さんと江守の関係がそれだけ親密であることも分かった。その後、江守と田辺さんの与太話など私にはもう聞く必要がなかった。と言うよりも、江守が田辺さんに投げかけた五億円運搬の話があまりにも強烈だったために、その後の会話をよく覚えていないというのが正直なところである。

とにかくナポレオンで江守から聞かせて貰った東京・大阪間の話に嘘はなかった。そこで早速、金に困っていた兄弟分の朴にも声をかけておいた。朴に声をかけたのは、これは私の勝手な判断であり、江守の承諾は得ていない。私はあくまでも、やるならば江守と二人で事件を打ちたいと思っていた。けれどもこの辺りのところは非常に複雑な気持ちでもあった。それはどういうことかと言えば、空手家である朴の腕力には魅力があるものの、その朴をいまいち信用できてなかったこともある。つまり生理的な問題からくるものでもあった。だが五億円もの大金を奪うとなれば、江守と二人では心もとない。それとは別に、三人よれば派閥が出来るというように、その点も懸念した。だから朴には声をかけたけれども、詳しい話は伏せておいたのである。

それはともかく、江守が田辺さんから得た情報の一つとして、コスモリサーチの社員が現金を運ぶ際の交通手段に新幹線を使うということが判明した。したがって、その東京・大阪間の道中を狙って現金を奪い取るという話が江守との間で持ち上がった。この話を軸として色々な案が出た。その要点をダイジェストしてみると次のようになる。

①現金を運ぶときの人数として、社員が一人で行く時は、一億か二億……。二億以上の場合は社員が二人か三人で運搬する。

②アングラマネーを大阪から東京へ運ぶコースと、逆に東京から大阪へ運ぶ二通りのコースがある。

③江守は、コスモリサーチの社員と面識があるため、私が東京に先回りして、受け渡し相手になりすまし、現金を受け取りトンズラする。

④新幹線内で、弁当もしくはお茶に睡眠薬を混入してコスモリサーチの社員が眠りついたところを見計らって、現金の入ったカバンを盗む。

⑤駅の階段の上り下りを狙い、カバンをひったくり走って逃げる。

⑥相手をビビらせて、駅の便所に連れて行き、カマシを入れて現金入りのカバンを取り上げる。

⑦田辺さんが現金を持って東京へ行く時は、必ず剣持社長の自宅に寄って現金を受け取り、タクシーで新大阪駅まで行くので、その途中、車をタクシーにぶつけ事故を装って金を取りあげる。

このほかにも色々な話が江守との間で出たのではあるが、いずれも現実離れしていて、話し合っているうちに「大金を取る！」ということが結構大変な作業であることが分かってきた。しかし、この計画を断念するのではなく、なんとかスムーズに相手を傷つけないで五億円を手に入れることが出来ないものであろうかと思案を続けたのである。多分、五億円という途方もない大金の魔力から逃がれられなくなっていたのだと思う。そのぐらいお金というものは、私たちの思考を狂わせてしまう恐ろしいものであった。

そこで、江守と話し合っていて一つだけハッキリしたことがある。それは③で示したように、江守はコスモリサーチの社員である田辺さんとは面識があるために犯行現場には出てこれないということであった。そうなると、私が一人でコスモリサーチの社員を相手にしないといけなくなる。いくらなんでも私一人では心もとない。やはり朴を誘うしか道はないのかも知れない。だから、組事務所で朴と顔を合わせた際に「前に話した金儲けの件は本当にするのか」と尋ねると「おれ、金に困っているので何でもするから言うてくれ」という答が返ってきた。このようにして、私の方から朴に対して何度か声をかけたのである。だがこの時点においても、まだ他に適切な人物がいるのではないか、と考え続けた。要するに、朴の人間性を度外視して、空手五段という腕力を取るのか、それとも仲間としてふさわしい人間をゆっくり捜し出す方がいいのか、二者択一を迫られることになるのである。

ここまで話が進んだころ、一時的とはいえ私自身が臆病風に吹かれていることに気づいた。確かに大金を手に入れたい。がしかし、私の性格というのは、何かしでかした時は大きいことをするのだが、そこに行き着くまでにおじけづいてしまうことが多々あるのだ。話が大きくなればなるほど、段々と疎ましくなり出すのである。いずれにせよ、複雑な気持のまま、打開策を見いだすこともできず、自縄自縛してしまうのである。かくして朴のことで迷い悩んでいるころに、江守から新たな情報が入ってきた。

それは、田辺さんが朝早く剣持社長の自宅に呼びつけられているという点が一つ、次に、コスモリサーチの年末謝恩パーティーがあるというこの二つの情報を田辺さんから入手したということであった。そこで田辺さんが社長宅に呼びつけられているということを前提に江守と話し合った結果、五億円が運び出されるのが社長の自宅であろうという一つの仮説を立ててみたのである。そうなってくると、五億円を強取するためにはコスモリサーチの社長の自宅を調べておく必要性が出てくる。したがって、朝早く田辺さんの自宅を張り込み、田辺さんが社長の自宅へ行き着くまで尾行することに決めたのである。そうすることによって、今後の方向づけもはっきりしてくるだろうと、ここで一つの答えを導き出した。しかし、江守は尾行する相手の田辺さんの自宅の電話番号は知っているけれども、住所までは知らないというのである。この時、私は江守に対してなぜ自分が使っていた元社員の住所を知らないのであろうかと不思議に思った。要するに、江守が雇っていた元社員であるならば、投資顧問会社紫光へ田辺さんを採用する時に履歴書の一つでも取っているのが普通であろう。それにも増して、私が知る限りの江守と田辺さんはとても親密な関係にも思えたし、また二人のつき合いが長ければ長いほど暑中見舞いや年賀状のやり取りがあっても不思議ではない、むしろこれらのやり取りのある方が自然に思えた。江守は何かを隠しているのではないだろうか……。とにかく、江守は元社員の住所は知らないという。江守が知らないというのであるからそれ以上はどうすることもできなかった。だが電話番号は知っているという。

そこで、江守から田辺さんの電話番号を教えて貰った私は、宅配人を装って田辺さんの自宅へ電話をかけてみることにした。暦の方は折しも十二月。ちょうどお歳暮商戦のシーズンに入っていたために「よしこの手を使おう」と考えた。そう決めると私の行動は素早い。早速、田辺さんの自宅へ電話をかけ、電話口に出た人に「田辺さんのお宅ですか」と尋ねた。すると、「はい、そうですが……」という返答が即座に返ってきた。このとき私は、佐川急便の名前を使ったのだと思う。

「田辺様のところにお届けすることになっているお歳暮の商品ですが、田辺様の住所が半分ほど消えておりまして、はっきりした住所がわかりませんので、申し訳ないですが田辺様の正確な住所を教えて頂けないでしょうか……」

という言葉が私の口からスラスラ出てきた。しかし、田辺さんの方は慎重であった。

「ん……?-?-?-」

と困ったような、なんとも言えない感じの空気が電話口から伝わってきたのである。私は心の中で「ヤバイ…」と思った。その時、沈黙していた田辺さんの方から慎重かつおもむろに

「贈り主は誰ですか」

とするどく切り返してきたのである。私は少し焦りながらも

「こちらは配送センターでして、出先の配達人から正確な住所を調べてほしいとのことで、商

品の方は車に積み込んで走っているために、先様のお名前が分からないのですが……」

と、口から出任せを言った。すると田辺さんの方は根負けしたような口ぶりで
「わかりました。そしたら住所をいいますので控えてください。」

と言って自宅の住所を教えてくれたのである。私は、住所を復唱しながら、間違いのないことを確認した。そして、ていねいにお礼を述べたあと、受話器を電話機に戻した。

このようにして田辺さんの住所が分かったあと、すぐに江守の会社に電話を入れた。電話口に出た江守に対して田辺さんの住所を報告すると、江守はメモしている様子もなく「あっそうか…」と気のない返事を返してくる。私はこの時、「こいつは、ひょっとして田辺さんの住所を知っていながら、俺に再度調べさせたのではなかろうか」という疑念を持った。この疑念は、今なお消えることなく持ち続けている……。

私の疑念はともかく、田辺さんの住所を報告したあと、江守と一緒に翌朝早く張り込みに行くことに決めたのである。確かこの電話をかけた翌日の午前四時三〇分頃だったと思う。私は、北区に住む江守の内妻のマンションへ迎えに行った。そして、江守をナビゲーター役にして田辺さんの自宅へ向ったのである。

私たちは道に迷うことなく田辺さんの自宅へ辿り着けた。早朝ということもあり、北区から田辺さんが住む生野区まで二、三〇分で到着した。季節は十二月ということもあり、辺りは真っ暗である。ところどころに点く外灯の明りが暗がりを照らす程度で、それ以外の明りはなにもない。その上、ほとんど車も通らない。あたり一面静まり返っていた……。そのような中、私と江守の

二人は車から降り、文化住宅に住む田辺さんの家の周辺を歩いてみることにした。田辺さんの自宅は両側に十数戸が並ぶ袋小路の一番手前の家だった。私たちは、足音を忍ばせながら田辺さんの玄関前を通り過ぎた。すると、部屋の中には柿色の豆電球が点いていた。私は、田辺さんが起きているのではないだろうかという思いになりドキドキした。この時、横にいた江守の顔を覗き見ると、緊張している様子でもなくニヤッと笑った。この江守の顔が私には不気味に思えた。と同時に、底冷えする冬の寒さが重なり、私は思わずブルッと身震いをした。とにかく夜明け前の寒さに耐えながら歩みを進めていくと文化住宅の奥は小さな公園になっていた。袋小路の突きあたりは金網になっていたのではあるが、人が一人通り抜けられる程度に切断してあった。私と江守は、その金網を通り抜け公園の中に足を踏み入れた。すると、懐しい乗り物が私の目に飛び込んできた。どこかの子供が忘れて行った三輪車が砂場の中でひっくり返っている。誰もいない公園の中で佇む私はメルヘンの世界にいるようであった。また、水銀灯に照されている石で作られたクマやリスがシルエットのように浮かびあがっている。この時、なぜか公園はいいもんだなァと思った。私は、子供の頃を思い出しながら、切なさと哀愁にみちた気分に浸りながらタバコに火を点けて吸った。いずれにしても私と江守が田辺さんを尾行して、剣持社長の自宅を突きとめようとしている現実が嘘のように思えたのである。このように私の心をもの悲しくさせているのは、朝ぼらけと静かな公園のせいだろうと思いながら、江守を見ると無言のまま公園の中を歩いていた。この時、江守はいったい何を思い何を考えていたのであろうか……。私は朝ぼらけの中で、自分が優しい気持ちになっていることにふと気づいたので気合いを入れ直した。そして、江守の許へ歩みを進めて行ったのである。

江守に並んで公園の中を歩いていると、公園の正面入口を見つけた私たちは、公園の中を通り抜け、外にでたあと、公道を歩いてもう一度田辺さんの玄関前に戻ってみたが何も変化はなかった。相変わらず辺りは静まり返っており、文化住宅に住むすべての住民はまだ眠っているように感じた。時刻はすでに午前五時を少し回っていた。人影のない住宅街に真冬の冷気だけがただよっていた。私と江守は路上に立っているのが寒くなってきたので、道路上に停めてあった私の車の中から田辺さんの家を見張ることにしたのである。幸いなことに、田辺さんの自宅は道路上からよく見える位置関係にあった。そのために、シケ張り（張り込み）するには苦労はなかった。

しかしである……。一時間待ち、二時間待っていても田辺さんの自宅からは誰一人として出てくる気配がない。車内のデジタル時計を見ると午前七時近くになっていた。しびれをを切らした私は江守に向って「田辺は本当に朝早く剣持に呼びつけられているのか」と詰問した。すると江守は「田辺からそう聞いている」という返事を返してくる。一方、午前七時頃にもなると、住民の動きが急に目立つようになってきたので私たちは困った。その理由は、「3ナンバー」の大型自家用車がエンジンをかけたままの状態で道路上にどっしりと停まっているからである。それだけではない。私が使用する車は、フロントドアガラス（前ドアガラス）二枚、リアドアガラス（後ドアガラス）二枚、そしてリアガラス（後方ガラス）に、黒のスモークシールを二重に張って外部からは車内を見えないようにしてある。その上、自動車電話の黒いアンテナがトランクのところに立っている。ごく普通の一般市民が住むところに場違いな車が長時間停っているとあまりにも目立ちすぎる。不審な車が停っているということで怪しまれるおそれがあると思い、ここで一旦シケ張りを中断した。そんなこともありこの日の尾行は失敗に終ったのである。

このように田辺さん宅の張り込みが失敗に終ったあと、江守から喫緊の電話連絡が入った。江守は、「あす、千里阪急ホテルでコスモリサーチが主催する謝恩パーティーがあるので、一緒に行って剣持の顔を覚えてほしい」というのである。

私は後先も考えず、咄嗟に「よし分かった一緒に行く」と答え電話を切った。がしかし、電話を切ったあとでよく考えてみると、江守は何故コスモリサーチの社長である剣持さんの顔を覚えておく必要があるのだろうかという疑問が私の頭に浮かんできた。だから江守の言葉が不思議で仕方がなかったのである。

いずれにせよ、コスモリサーチの謝恩パーティーの話を聞いた時の私は、反射的に「わかった一緒に行く」と答えた。しかしよく考えてみると、ターゲットとなるのは、現金を運搬するコスモリサーチの社員であるために、何か口実を作って江守の誘いを断ろうと思った。正直なところ、朝早く田辺さんの自宅をシケ張りして、それが失敗に終ったという事実があったので、これが私を重たい気持にさせていたのである。その気持を引きずっていた関係で、江守とは一緒に行動を共にする気にはなれなかった。言葉は悪いがじゃまくさいという思いも強かったのである。

そこで、パーティー当日の夕刻になるのを待って、江守の会社へ電話をかけ「今日は事務所当番で行けない」と言って断った。この事務所当番というのは本当のことであった。しかし、組の当番などは、ほかの組員に代わって貰おうと思えばいくらでも代わって貰うことが出来たのである。けれども、私は江守と一緒に行動をする必要がないと思ったので、組当番を代って貰う手筈をしなかった。先にも書いたように、千里阪急ホテルまで行くことが億劫でもあり、じゃまくさかったのである。

私が事務所当番で行くことができないと電話で伝えると、江守は少し不機嫌になったものの「山本の車を借りて行ってくる」と言った。私はこの時、江守という男はよほど剣持さん個人に興味を持っているのだなァと思った。ともかく、江守が行くと言うのであるから敢えて止める必要もないと思った。そこで、私は江守に対して「向こうに着いたら組事務所に電話をかけてほしい…」と言って電話を切った。その後、確か午後九時頃、江守から電話が入った。内容は、剣持社長の人相や風体を知らせてくるものであった。私は「はてな…」という思いがした。ホテルという不特定多数の人が大勢集まるところで、江守はコスモリサーチの剣持さんをどのようにして見分けることが出来たのであろうかと不思議に思ったからである。仮に、江守の直感で見分けることが出来たとしても、この男（江守）は、剣持社長個人に対して相当な執着心を持って臨んでいることが分かったのである。そうでないと、お茶を濁す程度にその場をごまかすであろうと思ったからである。

これとは別に一つ心配なこともあった。それは「招待状を用意しましょうか」と江守に言った田辺さんの存在である。つまり、江守はこの田辺さんの好意を一旦断っている事実がある。したがって、千里阪急ホテルのパーティー会場で田辺さんと遭遇した場合どうするのであろうか、田辺さんとは会わなかったのであろうか、などの心配が私の脳裏をよぎった。しかし、こんな私の心配も杞憂に終る。電話口の江守は落ち着いた口調で「剣持は、パーティーが終ったあと北新地にでも飲みに行くと思うので、どこに飲みに行くのか追跡してみるわ」と言って電話を切ったのである。この江守の積極的な行動力に私も少し褌を締め直さなくてはいけないと思った。けれどもこの追跡してみるわという話は江守の作り話であったのである。

翌日、私は組の当番を朴伸一と交代する際に、前日の出来事（江守の行動）をかいつまんで話しておいた。しかしながら、この場面においても朴に対してはコスモリサーチの具体的な話はしていない。それは、私自身がコスモリサーチの内情を江守ほど詳しく知り得てなかったことが関係している。それにしても、もう少し具体的なことを朴に話してやってもよかったのではないかと思う。そこで問題になるのが私が朴に対する感情である。やはりこの時点においても、まだ他に適切ないい人材がいるのではないだろうか、自分の選択は間違ってるのではないだろうか、という心の迷いを拭いきれなかったのである。そういうことがあったからこそ、江守から得た情報の全てを朴に話すことが出来なかったのだと思う。それ以外の理由としては、出来るものならば江守と二人でやりたいと思っていたのかも知れない。

ともかく、朴に対する迷いの心を持ち続けていた頃、三たび江守から組事務所に電話が入った。その内容は、かなり急を要するものであった。それは今日、田辺さんの仕事が終ったあと剣持社長宅に呼びつけられているので、それを尾行しようという話であった。要するに、田辺さんを尾行して行けば、五億円が運び出されるであろうという剣持さんの自宅が突き止められる、とこういうことなのである。江守にすれば前回を失敗に終らせているだけに、今度こそという思いで情報を収集していたのであろう。

そこで、私は江守の誘いを承諾した。しかしながら、私は田辺さんの勤めるコスモリサーチの所在地を知らない。そのことを江守に話してみると、午後五時頃に市営地下鉄四つ橋線の北加賀屋駅の改札口で待ち合わせようという。私は、すぐに了承した。ただし、ここで一つ驚いたことがある。それは、この市営地下鉄北加賀屋駅という場所は、私の両親が住むところから車で五分程度で行ける距離にあるからだ。家の裏手には新なにわ筋という国道が南北に走っており、その国道を南に走ると北加賀屋の交差点に辿り着くのである。それゆえに、「えらいところにコスモリサーチの会社があったのやなァ」と思った。まさしく、灯台もと暗しである。

それはともかく、午後五時半頃に市営地下鉄北加賀屋駅の改札口で江守と落ち合った。私たちは、地下鉄北加賀屋駅4番出入口から地上に出ると、六～七階建ての対馬ビルの正面に出た。江守の方は、この対馬ビルのこともよく知っていたみたいである。私と江守の二人は、対馬ビル正面玄関からビルの中に入っていった。そして、ビル一階の右壁にかけられている会社の案内プレートを見ると、五階部分のところにコスモリサーチという名前の会社があることを現認できた。その後、大胆にも私と江守は、エレベーターに乗ってコスモリサーチが間借りている五階まで上がったのである。私の方は田辺さんとは面識がないのでいいようなものの、江守は田辺さんと面識がある。したがって江守はかなりいい度胸をしているというか、もしも対馬ビルの中で田辺さんに遭遇した場合どうするつもりであったのだろうか、その点を江守に聞いてみたい気がする。

但し、江守もエレベーターで五階までは一緒に上がったものの、コスモリサーチが間借りしている室の前まではさすがについてこなかった。よって、廊下を歩いてコスモリサーチの前までは私が一人で行ったのである。この時、江守の方はエレベーターに乗ったままの状態で待機し、扉を開けて私がすぐに乗り込めるようにして、私が戻ってきたら一階へすぐに降りれる状態にして待っていてくれたのである。

五階でエレベーターを降りた私は左手に歩みを進めた。するとすぐ左手に洗面所と給湯室があり、その先にコスモリサーチのプレートのついた扉を見つけたのである。私は、その場ですぐにUターンすると少し不自然になると思い、そのまま歩みを進めていった。そうすると、奥の方の扉にもコスモリサーチのプレートがついていたのである。要するに、コスモリサーチ社は、対馬ビル五階の二室を借りていたことになる。この点まで確認したあと踵を返した。その後、江守と一緒にエレベーターで一階まで降り、対馬ビルの横で営業していた薔薇という喫茶店に入った。この店は、私の実家から近いこともあったので何度か利用したことがある。そのような喫茶店で〝田辺さんをどのように尾行して行くか〟などについての話し合いを江守とするとは夢にも思わなかった。

そこで、「河村くんは、田辺の顔を覚えているか」と江守は私に聞いてきた。以前、ナポレオンの店内で田辺さんの顔を一度見ているので「うん、覚えてるで！」と答えた。すると江守は「河村くんが田辺を尾行してくれ」とこう言うのである。そして話を続けた。

「俺は田辺と面識があるので、ここ（北加賀屋）であいつと顔を会わすと具合が悪い。だからひとつ向こうの玉出駅の最後部のホーム上で待つ。田辺の尾行に成功した場合、電車から一旦おりてホームに河村くんの姿を見せてくれ。そして、またすぐその電車に乗り込んでくれ。そしたら、俺も同じ電車に乗り込み、遠くから河村くんの姿を追いかける!!」

と、このような指示を即座に飛ばしてきた。つまり、私が田辺さんを尾行する。江守は、田辺さんを尾行している私を追尾するということになる。要するに、江守と田辺さんは面識があるため二人の間に私がワンクッション入ることになるのである。確かに江守の言うことは理にかなっていたので、私は江守の話を了解した。

このように話が決まったあと、二人は喫茶店を出た。そして、私たちは地下鉄北加賀屋駅4番出入口から地下へ降りていった。駅の改札口付近には売店があり、そこには赤い公衆電話が備えつけられていた。それを目ざとく見つけた江守は、その公衆電話を使ってコスモリサーチに無言電話をかけた。要するに江守のこの行動というのは、田辺さんの在勤を確認するためのものであった。コスモリサーチに電話をかけた江守は、ひと言も喋らずに電話を切ったかと思うと私に向って「田辺が出た。あいつ会社にまだおるぞ——」と言う。そして、その後の江守の行動は早かった。券売機のところに行くと、「千里中央駅」までの切符を二枚買い、そのうちの一枚を私にくれた。江守はこの時に「千里中央駅」までの切符を買った理由として、終着駅までの切符を買っておくと、途中下車することになっても切符を清算しないでも済むからやと説明をした。要するに、そんなことで手間取って尾行するのを失敗に終らせたくないという江守の配慮からであった。

とにかく、江守の方は予定通り地下鉄に乗って、ひとつ向こうの玉出駅に向った。北加賀屋駅に一人残された私は少し不安になった。要するに、江守に対しては「田辺の顔を覚えている」と能書きを並べてみたものの、じつのところよく覚えていなかったのである。そこでナポレオンで見た田辺さんの顔を必死に思い出そうと努力した。そうすると、ガーデンラックの向こう側に座る田辺さんの横顔が朧に浮かんできた。しかしながら正面から見た顔の輪郭が出てこないのである。私は、困ったという思いで焦った。それとは別にもう一つ焦った理由がある。それは地下鉄の改札口付近というのは非常に混雑していたからである。また間が悪いことに夕刻のラッシュアワーの時間帯と重なっていたために、電車が一本到着する度に人の出入りが激しくなる。果たしてこの状況の中で田辺さんを見分けることが出来るのだろうか……そう思い始めると自信がなくなってくる。

　とりわけラッシュアワーのピーク時になると、人・人・人の大混雑になり、ぼや〜と突っ立っている私は人の波に弾き飛ばされてしまうほどであった。私はこの状態を見て取り「こりゃアカン」と思った。つまり、自身の心の中では半ば諦めてしまっていた。と同時に何かこのようなことをするのが面倒臭くて馬鹿馬鹿しくなってきたのである。それでも「こいつかな……」と思う人物が私の目の前を通り過ぎたのである。けれども私は自分の記憶に自信がなかったためにその人物の尾行はしなかった。そうこうしているとラッシュアワーの時間帯が終ってしまい、電車からもあまりひとが降りてこなくなった。江守は、痺れを切らしたのか、玉出駅から私のいる北加賀屋駅の改札口に戻ってきた。そして、私に向って「あいつはまだこんのか……」と聞いてくる。

私は「まだや――」と答えると、江守は改札口の横にある駅売店の公衆電話からコスモリサーチへ電話をかけ始めた。電話の受話器を耳にあてながら、顔を私の方に向け「コスモリサーチの人間は誰も電話に出んやないか！」と言いながら鋭い目つきで睨つける。江守の顔は不満に満ち溢れていた。手に持った受話器を電話機に戻したあと江守は私の側にきて「河村くん、田辺の顔を覚えてないのと違うか、見落としてるのやろ！」と急に怒り出したのである。確かに、江守の言うことは図星であった。

その江守の言葉と、挑戦的な態度に私は「カチン」ときた。だが、それをおくびにも出さず「そんなもん、ラッシュの時間帯で人がいっぱいおったら分からへんがな」と苦しい言い訳をした。けれども、江守の言うことがあまりにも図星すぎて、私が言葉を繕えば繕ろうほど気まずい空気になってしまった。要するに、私が素直に「スマン」とひとこと謝れば済んだのではあるが、当時の私にはそれが出来ない人間であった。屁理屈を並べても自論を正当化しようとする嫌らしい男だったのである。

しかしながら、私の見落としによって田辺さんの尾行が失敗に終ったことで、この時は結果的にこれでよかったのではないだろうかと一時的にではあるがそう思った。つまり、こんなことまでして「億」とつく金を取ることもないのではないだろうかという良心が働いたからである。しかし、この思いはあくまで一時的なものであった。

私が田辺さんを見落とすという失態をしたために北加賀屋駅から撤退することになった。私と江守の二人は、帰りの地下鉄に乗り込み難波へ向った。その帰路につく途中、田辺さんを見落としたことについて再度話し合った。

私は江守に向って「口の堅いしっかりした人物がおるので仲間に入れたらどうやろか……」と伺いを立ててみた。すると、江守も今回の失敗で二人では無理であることを悟ったようで「その口の堅い人とはどんな人物や、何をしてるんや」と矢継早に質問をしてきたあと、「ヤクザを仲間にすることはやめてくれ！」と先手を打ってきた。この時、「こいつは俺のことをヤクザと思っていない。心のどこかで俺を小馬鹿にして、見下しとる」と思った。それはともかくとして、江守がヤクザを仲間にするのはやめてくれと言うのであるから、あからさまに朴の存在を江守に言うわけにはいかない。そこで、朴から「拳侠館」という名前の入った空手の名刺を貰っていたので、その名刺を江守に見せサカシタという「空手の先生や！」と説明した。すると江守は少し考え込みながら、私に向って「信用できる男なら河村くんにまかせる」と言葉を投げ返してきた。私とすれば朴を信用するところまではいってなかったものの、この時は朴に決めるしかないであろうと思った。ここまで話が進むと、あとは江守自身がコスモリサーチの社員が、いつどのルートで現金を運び出すのか、それさえ教えてくれれば、私と朴が実行するのみとなったのである。

そこで江守と別れたあと、この男は本当のところ田辺さんからどの程度の情報を収集し、それを知り得てるのだろうかという思いが私の頭の中をよぎった。早い話、田辺さんの尾行には失敗したものの、江守はすでにコスモリサーチの所在地を知っていたわけである。だからこのような情報をも小出しにしてくるのであるから、江守の本心が分からなかった。

どちらにしても、私と江守の二人はこのようにしてコスモリサーチの社員である田辺裕之さんの尾行を何度か試みたのではあるが、ことごとく失敗してしまった。そこで次に江守が考え出しのは、私が田辺さんの顔を覚えてなかったということから、江守と田辺さんの間でコスモリサーチの情報料（三十万円）を授受する際に、私が近くで控えていて田辺さんの顔を再確認することになったのである。

その場所というのが、北浜証券取引所近くのライオンズホテル大阪一階のカフェ＆レストランＬＥＯ《レオ》の店内であった。つまり、江守が田辺さんをライオンズホテル内のＬＥＯに呼び出し、そこで情報料の三十万円を支払う場面を作る。そこに私も赴いて、近くからその様子をこっそり窺いながら、田辺さんの顔をしっかりと頭の中に叩き込むというものであった。私は「なるほどそれはいい案である」と思い、江守の提案に賛成した。

かくして、江守と田辺さんがライオンズホテル大阪で会うことになった当日の午後六時三十分頃に私は自家用車に乗って江守の会社へ赴いた。江守は私が来るのを一人で待っていた。そこで、江守が田辺さんに情報料の三十万円を支払い終ったそのあと私の車で再度江守と落ち合うことに決めたのである。このあと、私は江守よりひと足早くライオンズホテル大阪に向った。

江守の会社からライオンズホテル大阪までは徒歩で五分程度の距離にある。私がホテル内のカフェ＆レストラン「ＬＥＯ」に入った時は、田辺さんの姿はなかった。というよりも、奥のテーブル席に見知らぬ初老の男性が一人しかいなかったという表現の方がいいのかも知れない。私は、入口付近がよく見渡せる店内のほぼ中央の位置に席を取り、珈琲を注文した。ホテルのボーイが私の席を離れていったあと、田辺さんと思しき人が現われた。田辺さんは、もちろん私のことなど知らない。田辺さんらしき人は、辺りをキョロキョロしながら江守の姿を探している様子であった。私は、そのしぐさをそれとなく観察しながら「やっぱりこの男だったのか……」と、地下鉄北加賀屋駅で見過した田辺さんらしき人物が、いま自分の目の前でキョロキョロしている男であったことがハッキリした。そして田辺さんは、私に背を向ける形で二つほど離れた席に座った。ボーイが注文を取りに田辺さんの席に行くと、「ツレがくるので……」と言って注文を断っている様子であった。私は二杯目の珈琲を注文し、それを飲み終えた頃に江守が現われた。江守は、ライオンズホテル大阪のカフェ&レストラン「ＬＥＯ」に入ってくるなり目ざとく田辺さんを見つけると、田辺さんが座るテーブルの向い側の席に腰を下ろした。すると、江守の顔は私の方角を見る形になる。しかし、江守もなかなかの役者である。私の存在など目に入らないがごとく、私を無視する形で田辺さんとの会話を進め出した。

江守と田辺さんの話が始まって間もなくしてボーイが注文を取りにきた。江守は田辺さんに何かを確認して注文をしていた。それが何であったのか私は知らない。とにかく、それらの様子をチラチラ見ながら二人の様子を観察していた。ボーイが去ったあと、江守は封筒に入った現金らしきものを田辺さんに手渡しているのを私はこの目で現認した。要するに、これが江守の言うところの「コスモリサーチ社の情報料」。つまり仕手筋である剣持社長の個人情報を江守は田辺さんから秘密裡に買っていたことになる。

獅子身中の虫——社長である剣持さんの本当の敵は内部（社内）で働く人間であったのかも知れない……。ともかく、私はこの情報料という現金授受の場面を目のあたりにしてしまうと、剣持さんの会社は、江守から聞いてる通り、やはり株の相場で大金を動かしているのであろうと思った。その証左として、目の前で執り行われた情報料の現金授受であった。もう少し平たく言えば、東京・大阪の間で現金の運搬がなされていることをも意味する。私はこの現場を見てそう解釈した。つまり、剣持社長が仕手戦を行っているからこそ、情報料という現金の授受が江守と田辺さんの間で執り行われたことになる。このことは、暗黙の事実であった。江守はこの事実を十二月という年の瀬に見せてくれたのである。

私は、江守と田辺さんとの現金授受を見とどけたあとLEOを先に出ることにした。要するに、この日の私の目的は東京・大阪間の現金運搬をするであろうというコスモリサーチの社員である田辺さんの顔を再確認することであった。したがってその確認が出来たので、先に店を出たのである。まして、私が座る位置からは田辺さんの後ろ姿しか見えない。つまり、後ろ姿ばかり長時間みていても無意味なのである。それとは別に珈琲を二杯飲み終えた私はじっと座っていることに何か息苦しさを感じてきたこともある。また江守との間では、車で待ち合わせる約束が出来ていたので、私がLEOを先に出たとしても問題はなかった。

しかし、私が車の中で待てど暮らせど江守は私の車のところにこない。だから私はライオンズホテル大阪に再度足を運んだ。幸いなことに、このホテル内のカフェ&レストランLEOは、ガラス張りになっているために、ホテルの中に入らなくても舗道上からLEOの様子が窺えるのである。それゆえに、舗道を歩きながらLEOの様子を見てみると、江守と田辺さんの二人はまだ話し込んでいるではないか——。この時点において、彼らが食事を取っていたことなど私はまったく知らなかった。よって、珈琲程度のものでよく何時間も話し込めるものだという思いで、苛々する気持ちを抑えながらも自身の車へ戻った……。

6、尾行

江守が待ち合わせ場所に戻って来たのは、午後九時近くになっていた。江守は、助手席のドアを開けて乗り込んでくるなり、田辺さんから収集した情報をかいつまんで説明してくれた。この日の江守は饒舌だった。まず江守の話によると、剣持さんが北新地へ飲みに出かける時は、車を北新地内の関西モータープールに車を停めて飲み歩くという貴重な情報を田辺さんから得たという。私は江守からこの話を聞いたとき、「それなら時間もあることやし、今からその関西モータープールが新地のどの辺りにあるのかいっぺん見に行こうやないか……」と提案してみた。すると、江守の方も承諾してくれたのである。こうして私たち二人は、さっそく私の車で北新地へ向うことにした。私の車は土佐掘通に出たあと進路を西に取り御堂筋を通り過ぎて四つ橋筋まで出たあと右折した。(四つ橋筋は、北行きの一方通行)その後、西梅田方面に向って走っていると、右手に毎日新聞社が見えてきた。江守の話によると、毎日新聞社のところを右折すると北新地の中に入って行くという。私は、江守の言葉通りに右折したあと、すぐに車を路上駐車させた。ちなみに、私が車を停めたこの路上が、北新地の上通りと呼ばれている通りであった。私と江守の二人は、車を下りたあと歩みを東に進めていくと、赤や黄色のきらびやかなネオンが眩しく目に入ってくるようになった。二人が歩き出して五分ぐらいした頃だったと思う。江守が突然「剣持や！　河村くん前からくる奴が剣持や!!」と言うのである。私は、一瞬自分の耳を疑った。自分の耳を疑って当然であろう……。ほんの数分前の話では、北新地内における関西モータープールの位置関係を確認するのが目的でこの場所に赴いてきたのである。そういう軽い気持で歩いている時に、隣の江守から突然「剣持や！」と言われて「驚くな」という方が無理である。私は、驚きのあまり弛緩していた睾丸が、ギューと縮み上がった。それほどの驚きと同時に、体じゅうに緊張が走った。それは、江守から聞いているコスモリサーチの剣持さんが、私たちのすぐ手の届くところにいたからである。

先に断っておくが、私は剣持さんとは一面識もない。だから江守の言葉を聞いた時には「こんな偶然があってもいいのだろうか……」という戸惑いの方が大きかった。否、偶然ではない。この世に偶然なんてあるものか……すべては人間の意図と意図の連鎖なのだ。そしてそこに犯罪者の意図がまぎれ込んだのだ。それを思うと私の腰が重くなった。

だが、こんな私の気持ちを忖度することなく「あれは剣持や、俺は一度顔を見たら絶対に忘れん。間違いなく剣持や！」と、私が地下鉄の北加賀屋駅で田辺さんを見落とした事実があるために「お前と俺は違うんだぞ――」と言わんばかりの嫌味を放ちながら「自信はある」とハッキリした口調で言った。私の方は、咄嗟のことで思考がまとまらないまま「どの男が剣持なんやねん……」と聞き返した。すると江守は「前から歩いてくる二人連れで、ブルーの皮ジャンを着てる男が剣持や」という。このような会話を江守と交わしながら歩いていると、私たちと剣持さんがアッという間に擦れ違ってしまった。そんなことで剣持さんの顔をよく見ることが出来なかった。そこで、私はもう一度剣持さんの顔を見ておこうと思い、踵を返して小走りで剣持さんを追いかけ、そして追い抜いて行った。剣持さんをかなり追い越したあと体を反転させて、いまきた道を何食わぬ顔をして戻っていった。そして、剣持さんと正面から対面する形を取った。相手の剣持さんは、私の存在などまったく気に止めることもなく、ツレの男性と談笑しながら歩いていた。北新地は幸い夜の街であるために、私の不自然な行動も変ではなかった。それは、私たちの周りにも沢山の人が歩いており、仮に酔っぱらいが道端に倒れていても「他人のことは、我関せず」である。

江守が剣持さんを発見してからこの私の一連の行動まで時間にすると、ほんの五分程度の短い出来事であった。私は、路上に立つ江守のところに近寄り「あれが本当に剣持か……」と確認した。すると、江守は「絶対に間違いはない。千里阪急ホテルで見た時は、パーティー用の白いタキシードを着ていたけども、俺は人の顔を一度見たら絶対に忘れへん！」と力強く言い切るのである。その自信に満ち溢れた江守の言葉を聞いていると、私の方まで剣持に間違いないのであろうと思うようになった。二人でこのような会話を交しながらも私たちの目は、剣持さんの後ろ姿をしっかり追尾した。剣持さんは、私たちが歩いて来た道（上通り）を四つ橋筋へ向けて進んでいく。数メートル先には路上駐車した私の車も見えてくる。どこに行くのだろうか……。私と江守の二人は、剣持さんとの間で一定の距離を保ちながらあとを追いかけて行こうとしたその時、北新地で有名なナイトクラブ・ダンヒルの一階入り口付近で立ち止まり、ツレの男と店内に入って行った。

私は、ミナミのナイトクラブ千扇で働いていた頃から、北新地ではダンヒルという店が一流のホステスを揃え、客単価も高い高級な店であるということは噂で聞いていた。しかし、その店の場所がどのあたりにあるのかを知らなかったために、「ここがダンヒルか――」という思いで店の方にも興味を持った。

私と江守の二人は、剣持さんがナイトクラブ・ダンヒルへ入ったことを確認したあと、本来の目的である関西モータープールの場所を見に行くことにした。するとなんということであろう、ナイトクラブ・ダンヒルと同じ通りに関西モータープールがあったのだ。この関西モータープールは、上通りから舟大工通りと呼ばれる通りまでをぶち抜いた形の超大型のモータープールだった。私たちは上通り側の入り口付近から中を覗いてみると、奥の方にはロールスロイスやベンツといった外国の高級車が何台も停っていた。

このようにして関西モータープールを確認したあと、二人の足はまたダンヒルの方角へ向った。そして江守を近くの喫茶店へ一旦誘った。ひと息いれたかったこともあるのだが、昼以降なにも腹の中に入れてなかったので空腹感に魘《おそ》われていたからでもある。したがって私はカレーを注文し、江守は珈琲を注文した。喫茶店に入った時刻は、確か午後九時半を回っていたと思う。私たちは、喫茶店でこれから先の行動について話し合った。そこで、まず最初に剣持さんが入ったナイトクラブ・ダンヒルの電話番号を調べた。幸い喫茶店には飲食業界専門（北新地版）の電話帳があったので、私がそれを見てダンヒルの電話番号を控えた。そして、このメモ用紙を江守に手渡した。何故ナイトクラブ・ダンヒルの電話番号を調べることにしたのかというと、私が水商売で働いてきた経験則として、高級ナイトクラブと呼ばれる店の多くは、午前〇時頃を目安にクローズするからである。因に、私が勤めていたナイトクラブ千扇は、午後十一時三十分にクローズしていた。だからダンヒルの営業時間を調べたかったのである。

また北新地で一流のホステスを揃え、高級ナイトクラブという噂の高いダンヒルに私が一見客として飲みに入り、剣持さんの様子を窺ってみようかなとも考えた。そういうような思いの中で喫茶店を出たのである。そして、私たちはナイトクラブ・ダンヒルの様子を近くからみていたのである。その後ダンヒルの近くのタバコ屋の公衆電話から江守が電話をかけて店の営業時間を確かめると、午前一時頃まで営業しているという。私は意外な感じだった。

そこで、私の直感が働いた。「うまくいけば今日中に片がつくかも……」と、こういう思いに至ったのである。つまり大きな獲物がすぐ近くにいるのだ。東京・大阪間の五億円を狙うよりも目の前にいる剣持さんを捕まえて脅しあげ五億円を奪った方が早いのではないか、そんな算盤をはじいた。そこで江守に向って「チャカはどないした」と尋ねてみた。すると、江守はマンションに隠しているという。私は、自分の思いつきを説明したあと、江守にチャカを取りに行って貰った。ただこの時の私の心理状態というのは、非常に不安定であったように思う。それは後先の考えもなく咄嗟の思いつきであったからだ。要するに、私という男の性格は、なりゆきまかせの行き当りばったりの行動しか出来ない部分が多いのである。早い話、迷走する戦略なき野望しか持てない男なのであろう。また、私たちの共犯関係の特徴としては、しっかりと舵を取る船頭がいなかったことがあげられる。そんなこともあり、走り続ける力はあるのだが右に左にと舵がぶれるのは必然であった。

さらに言えばライオンズホテル大阪以降の出来事について、たとえ偶然とはいえテレビドラマを見ているように、よくも悪くもタイミングよく次から次へと連続して違う場面が続いたのである。結局この日の予定は、田辺さんの顔を再確認したあと北新地の関西モータープールの場所がどの辺りにあるのかを見に行くということであった。それなのに、偶然にも剣持さんと遭遇してしまったために途中の論理や筋道を無視してしまい、いきなり捕まえるという結論を性急に結びつけた短絡的思考に陥ってしまったのである。これは、先にも書いたように私の性格なのであろう……。況んや、そのために私には失敗も多い。

とにかく、江守に拳銃を取りに行って貰ったあと、私は一人でナイトクラブ・ダンヒルに入った剣持さんの出てくるのを待ちながら見張ることにした。この時、江守との間では、もしも江守が拳銃を取りに帰っている間に剣持さんがダンヒルから出て来た場合は、私が一人で尾行することになった。つまり、この話は、剣持さんがダンヒルに入ってから一時間近く経過しているわけである。したがって私の感覚としては、金持ちの剣持さんが同じ店で何時間も居座ることもなく、色々な店を何軒も梯子するであろうということが前提になっている。この場合は「捕まえる」という発想はポシャルことになる。換言すれば私が一人で剣持さんと対峙して何の道具も持たず捕まえることなど出来そうもないことぐらい江守にも分かっていた筈である。多分、江守もそういう思いの中で拳銃を取りに走ったのだと思う。

私は、剣持さんの出てくるのを待ち続けた。師走の路上は寒風が吹き荒み寒かった。江守と別れてから十分、二十分と時間は過ぎていく——。剣持さんがダンヒルへ入ったのが午後九時過ぎとしても一時間以上は優に経過していることになる。私は内心、喫茶店に入り食事を取りながら話し合った約三十分ほどの間に剣持さんはダンヒルを出てしまい、別の店に行ったのではないだろうかという不安が心に押し寄せてきた。それと同時に、冬の寒さが身に沁みてきて、私を少しずつ弱気にさせて行ったのである。そうこうしているところに、黒いセカンドバッグを小脇に抱えた江守が戻ってきた。江守は私に向って「まだ出てこんのか——」と尋ねてくる。それに対し私は短く「まだや……」と答えながら「あれがほんまに剣持か、金持ちの社長なら一軒の店で何時間も粘らんやろ！」と江守に言ってやった。すると江守はムッとした顔つきになりながら「絶対に間違いない。あれは剣持や」とむきになりながら強い口調で言い返してくる。私自身は、剣持さんを一度も見たことがないので、それ以上の言葉を返すことが出来なかった。ともかく、寒空吹きすさぶ中で長時間立ち続けていることに辛抱できなくなった私は「車の中でシケ張ろうや！」と江守に提案した。この提案に江守も異存はなかったようで、二人はすぐに車に乗り込み私はエンジンをかけてヒーターを入れた。幸か不幸か車を停車した位置からナイトクラブ・ダンヒルの玄関先がフロントガラス越しに辛うじて見える。つまり私たちが乗る車から二十メートルほど先の左側のビル一階に「ダンヒル」が見て取れるのだ。私と江守の二人は車の中で雑談をしながらも、両目だけはしっかりとダンヒルに向けていた。

そのような状況の中で、江守からズッシリと重みのある黒色のセカンドバッグを手渡されたので中身を確認すると米国製の三八口径（スミス&ウエッソン）一挺が青色のタオルハンカチに包《くる》まれて入っていた。拳銃とは別に、油紙に包《つつ》まれたマメ（弾）も入っていた。私はそれらを見たあとチャカとマメをバッグの中へ戻し、そのバッグを江守に返した。それからかなりの時間が過ぎた……。私たちは会話も少なくなり、ラジオのスピーカーから流れてくる音楽だけが車内に響いていた。車内のデジタル時計を見ると午前〇時近くになっていた。よく考えてみると、今回は随分長い時間シケ張りをしてることに気ずいた。どういうわけか江守の方も不思議とシケ張りをやめようとは言わない。もちろん、私の口からも言わない。ただ時間だけがどんどん過ぎゆくばかりであった。

時刻は、午前一時頃になろうとしていたその時である。「出てきた！」と江守が大声を発した。私は目を凝らしてナイトクラブ・ダンヒルの方を見ると、剣持さんが沢山のホステスやボーイに囲まれる形でダンヒルの玄関に現われたのである。剣持さん、ブルー色の皮ジャンを着ており襟元の部分にはミンクの毛皮をつけているために非常によく目立つ。だから遠目からでもひと目で剣持さんと分かった。ダンヒルの玄関付近でホステスたちに囲まれて立ち話をしていた剣持さんは、スラリとしたホステス一人と店の黒服（ポーター）に両脇を挟まれる形で私たちが乗る車の方角に向って歩いてくる。私たちの後方には、国道の四つ橋筋が南北に走っている。したがって店の黒服は、予約車（タクシー）のところまで剣持さんを案内するのであろう。私自身もナイトクラブ千扇で働いていた頃には、店の客を予約車専用のタクシー乗り場まで何度も案内した経験があるので、黒服の所作を見ていてそのことがすぐに分かった。

ここで、私と江守の二人は車内でとても滑稽な行動を取った。つまり、剣持さんたちが、私の車にどんどん近づいてくる。そうするとフロントガラス越しで私と江守の顔がまともに見られる格好になるわけである。それを瞬時に察した江守は、座っていた座席を後方にめいっぱい下げて、少し広くなった足許付近に腰を折り曲げるようにして急に隠れたのである。それを見て、私は車のエンジンを切り、私も同じように江守の真似をした。今から考えると、まったく無意味な行動のように思う。要するに、相手の剣持さんは私たちのことをまったく知らないのである。だから、北新地というネオンが輝く夜の盛り場の中で、車に乗っている私と江守の姿を見られたとしても、そうたいして影響はなかったと思う。しかし、これから悪いことをしようという犯罪者心理が働いてしまうために、咄嗟に身を隠す。早い話、不自然な動きをすると逆に怪しまれるのである。こういう場合は却って、堂々としていた方がいいのではあるが、それが出来ないのが犯罪者の犯罪者たる所以ではなかろうか……。

ともかく、私たち二人はフロントガラス上から見えなくなるほど体を小さくして座席の下に隠れた。そして、剣持さんたちが私の車を通り過ぎた頃を見計らって体を起こした。その後、江守は車の助手席から降りて、徒歩で剣持さんを追うことになった。私の方は、車を四つ橋筋に回す役割なので急いでエンジンをかけて車を発進させた。上通りは西から東への一方通行になるために、一度違う筋に出て迂回しないといけない。したがって、私は車を発進させたあと、一つ目の角を右に曲がり、舟大工通りと呼ばれる筋に出た。この通りは、東から西向きの一方通行になる。車が舟大工通りに出ると、すぐ目の前には四つ橋筋が南北に走っている。私はやっとの思いで四つ橋筋に出た。けれども、ミナミと北新地の周辺道路は夜の盛り場のため、深夜になると車の山で大停滞になる。つまり、一般車輌とタクシーで道路は団子状態になっている。そのために私の車が四つ橋筋に出ても前には進めない。車よりも舗道を歩いてる人の方が早いのである。私は焦った……。だが、ここから先は、ヤクザ者が使用する大型車輌ゆえ、いかんなくその威力を発揮することになる。私が乗る車はフロントガラス以外の窓という窓に黒のスモーク（フィルム）を二重に張ってあり、トランクからは自動車電話のアンテナが出ている。だからひと目みて、筋者の車と分かる雰囲気を醸し出していた。私はこの利点を目いっぱい活用した。私がやったことは、クラクションを鳴らし続けながらハロゲンライトをアップにし、運転席側の窓をおろして鬼のような形相をして「おどれコラァ～、道をあけんかい！」と怒鳴り散らしてタクシーや一般車輌を蹴散らかした。そうしながら、四つ橋筋のド真ん中を割って行った。何度もほかの車と接触しそうになったが、私も必死である。そのつど相手の車に向って「ナニさらしてけっかるねん。アホー、どけェ～」と罵声をあびせながら、江守の許へ急いだ。

そうこうしながらやっとの思いで進んで行くと、四つ橋筋の道路上で仁王立ちになった江守が私の車を見つけて「こっちこっち」と手を振りながら合図をしている姿が目に入った。がしかし、相変わらず一般車輌やタクシーが団子状態になっており、思うようには進めない。この状況を見て取った江守は、自分の方から私の車に駆け寄ってきて助手席に乗り込んだ。そして、ある一台のタクシーを指差して「剣持はホステスと一緒にあのタクシーに乗った。あれを追え！」と声を荒げたのである。そんな江守の高ぶった態度を見て「こいつもかなり興奮しとるわい……」と思った。

いずれにしても江守が指差したタクシーの真うしろに私の車を滑り込ますことが出来た。タクシーのリアガラス越しに見える男の姿（肩から上）を見ると、まさしく先程みた剣持さんであった。それは、派手なブルー色の皮ジャンに、ミンクの襟巻きが皮肉にも剣持さん本人であることを証明する形になっていた。私の車がタクシーを尾行して二〜三分した頃、剣持さんはタクシーの車内でホステス相手にいちゃつき始めた。そして二人のシルエットが重なった。車内でキスをしているのが分かる。そのうち、剣持さんの頭がシートの下に隠れたので、多分、いかがわしい行為にでも移ったのであろう。私はそれを見ていて腹が立ち、その怒りを声に出して「このダボめ！　なにさらすねん……」と罵声を発した。江守も苦笑いを浮べながら何か言ってたような気がする。一方、車の方はというと、まだ北新地周辺からは抜け出ておらず四つ橋筋の道路上をノロノロ進み、進んでは止まるという状況であった。さりとて、車がひしめき合い混雑した中での尾行は却って助かる。しかし、車の混雑から一旦解放されると今度は尾行が難しい。相手はプロのタクシードライバーであるために、慎重に尾行しないとすぐに不審感を与えてしまう。

そうこうしていると、車の混雑から解放された。すると、タクシーは急にスピードを上げて走り出した。剣持さんを乗せたタクシーは、桜橋の交差点を右折したあと、大阪駅前第一ビル、第二ビル、第三ビルの前を走り過ぎ、梅田新道（通称・梅新）の交差点に出た。その後、この梅新交差点を右折して東映会館前を通り過ぎ、御堂筋に出たのである。この時、剣持さんは新地のホステスを連れてミナミにでも飲みに行くのであろうかと思った。したがって、御堂筋を出たあたりから慎重を期するために、タクシーとの距離を大きく取るようにした。時には、タクシーと私の車の間にまったく関係のない車を一台挟む形で尾行を続けた。一方、剣持さんを乗せたタクシーはスピードを出して深夜の国道を快調に走る……。堂島川を渡り左手に大阪市役所を見て土佐堀川も渡った。そして、淀屋橋、本町を越えたあともタクシーはどんどん南下していく。そして長堀通りに出たところの新橋交差点で剣持さんの乗るタクシーはスピードを緩めウインカーを右に出しながら、赤信号に引っかかり一時停車した。

目の前はすぐ心斎橋であり、その先はミナミの飲み屋街である。私は、剣持さんたちがミナミへ飲みに行くものと思っていたので「あれ、どこ行くねん?」と戸惑った。このように戸惑いを感じながらも慎重に尾行を続けた。とにかく剣持さんを乗せたタクシーは新橋交差点を右折したあと長堀通りを西に向けてまた疾走する。四つ橋筋を通り過ぎ、なにわ筋をも越えた。そして、あみだ池筋を越えて西区役所前まで来た辺りでタクシーの走るスピードが遅くなり始めた。深夜のことゆえ、あまり近づいてしまうと怪しまれると思い距離を多めにとった。それが裏目となりタクシーを見失ってしまったのである。

ええいままよとばかりに私の車は、突き当りを左に折れて右に曲ろうとした。すると、剣持さんを乗せたタクシーは右に曲った少し先のところで停っていたのである。それを見た瞬間、私の車はそのまま直進してゆっくり停車したのである。そして、私と江守は車から降り、物陰からタクシーの様子を窺った……。やはり私たちが北新地から追跡を続けていたタクシーに間違いはなかった。けれどもタクシーの中には剣持さんもホステスも乗車したままで降りてくる気配がない。多分、車の中で今宵の別れを惜しんでいるのであろう。そんなことを考えながら、タクシーが停った左手の先を見ると、十五階建てぐらいの大きなマンションが建っていた。私は、このマンションにホステスが住んでいるのであろうと思った。

さて、タクシーが停ってから二十分ほど経った頃に、ようやく剣持さんとホステスが車の中から連れだって出て来た。そして、二人は一緒にマンションの中へ消えて行ったのである。一方、タクシーは動く気配を見せない。剣持さんはタクシーを待たせたままにしているのだ。それを見た私は、タクシーの進行方向に先回りする形をとるために、自身の車を移動させることにした。つまり、この私の行動は剣持さんが自宅に帰るであろうということが前提となっている。要するに、尾行して剣持さんの自宅を突き止めようとしているのである。はからずもとでもいうべきだが、北新地で剣持さんと遭遇したときに思いついた、拳銃で脅し挙げてその日のうちに現金を奪い取るという発想は完全に消えていた。やはり、計画も何もないその場の思いつきではすぐに頓挫してしまう。

いずれにしても、私の車は先回りした状態で待機しているのではあるが、依然としてタクシーは停車したままで動かない。夜のしじまが深くなるばかりであった。そこで痺れを切らした私は様子を見るために、車を降りて大胆にも徒歩でタクシーの方へと近づいて行った。そして、タクシーの横を通り過ぎる時に車内を覗いてみると、運転手以外は誰もいない。私たちの予想通りタクシーの運転手は剣持さんが戻ってくるのを待っているのである。そういう思いの中でなにげなくマンションの方角へ首を傾けてみると、奥の方から剣持さんの出てくる姿が見えた。私は、そ知らぬ顔をしながらタクシーの視角から消えて物陰に身を潜めた。私の胸は早鐘のように激しく打ち鳴り出した。

つまり、剣持さんが目の前に停まっているタクシーに乗り込むことはわかっている。ここで剣持さんを乗せたタクシーがすぐに発車してしまうと、私たちはかなりの遅れを取ることになる。それというのも、タクシーを追跡しやすくするために私の車を先回りして停めておいたのではあるが、痺れを切らした私は自分の車を降りて、徒歩で剣持さんの様子を見に来たわけである。よって、江守が乗って待っている私の車との距離は直線で約二百メートルほどあるのだ。この距離が私にとっては、とてつもなく遠い距離に感じた。案の定、剣持さんがタクシーに乗り込むと、車はすぐに発車した！　私は「しまった」という思いで焦った。すわ、ここで逃がしてなるものかと車に向けて、深夜の道を脱兎のごとく駆け出した。

だが、一生懸命走る私の視界からはタクシーの姿が消えている。江守の方はこれらの状況を遠目で見ていたようである。したがって運転席には江守が座っており、助手席側のドアを開けて私が走り込んでくるのを待ち受けていた。さすがにこの辺りは阿吽の呼吸とでもいうのであろうか、事前の打ち合わせを何もしてないにも拘らず気持ちが一つになっていた。このようにして私が助手席に転がるようにして乗り込むと、江守は車を急発進させた。ここで運転手が私から江守に代わっている。

剣持さんを乗せて走り去ったタクシーはというと、通りを出たところの赤信号に引っかかっていた。こちらにとっては、この赤信号が幸いしたのである。そして江守は、タクシーとの車間距離をうまく取りながら追跡をはじめた。さて、剣持さんを乗せたタクシーは、まず長堀通りに出たあと進路を東に取り、そして四つ橋筋に出た。その四つ橋筋を北進すると中央大通りに出る。それを越えたすぐのところにある阪神高速道路環状線信濃橋入口へとタクシーは入って行った。私たちもそのあとを続いていく。深夜の高速道路はどの車もかなりのスピードを出している。それゆえ車の運転に不慣れな江守は真剣な顔つきでハンドルを握りしめていた。私はというと、リクライニングシートを後方へ少し傾斜させたあと腰を深くして、ゆっくりタバコを燻らせる……。私の気持ちはすでに、剣持さんが乗るタクシーの追跡を全て江守に委ねた格好である。と言っても、私の両目はタクシーの後尾から離さない。

但し、一般国道を走るのとは違い高速道路での運転技術になると、やはり相手はプロのドライバーである。そのために江守の運転技術とは歴然とした差があった。タクシーは快調にスピードを上げながら、ほかの車を右に左にと交わして追い抜いていく。江守は必死になってタクシーを追尾するが、その距離が広がっていく一方であった。その間には、何台もの車が私たちの間へ割り込んでくる。この時、私は心の中で「俺が運転していれば……」と舌打ちするも高速道路上ではどうにもならなかった。

江守もなんとかしようと必死の形相で運転をしているのではあるが、それでもタクシーとの距離は一向に縮まらない。私はリクライニングシートを元に戻して、剣持さんが乗るタクシーの後尾に目を集中させた。すでに先ほどのリラックスムードは吹き飛んでいる。それでなくとも、タクシーの後尾が二度、三度と見えなくなったこともある。

このようにして、追尾するタクシーから目が離れたあと、フロントガラス越しに飛び込んできたのは、疾走する二台のタクシーであった。これら二台のタクシーは、阪神高速道路の環状線から池田線に入っており、名神高速道路豊中インターチェンジとの分岐点に差しかかった。すわ、どうする……。私が迷っているように江守も迷っているようであった。つまり、何をどう迷っているのかと言うと、阪神高速池田線をひた走る一台のタクシーを追うべきか、それとも名神高速道路に入って行こうとする別のタクシーを追うべきなのかの二者択一になるわけである。早い話、剣持さんが乗るタクシーから目が離れた時点において私たちが追跡するタクシーがどれなのか分からなくなっていたのである。私らは「えいままよ」とばかりに名神高速道路豊中インターチェンジに入って行ったタクシーの方を選んだ。そしてそのタクシーはというと、京都方面へと進んでいったのである。私達もそれに続いたのではあるが、なんと京都方面を走るタクシーの数は一台や二台ではなかった。したがって、もはやお手上げ状態になっていた。いくらバブル絶頂のころとはいえ、深夜の高速道路にこれほど多くのタクシーが走っていたことに驚かされた。

そこで、一台のタクシーが名神高速道路吹田インターチェンジを出て行こうとしている。またしてもインターチェンジを出るべきか否かを江守と話し合った。その結果、京都方面へと走るタクシーを追い続けることにしたのである。次に吹田インターから三キロほど走った先の茨木インターチェンジを出て行くタクシーもそのまま見過ごすことにした。江守と私の二人は何かに取りつかれたかのように意地になって、京都方面に向ってひた走る一台のタクシーに固執した。それには一つの理由があった。江守は車を運転しながら
「名古屋にも証券取引所の場立ちがある。ひょっとして、剣持は名古屋に行くのと違うやろか
――」
とこういった。剣持さんと同じ業界で生きる江守の言葉には重みがあった。だから京都方面へ走る一台のタクシーに固執することになったのかもしれない。
名神高速道路茨木インターチェンジを過ぎると、次は京都南インターチェンジまで出口はない。とにかく、行くところまで行こうと私たちはそんな気持ちになっていた。時刻は午前二時を回っている。仮にこのまま名古屋まで走り続けるとなると、江守は自身が経営する投資顧問業の仕事を休むことになる。要するに、仕事を休んでまでも剣持さんを追跡をしようとする江守の意気込みにはすごいものがあった。
ともかく私たちは、目の前を走る一台のタクシーに目標を立てて追い続けた。そして、ついに京都まで来た……。私たちの追うタクシーは、京都南インターチェンジを通り過ぎ、そこから七キロほど先の京都東インターチェンジをも通り過ぎた。この頃になると名神高速道路を走る車の数が急に少なくなった。それに合わせて、江守も車の運転に慣れて来たようである。だから私にもよく話しかけてくるようになった。
だが私は何か嫌なものを感じていた。その嫌なものというのは、私たちが追い続けているタクシーの中に、剣持さんが本当に乗っているのかどうかという不安が急に押し寄せて来たからであ

る。したがって私は江守に対してタクシーの後部にもっと接近するように頼んだ。すると見る見るうちに私たちが乗る車とタクシーの距離が縮まっていく。この時、私は自分の目を疑った。私と江守が追っているタクシーの後部座席のリアガラス越しに後頭部が二つ並んで見えるではないか……。私は思わず
「江守さん、あのタクシーの後部座席には二人も座っとるで」
と大きな声を出した。江守もそのことにはすぐに気づいたようで
「ほんまや……」
彼の方も、かなり驚いたようである。そして、このタクシーは、大津インターチェンジを出ていこうとしたので、私たちもそれに続いて大津インターを出ることにした。料金所付近で私たちの車がタクシーの真横に並んだ時に相手の車内を見ると、三十代とおぼしき男性二人が後部座席に座っていた。私と江守の二人は舌打ちをしながら、タクシーの乗客に向って「こいつら雄琴に女を買いに行くのじゃろ、このボケめが……」と暴言を吐いた。自分たちが剣持さんの乗るタクシーだと思い、それを追い続けていたことに対する怒りと腹立たしさから出た言葉であった。
とにかく、私と江守の二人はなんとも言えない疲労感と共に、車内には重たい空気が流れた。結局、これまでと同様、この日も何一つとしてたいした成果もなく剣持さんの自宅すら掴《つか》むことも出来ずに尾行に失敗したのである。
大津まで追跡した私と江守は、名神高速道路大津インターチェンジを一旦出たあと、再び同じインターチェンジから大阪方面に入り直した。帰路も江守がそのまま運転をしてくれた。私はと

いうと、空虚というのか虚脱状態になっていた。そのため座席のシートを倒して何を考えることなく、ぼんやりしながら江守に運転を委ねたのである。また、この日は江守の意外な一面も見せつけられた。それというのも運転技術はともかくとして、一度の休息も取らずに車を走らせ続けることが出来るタフガイさに驚かされたのだ。いずれにせよ、大阪に戻ってくると時刻は午前三時半近くになっていた。

かくして、一二月という年の瀬に剣持さんを追跡し、それが翌日の真夜中まで続いたものの、やはりこの日もしくじったのである。思い返せば、一九八七年（昭和六二年）五月の「スナック・メイ」において江守から初めて聞いたコスモリサーチの社員が運ぶ大金を奪い取る、という話から何ら大きな成果もあげられず、約半年が過ぎようとしていた。こうして、一九八七年が終っていくのであるが、私にはヤクザとしての立場が一つ残っていた。それは、兄弟分の朴伸一との関係である。金に困っていた朴は、私から声のかかるのを待ち、一攫千金を期待している。私としても吐いた唾は呑み込めない。同じヤクザとして朴に対して安目は売れなかった。

一九八八年（昭和六三年）一月——

ついに年が明けた。一月四日の夜、自宅で寛いでいたところ、江守から電話が入った。その内容は「あす（五日）の早朝、田辺がまた社長に呼び出されている」ということであった。確かに江守は田辺さんから色々な情報を収集していたと思う。その情報に基づいて私たちは動いた。だがガセネタも多かった。だから今回の情報に対しても気が重たかったけれども、江守と一緒に午前五時頃から田辺さんの自宅付近でシケ張りをすることにしたのである。その大きな理由として、いくらなんでも正月早々からガセネタを掴ませることはないだろうという思いがあったからだ。がしかし、これもいいかげんな情報だった。このことは別として、この日は私個人にとっても特別な日であった。つまり競馬の呑み行為をしている胴元にとっては、闇馬券で一年の最初にシノギが出来る日なのである。というのも、通常ならば土・日に開催される競馬のレースが、一月の第一回目だけは曜日に関係なく、年頭の五日が「金杯レース」と決まっているからである。一九八八年一月五日は火曜日であった。私もご多分に漏れず胴元としての仕事がある。よって、シケ張りをしていてもこの日はのんびりとしている余裕がなかった。だから、この五日の出来事は今でもよく覚えている。ともかく、車内に持ち込んだ競馬新聞を見ながら、江守に「金杯」のあることを説明した。すると、江守は「金杯」のレースを通したいということで、私の手から競馬新聞を取り、それを見ながら何通りかの闇馬券を通して来た。

結局、この五日も午前七時頃まで張り込んでいたものの、田辺さんは自宅から姿を現わすことはなかった。この時点で江守の情報は当てにならないと思った。

さて、ここでもう一人の共犯となる私の兄弟分である朴伸一の足取りをたどってみることにしよう。私の目から見た朴は、年末年始も相変わらず金に窮していた。つまり、ヤクザたるものは見栄を張り、金がなくとも見栄を切るのがヤクザの所以たるところである。まして、組の幹部と呼ばれる人間であれば、いい服を着ていい車に乗って、いい女を連れて歩くのが男としてのステータスであった。しかし、朴の場合は自宅から組事務所までヨレヨレの服に汚いジーパンを穿いて、原付バイクに乗って通っていた。また、時にはポンコツの中古車に乗っている朴の生活状態は、私の感覚からするとただの「ヨゴレ」にしか見えなかった。

　要するに、こういった朴のだらしない姿を目の当りにしていると、生理的嫌悪が強くなるばかりであった。けれども、同じ組内同士である限り表向きには極力普通に接していた。そうは言うものの、二人の間では良い感情を持ち合わせていなかった。その空気は互いに感じ取っていたように思う。

　だから朴に対してはアバウトな気持しか持てなかったのである。しかし、そういう気持があったとしても、朴には大きな金儲けの話があると声をかけていたので、もはや私には吐いた唾を飲み込めない状態になっていたのも確かである。また、朴に対してヤクザの面子を保つ必要があった。要するに、「ヨゴレ」と蔑む朴から「河村は口だけの奴!!」などと組内でよからぬ噂を立てられるのが耐え難かった。だからこそ無理をしてでもコスモリサーチの一件をなんとかせねばならなかった。だが、朴を事件に誘ってから以降もコスモリサーチに関する件は何一つとして進展することはなかった。いかんせん私と朴は同じ組の組員であるために組事務所でよく顔を合わせる。すると当然のごとく、大金を奪い取る話も二人の間で出てくる。その時は「社長を尾行している」などといって言葉を濁す。こういう時の私は、精神的に追い詰められた圧迫を感じる。つまり、なんとかせねばという焦りに似た感情が私を息苦しくさせていたのである。

　一九八八年（昭和六三年）一月二五日。私は江守が経営する投資顧問業の会社へ赴き、「サンコーポ天満橋六〇七号室」の合鍵を受け取りに行った。このマンションは、江守が賃借している部屋である。言うまでもなく、この部屋の鍵を預かったその四日後に被害者の殺害現場になろうとは夢にも思わなかった。私にとっての合い鍵を受け取るという行為は、江守に対する一つのポーズでしかなかった。

　一月二八日。私は江守に対して田辺さんの呼び出しを依頼してみた。つまり、大局的にみるとこの日の江守との駆け引きが、人生の岐れ道になったといっても過言ではないであろう。要するに、江守の手元にバトンがある限り、私には動きようがない。だから江守にやる気があるのかないのかを迫ったのである。また、私には朴との関係もあったので、そろそろ物事に決着をつけておく必要があった。そんなこともあって江守が曳いたら私が押す。江守が押したら私が曳く。このような駆け引きが続いた……。どういう形になろうとも江守が首を縦に振らない事には何一つとして進展しない。だからこそ、これまでは江守の言う通りに動いてきた。しかし、これ以上江守に一顰一笑し続けるのも疲れだしてきたのである。いずれにしても、江守さえその気になれば、いつでも田辺さんを呼び出す口実は作り出せると思っていた。だから、そのことを江守に言ってやった。すると、案の定のらりくらりと煮え切らない返答をしてくる。私が江守に聞きたいのは「やるのか、やらないのか」この二つに一つの返事であった。仮に、「呼び出せない」と言えば、その時点で話は決裂するだけであって、この話は御破算になる。一攫千金を夢見る私と朴は呉越同舟であったが、江守との話が決裂すれば筋として朴には詫びを入れねばならないと思った。

　しかしながら、江守は田辺さんを呼び出すことを承諾した。この時に私は思った。江守自身がいくら御託を並べてみても、しょせん億とつく金の魅力に取りつかれていると……。その証左として、現金強取の話が持ち上がってから以降、事件当日の日までの八か月の間、江守の口から

「現金強取をやめる」とか「この話から降りる」というような言葉を一度も聞いたことがないからである。

そこで、江守は私に向って一つ条件を出して来た。それは、田辺さんを呼び出す代わりに、自分（江守自身）も被害者であるように装うので、その偽装工作をしたいと言い出した。偽装……私の方とすればそこまで深い考えを持っていなかった。そのために江守が話す偽装（アリバイ作り）という言葉に少し戸惑いを感じた。しかしながら、田辺さんと接点のある江守の要求にも無理からぬものがあると思った。要するに、ほんの短い会話の中で、江守の方も必死になって色々なことを考え、計算し、自己保身の思いに至ったのであろう。だから偽装……アリバイ……。という言葉が次々出てきたのだと思う。いずれにせよ、江守の言い分にも一理あるためにその申し出を了解した。そこで、どのような偽装をするのかと江守に尋ねてみた。すると、私と朴が投資顧問業を営む江守を脅しあげて無理矢理コスモリサーチの田辺さんの存在を聞き出したことにしてほしいという。そして、翌日、江守が田辺さんと逢ったときに、自分も被害を受けたと言ってひと芝居打ってみせると言うのである。じつに陳腐な偽装であるが、江守がそうしたいと言うのであるから、別に反対する必要もなく「よし、わかった。必ずそういう！」と答えた。こうして、一九八八年（昭和六三年）一月二八日の夕刻、江守はコスモリサーチへ電話を入れ、田辺さんの呼び出しに成功するのである。

ところで、田辺さんを呼び出す口実であるが、江守は私にこう言った。

「田辺には、俺（江守）の代理として、石田という男に、情報料の三十万円をコスモリサーチの会社へ届けさすので、仕事が終ったら、その石田から金を受け取ってほしい。」

とこのような内容の話を田辺さんにしておくので、それでどうかということであった。つまり、私が石田という架空の人物に成り済ますのである。私に異論などあろう筈もなく江守の計略を承諾した。そして江守はコスモリサーチの田辺さんには午後五時頃に電話をするので、河村君は午後六時頃になってからコスモリサーチへ電話を入れてほしいと指示してきたので「わかった！」と答えた。

すなわち江守は、情報料の三十万円を提供するという釣り言葉で田辺さんを呼び出すつもりらしい。この時、人間というのは欲の固まりであると思った。要するに、人間が墓穴を掘るのはこの欲というやつである。特に、銭金が絡めば人を裏切り、騙し騙されの世界が多い。かと言って、銭金に綺麗きたないはない。どんどん稼いだらいいと思う。但し、コスモリサーチの社長を裏切り、裏で江守と手を組んでいる田辺さんは小賢しい奴と思った。

したがって、剣持さんの住所を聞き出す時には、朴と二人で田辺さんを少し痛めつけてやろうと考えた。言っておくが、私は暴力を肯定しているのではない。暴力のすべてを悪とするならば、この場合の私たちのロジックが崩壊することになる。前にも書いたと思うが、最初から弱い者イジメをする気などなかった。貧乏人や女、子供を狙い泣かすというような気持ちはサラサラない。要するに、江守から聞いていた話は、裏の金（アングラマネー）であることから、我々がその金を横取りしても、警察には届け出ることはない、という言葉を私は全面的に信じていた。だからこそやる気になったのである。それは江守とて同じであろう。また私以上にアングラマネーのことは、江守が一番よく分かっている。それゆえ、田辺さんを呼び出すのか否かを迫った時に江守は「NO」とは答えなかったのだと思う。

所謂、地下経済の金……。表に出せない裏の金……。コスモリサーチの社長も禁じ手を使って金儲けをしている。言葉を変えれば、億単位の金を稼ぐ人物であるが故に沢山の人も泣かして来たであろう。簡単にいうと非合法の所得だからこそ金を奪われても警察には訴え出れない。それならば、一番おいしいところを横取りしてやろうではないか、と思考する我々が愚かなのであろうか……。とにかく、当時の私には小難しい理屈などどうでもよかった。目の前には、警察に言えない金がぶら下がっている。こんな千載一遇のチャンスをみすみす捨ておく手はないであろう。もはや私たちアウトローは、自己肯定のために突き進んでいくしか道はなかった。特に私の場合は、ヤクザとしては粗削りゆえ、暴力を金に還元する方法も単純だった。したがって、私には狡猾さがあるようでもないのである。とにもかくにも、警察にパクられる心配がないという江守の発する言葉の響きが、私の気持ちを強くさせていた。だからどうしたという訳でもないのだが、あまり深い考えを持つこともなく大胆な行動を次から次へと取っていったのだと思う。

さて、江守との話が終わったあと朴に連絡を取って、待ち合わせをした。それから朴を車の助手席に乗せたあと、住之江区のコスモリサーチへ向かう車の中で簡単な打ち合せをしたのである。私の考えとしては、田辺さんをスムーズな形で車に乗せたあと、江守のマンションに連れ込みカマシあげて、剣持社長の居所を聞き出そうという思いに至っていた。

つまり、その方法とは、江守の代理として我々がコスモリサーチにお金を届けにきたのだけれども、そのお金をうっかりしていてマンションに忘れてきたので、一緒に取りに来てほしい、と江守の計略に私が少し味付けをして朴に説明した。すると朴の方は、田辺さんを力ずくで車の中に押し込むと言い出す。この発想は実戦空手五段という腕まえがそう言わしめるのであろう。確かに、田辺さん一人くらいなら簡単にのしてしまうと思う。早い話、朴は腕力だけの男なのであるが、その腕力が必要なのもこれまた事実なのである。

このような話と前後するが、江守から預かっていた米国製三八口径（スミス&ウェッソン）と実包を車の中で朴に見せている。朴は、私から手渡された拳銃を手に持って、まじまじと眺める。私はそんな朴の姿がなんとも疎ましく思えた。つまり、これから人を攫いに行こうとしているにも拘らず物欲しそうな仕ぐさをするのでそれが鼻についた。だからチャカを早くカバンの中へ直すように言ったあと、私は話を続けた。

「俺がペテンを利かして車のところまで連れてくるので、二人で芝居をしようや。もしも車に乗らん場合は、兄弟たのむで！」

と言うと朴は、

「よっしゃ、そん時は俺にまかさんかい」

などと、力勝負は自分にまかせろとばかりに自信満々に言葉を返してくる。この時ばかりは、朴が頼もしく見えた。

とは言うものの、人通りの多い場所で無理矢理とはいえ、本当に一人の男を拉致できるのであろうか……こんなことは常識的に考えても自殺行為に等しい。しかしながら、常識とは人間が決めるものであるから、時と場合によっては変化させて行く必要もある。だが、言うは易し行うは難しで、それを実際の行動として反映できる人はそういない。仮に、自殺行為と分かっていながら決行する奴がいるとすれば、それは精神異常者以外なにものでもないであろう。

とにかく、私と朴でひと芝居打つことに決めたあと、その後のことはその場の雰囲気に合わせながらアドリブで乗り切ることにした。私とすれば、金に貪欲な田辺さんゆえ、必ずマンションまで一緒についてくると思った。それほど私は自分のペテンに自信を持っていた。その自信の裏づけとなるのが、江守の存在である。要するに、江守と田辺さんは親密な利害関係で結ばれている。したがって、江守の方から田辺さんに呼びかけた金銭授受（三十万円を支払う）の話は必ずうまくいくと思った。その根拠となるのが、これまで江守が何度も田辺さんに情報料を提供していたという実績を作りあげていたからである。

7、誘拐

私と朴が住之江区に着いたのは、午後五時半頃であった。私は、目的地に到着したことを報告するために江守の会社へ電話をかけた。すると、江守はコスモリサーチに電話をかけて、打ち合わせ通りの話を田辺さんにしておいたという。そして、電話口の私に向って午後六時頃にコスモリサーチに電話を入れて田辺さんを呼び出し、剣持さんの住所を聞き出したあとは痛めつけておいてほしいとこのような指示をしてきたのである。私は「わかった」と手短に答えると、江守は午後十時頃に二回コールの電話を入れるので部屋から外出せずに待っていてほしいと言うことであった。

これらの打ち合わせをしたあと、私はコスモリサーチが入る対馬ビル周辺を車で回ってみることにした。その理由は、どの辺りに車を停めておけば人目につきにくいか、また目立つ事はないかを考えたからである。しかし、私が思い描くような適当な場所は見つからなかった。とにかく、私たちは午後六時にコスモリサーチへ電話を入れる約束になっていたので、あれこれ場所を詮索している暇もなく、また時間も押し迫ってきた関係もあって対馬ビルの裏手から少し離れた民家が建ち並ぶところに一時駐車することに決めたのである。

さて、時刻は午後六時前になった。私は車の中に朴を残し、田辺さんを呼び出すために電話をかけるべくして対馬ビルへ向った。対馬ビルの裏手の角にはタバコ屋があったので、その店先の赤い公衆電話を使ってコスモリサーチに電話をかけた。呼び出し音が数回鳴ったあと、

「はい、コスモリサーチです」

と田辺さんとおぼしき男性の声が聞こえてきた。私はすぐさま
「たなべさんいてはりますか……」

と至極ていねいにかつ、ゆっくりと言葉を綴った。田辺さんの方は、私からかかってくる電話を待っていたかのように明るい声で、

「はい、わたしです！」

と言葉を返してくる。私は江守との打ち合わせどおり、

「エモリさんの代理で、イシダといいますが、たなべさんに三十万円をお渡しするようにということで、お金を預かってきました。」

このように言ってやると、田辺さんの方はごくりと唾を呑み込んだようであった。私は胸がドキドキしている自分に可笑しくなった。

「はいはい、エモリさんから聞いてますよ。いまどこにいてはりますか……」

などと言いながら、私の電話を怪しむことなく、ハキハキ言葉を返してくる。

「対馬ビル一階にある、スーパー・マルエイ前の電話ボックスのところにいてます。」

私がそう言った時、

「マルエイですね、わかりますよ分かります。いまからすぐに行くので、そこで待っていて下さい。」

と言って田辺さんは電話を切った。

対馬ビルの回りを見ると、夕刻の六時を過ぎた時間帯であるにも拘らず人通りが多い。私の目の前には、大型のスーパーが営業中のため買い物客で賑っている。目を少し右に逸らすと、地下鉄北加賀駅4番出入口から頻繁に人が出たり入ったりする。対馬ビルのすぐ裏には、パチンコ屋が営業しておりネオンが煌々とかがやいている。また、その近くでは、数件の居酒屋も店を開いており、早くも仕事を終えたサラリーマンたちが酒を引っかけている。このような場所で田辺さんを拉致するのはかなり難しいと私は算盤をはじいていた。

よって、芝居を完璧にこなさないと絶対に失敗すると思った。今回失敗すると、すべてが水の泡になることが分かっていたので、私の責任は重大である。はたして、私のアドリブが田辺さんに通用するのか、その点が不安になってきた。がしかし、ええいままよと腹を括った。あれこれ思案をしている時に、

「イシダさんですか……」

と、後方からふいに声をかけられた。私は一瞬ドキッとしたが気を取り直し、

「はい、イシダです。たなべさんですね……」

と相手が田辺さんであることを分かっていたがそう言った。すると、

「ほなここで貰いますわ」

といけしゃあしゃあとぬかす。間近で見る男の顔は以前、遠目で確認させて貰った時の田辺さんに間違いはなかった。但し、田辺さんの方は私に会うのが初対面になる。

私は、さっそく芝居を開始した。まず、上着のポケットに手を入れてゴソゴソする私……。そして、「アレ?・?・?・」という顔をして首を傾ける。続けてズボンのポケットに手を突っ込みお金を捜すふりりをしたあと、

「たなべさん、すんません。どうも車の中に置いてきたみたいですわ。車はこの裏手に停めてますんで、そこまで一緒に取りにきてくれませんか。」

申し訳なさそうな顔をして私が言うと、

「ああええですよ、いきましょ……」

なんとも気軽な返事をしながら私のあとをついてくる。私は心の中で「よっしゃ」という思いになった。ただ一つだけ心配だったのは朴の容姿である。髭をはやした強面の朴が田辺さんに対して、どのように接するのか、その点が気懸かりで仕方なかった。

それはともかく、車のところまで無言で歩くのも気が重い感じだったので、田辺さんに怪しまれない程度で言葉を慎重に選びながら、ひと言ふた言話しかけてみた。すると、田辺さんの方は、ニコニコ笑いながら言葉を返してくる。そんな田辺さんの姿を見ていると、私は少し複雑な気持ちになった。が、もう遅い、ここまで来た限りは引き返すことなど出来ない。私は自分の良心を

振り払いながら朴が待っている車のところに辿り着いた。朴を見ると、助手席から後部座席に移動しており、車の窓を開けて私らの来るのを待っていた。私は田辺さんに気づかれないように朴に向って鋭い目くばせをしたあと、くさい即興劇を演じる三流役者のごとく、

「エモリさんから預っているお金を、こちらのたなべさんに渡してくれる……」

と小さなアクションを交えながら言った。すると、朴の方は

「預ったんは、自分とちゃうのん……」

と言葉を投げ返してくる。そこで私は、

「いや俺ちゃうで、自分の方やろ！」

などと言いながら呼吸を合わせていった。そして、

「それやったら、マンションに忘れて来たんや……えらいことしてしもた——」

私は独りごちながら呟く。

私と朴は、呉越同舟。しかし、この時ばかりは、歯車の山と谷が噛み合うがごとく、二人の間で息がぴったり合い始め、話がトントン拍子に進んだ。とにかく、朴の方も必死になって演技をしており、田辺さんを力ずくで車内に押し込むという話など忘れているように見てとれた。それぐらい私たちの田舎芝居がタイトになっていたことになる。

しかしながら、私と朴のやり取りを傍で見ていた田辺さんは、その場の状況が意外な展開になって来たのを感じ取ったようで、困惑した顔を見せ出した。私はヤバイと思った。同時に朴の方もその空気を察知したようである。なんとかせなイカン。この局面を打開せねばならない。私と

朴は焦った……。そこで私は田辺さんに向って、

「申し訳ないですけれども、マンションまで一緒に取りにきて貰えませんかねェ。」

と食い下がる。朴も話の歩調を合わせながら、

「お願いします。今日中に渡さないとエモリさんに怒られますんで……」

などという。すると田辺さんの方は、

「そしたら、あすでもええんですわ。なんでしたら、ぼくの口座に振り込んでくれはったらええですよ！」

と言い出してきた。私はすぐさま
「領収証も切って貰わなイカンので、今日お渡ししたいのです。なんとかなりませんか……」

田辺さんがああ言えば私がこう言う。このように、私の口から出任せがポンポン飛び出してくるのはいいのだが、田辺さんの方は、

「領収証を切らなアカンお金は受け取れません。」

とこの時ばかりは、毅然とした態度を示しながら言葉を返して来たのである。私は一瞬「アッ」と思った。よく考えてみると、田辺さんの主張はもっともな話である。要するに、コスモリサーチひいては、剣持社長に対する背信行為をしているのであるから、それらに関連する証拠は残せよう筈がなかった。私は心の中で「しまった」と舌打ちをした。すると横から助け舟の声が聞こえてきた。

「どうぞ……どうぞ車に乗って下さい！」

朴が実力行使に出始めたのである。もはや忖度している暇はない。私は、

「マンションの場所は、ここから二〜三十分のところですし、お金を渡したあと田辺さんをお送りしますので、お願いします。」

と何度も何度も頭を下げた。これで駄目な場合は問答無用、強行策か……。否、それはイカンと瞬時に算盤をはじいていると、あにはからんや、田辺さんは私と朴に根負けした様子を見せながら、

「わかりました。そしたら会社を閉めてきますので、ここで待ってて下さい。一緒に取りに行きますが、さきほどの領収証の件はなしにして下さいよ……」

と言いながら会社の方へ戻っていった。要するに、田辺さんは私と朴のいうことを、しおしおと聞く羽目になったのである。私は、田辺さんの後ろ姿を目で追いながら、内心「ホッ」とすると同時に、あまりにもスムーズに事が進み過ぎたので、それが逆に怖かった。多分、普通の拉致事件であるならば、こういう訳には行かないであろう。それを考えていると、やはり田辺さんと顔見知りの江守の存在が大きく感じた。

とにかく、テレビドラマで見るような「拉致（人攫い）」とは、私の心の中では空想の世界であった。それが今まさに、現実の時間軸の中において、奇妙にシンクロしようとする瞬間であった……。

田辺さんが会社の戸締りに行ったあと、朴は私に向って、

「あれがコスモリサーチのたなべという奴か。チビでひ弱そうな男やのう」

と早くも見下している。私もナポレオンで初めて田辺さんを見た時は、朴と似たような感情を持ったのを覚えている。

ちなみに、田辺さんの容姿は、やせ型で背の高さは一メートル六十二センチほどであった。それに比べると、朴はスポーツマンゆえ、ガッチリとした筋肉質の体躯である。鍛えぬいた膂力《りょりょく》の強さがみなぎっている。多分、体重は九十キロ近くはあるだろう。背丈は一メートル七〇以上はあったと思う。私の方は中肉中背といったところで、体重は六十五キロ。身長は一七二センチである。よって、田辺さんは私たちよりもひと回り小さな男であった。

さて田辺さんに話を戻すと、十分ほどして私と朴が待つところに再び姿をあらわした。その田辺さんの出立ちというと、先ほどとは違い腕に紺色のハーフコートをかけ、手に布製の小さなセカンドバックを持っていた。その姿を見て、確かに会社を閉めて戻って来たのが分かった。私は、田辺さんに声をかけたあと、リアドアを開けて後部座席に招き入れる。朴の方はというと、すでに後部座席に乗り込んでいた。田辺さんが後部座席に坐ったのを確認すると、私自身はフロントドアを開けて運転席に乗り込み車をすぐに発進させた。ハンドルを握る私の心は、「ヨシッ！」という思いで、欣喜雀躍《きんきじゃくやく》しそうになった。だが、「まだ喜ぶのは早い」と己の心を諌めた。それは、まだ第一の仕事が無事に終ったに過ぎなかったからである。

私は車をUターンさせたあとコスモリサーチが入る「対馬ビル」の前に出た。そして、このビルの前を東西に走る南港通りを東に向けて車を走らせたのである。この時、田辺さんはこの「対馬ビル」ひいてはコスモリサーチへ二度と出社することが出来なくなるとは夢にも思わなかったであろう。つまり、田辺さんにこの先なにが待ち受けているかなど、想像だにしなかったと思うからである。

それは無常の風なのか……

車は、南港通りを東進し国道二六号線に出たあと、その交差点を左折する。そして、国道二六号線を北進しながら、ナンバを越えて四つ橋筋へと入って行った。私の車はなおも梅田方面に向って、どんどん北進していく……。肥後橋まで走ったあと、その交差点を今度は右折した。そして、土佐堀川沿いを東に進路を取り走り続ける。淀屋橋・北浜と通り過ぎ、天満橋にある松坂屋百貨店前の交差点から二、三機手前の信号を右に折れた先に江守のマンションが見えてくる。時刻は、午後七時前後になっていたと思う。マンションに着いたあと、私は田辺さんに向って、

「このマンションです。お金は上に置いてますので、一緒にあがってお茶でも飲んで行って下さい。」

と、猫なで声で誘ってやった。住之江区から東区（現・中央区）にたどり着くまでの車中の話は、私と朴が怪しまれないように、また恐怖感を与えないようにと細心の注意を払っていた。そんな関係もあってか、田辺さんは私たちにすっかり気を許し、特に私には打ち解けていた。そんな私の誘い言葉に、

「ほな、言葉に甘えてお茶をよばれて帰りますわ……」

などと言いながら、軽いノリで自身の荷物を全部を手に持ち、部屋の入口までついてきた。

私は、ピストル入りの黒いセカンドバックとルイ・ヴィトンのバックを手に持ちながら部屋の

鍵を開けた。そして、歩みを進めて、

「どうぞ、どうぞ遠慮なく入って下さい。」

といって、田辺さんを招き入れた。

朴は、田辺さんの後ろにピタリとつくように入ってくる。その朴の姿勢は、ここまで来たら絶対に逃がさんぞ――という態度のようでもあった。朴が玄関に入り切った時に、扉の鍵をかけた。その「カチャ……」という金属音にただならぬ気配を感じ取った田辺さんは、するどく反応した。要するに、田辺さんの顔つきが一変したのである。刹那、「バシーン……」静かな部屋に大きな音がひびいた。朴が平手で田辺さんの頭を上から下へ叩きおろしたのである。朴は田辺さんを殴りながら、

「オドレこら、静かにさらせゴチャゴチャぬかさんと、そこへ坐れ……」

とカマシあげた。

いきなり強面の朴から殴られた田辺さんは、その場の状況が呑込めずオロオロしながら、半べソをかいた。そして、訳もわからないまま、

「許して下さい。かんべんして下さい」

と懇願しながら、私の顔を見て助けを求めてくる。田辺さんとすれば、とにかく詫びるのが得策と瞬時に判断したのであろう。

私はしかつめらしい顔をして「うん、うん」と頷いてやった。すると、田辺さんは安堵の表情を浮べた。

こういう時の私と朴は、アクセルとブレーキの関係に似ている。つまり、ブレーキだけでは車は走らない。かと言って、朴のようにアクセルだけでは暴走してしまう。両者がバランスよく作動して始めて車は円滑に走るのだ。まさしく、私と朴は田辺さんに対して、アメとムチを使いわけていくのである。

ところで、田辺さんの方といえば、知らないマンションに連れ込まれたうえ、いきなり脳天を張り倒されたのである。そのため、私たちから一ぱい喰わされたという思いで臍を噛んだことであろう。そんな田辺さんは、

「エモリさんは……エモリさんは、どないしはったんですか」

と私に向って聞いてくる。私は、江守との打ち合わせ通り

「エモリも捕まえとる。お前のことはエモリから聞いたんや。痛い目に遭うのが嫌やったら、わしらの質問に正直に答えろ。さもないと、しょうちせんど……」

とカマシてやった。すると、エモリさんは大丈夫ですか」

「はい、わかりました。エモリさんは大丈夫ですか」

などと、自分自身が危険な立場に置かれているにも拘らず、江守の身を案じる田辺さんが哀れに思えてきた。つまり、田辺さんは江守に騙されていることをまったく知らないのである。人を裏切り騙すものは、自分も裏切られて騙される運命に立たされるのであろうか……。

ともかく、落ち込んだ様子の田辺さんを目のあたりにしていると、私は良心の呵責にさいなまれた。しかし、自身の気持ちをいま緩めてしまうと、取り返しのつかないことになってしまう。

そう思った私は田辺さんにすべてをゲロさすことのみを考えるようにした。そこで、横に坐る朴を見やると厳しい顔つきで田辺さんを睥睨している。その勢いを借りて、

「お前には、お父ちゃんもお母ちゃんもおるのやろ……家にも帰りたいやろ。わしらは、お前の家の場所も知っとるんや！　お前とこの家は、文化住宅の一番手前やろ。文化の奥には公園もあるじゃろ。どないやねん！」

とこのように、私は田辺さんの身辺調査をしてあることを口に出して言ってやった。すると、がくんと首をうなだれて完全に観念した様子になった。その田辺さんの姿を見ていると、これならば私たちの質問にはなんでも答えてくれるだろうと思ったので話を続けることにした。

「お前、社長のヤサ（ねぐら）を知っとるやろ」

と単刀直入に切り込んだ。しかし、私の意に反し、

「……（田辺さんは無言になる）」

口を閉ざす田辺さんに向って朴が吼えた。

「オドレなに黙ってけつかるねん。ヤサを知っとるのか知らんのかハッキリものを言いさらさんかい」

朴の右手には、黒光りしたサンパチ（拳銃）が握られている。朴にカマシあげられた田辺さんは、

「はい知ってます。」

と答えた。私は少しムッときた。田辺さんに対してではない。この場の雰囲気では、拳銃を出

して田辺さんを必要以上に脅すことがないからである。それをする朴にムッときたのだ。とにかく、ひ弱な田辺さんを拳銃で脅すのは得策でないと私は瞬時に判断した。したがって、田辺さんの意識を私の方に向けさせようと思い、

「お前、持ってるもんを全部出せ！」

と命令した。すると、今度は私の言葉に素直に従った。田辺さんは、セカンドバッグの中から二ツ折りの財布（二万円在中）・キャッシュカード・預金通帳・テレフォンカード・アドレス帳・株券・キーホルダーつきの鍵を出した。それらの品物を朴が一つずつ確認していく。

朴が確認している間に、私は部屋にあったB五サイズの折り込み広告（裏面が白いもの）と、黒いボールペンを田辺さんの目の前に差し出し、

「これに、社長の住所と電話番号、それから地図を書け……」

と指図すると、

「アドレス帳を見せて下さい」

という。その言葉を聞き取った朴は、アドレス帳を田辺さんに向けて放り投げた。それを拾った田辺さんは、アドレス帳を見ながら社長のフルネームと自宅の電話番号を書いた。私は田辺さんに向って

「はよ地図も書け……」

と催促する。私と朴は、田辺さんの書く地図に目を凝らして見入る。しかし田辺さんの書く地図とは、小学生が書くような一本の棒線を引いたものであった。要するに具体的な道順もなけれ

ば大きな目印になるものも示されておらず、田辺さんが書いた地図では社長の自宅まで到底行き着けるものではなかった。私の横で田辺さんの書く地図を見ていた朴は、

「オドレこらぁ、わしらを舐めとんか。こんな地図ではさっぱりわからんやんけ、もっとちゃんと書きさらせ!」

と怒鳴りあげた。すると、

「ぼく、こんな地図しかよお書きませんねん。ほんまです。許して下さい。」

「じゃあかましい! もっぺん書け——」

朴は本気で怒っているようであった。朴から怒鳴られた田辺さんは泣き顔になった。そこで私は、

「ほたらお前、剣持社長のヤサを案内できるんか……」

と優しく声をかけてやった。すると、壁に当てたボールが跳ね返ってくるように、バリトンの声を響かせながら、

「はい、できます。」

と即答する。私は、

「よっしゃわかった。それやったら案内して貰うど!」

このような経緯《いきさつ》から田辺さんをコスモリサーチの社長宅へ直接案内させることに決めたのである。私たちが田辺さんをマンションに連れ込んだあと、あれこれと質問をしているうちに時刻の方は午後八時を回ろうとしていた。

したがって、私とすればすぐにでも社長の自宅を確認しに行きたかった。けれども行けなかったのである。何故か――その理由は、午後十時に江守から電話連絡が入る約束になっていたからである。よって、江守の連絡が入るまでは、部屋の外へは一歩も出れない状態になっていたのだ。

そこで私は考えた。午後十時に江守から電話が入ったとしても、剣持社長の自宅を確認しに行くのはそれ以降の時刻になる。とすると、行き帰りの時間を考えてみるとかなり遅い時間帯になるのは歴然としていた。また、約束通り江守が私たちのもとへ午後十時に電話をかけてこなかった場合は、出発するのが更に遅くなる。そうすると、おのずと田辺さんを解放するのも遅くなってくる。それならば、いっそのこと翌日の朝早く始発電車が走る時刻になってから解放してやっても、問題はないであろうと思った。

そう思った私は田辺さんに向って、

「今日はひょっとして家に帰られへんかもわからんから、友達の家にでも泊るというて自宅へ電話をしとけ。お母ちゃん心配したら具合が悪いやろ。ここからはよ電話せえ……」

と息子の帰りが遅いと田辺さんの両親が心配すると思ったので、自宅へ電話をするように促した。しかし田辺さんは、

「あまり外泊したことがないので、変な電話を入れると余計に心配するかも知れません。ですから一日ぐらいならよろしいですわ……」

などと意外な言葉を返してくる。私とすれば、せっかく親切心で言葉をかけてやっているのに、その好意を無碍に断るとは可愛げのない奴と思った。その反面、一方では田辺さんの冷静な判断

も分かるような気もする。そこでそれらを合わせて鑑みると、田辺さんには精神的な逼迫というのがそれほどないように思えた。

言葉を換えると、田辺さんは自分が誘拐されたとか拉致されているという意識が薄かったためではないだろうか……。つまり、こういうケースの場合は、通常の被害者ならば家族が心配するからということで、自宅に電話をかけさせてほしいと願い出る筈である。現に、のちの剣持社長の場合は、自宅へ電話をさせてほしいと言った。がしかし、田辺さんはそのようなことをひと言もいわない。逆に電話をかけなくても大丈夫という。私にはこの点が不思議で仕方がなかった。それはともかく、本人の田辺さんが自宅に電話をかけなくてもよいと言うのであるから、それ以上の無理強いはやめた。

かくして、田辺さんが自宅に電話をかけなくてもよいと言ったあと、江守からの電話連絡が入るまでの間、私と朴は田辺さんに対して質問を続けた。

「社長には、何人ぐらいのレコ（愛人）がおるのや」

と私は自分の小指を立てながら聞いてみた。すると、数名の愛人がいるという。私は、

「お前、レコのヤサを知っとるのか……」

などと聞いてみると、田辺さんはそこまでは知らなかったみたいである。否、ひょっとすると一人ぐらいは知っていたのかも分からない。しかし、社長の愛人などには興味がなかったので、それ以上のことはしつこく聞かなかった。

その間、田辺さんの方から何度か質問らしきものを受けたりもしたが、そのつど

「余計なことを聞くな！」

とカマシてやった。するとすぐに口をつぐんだ。朴の方は相変らず拳銃を手に取り眺めている。

その様子を間近で見ている田辺さんは怖がりながら、

「ぼくが社長の自宅を教えたことは絶対に内緒にして下さい。お願いします。」

と懇願する。田辺さんは、私と朴をコスモリサーチの社長に恨みを持つマル暴（暴力団）と思っているようであった。

田辺さんとこのようなやり取りをしている時に、私たちの近くに置いてあった電話の呼び出し音が一回鳴って一旦切れた……。そして再び呼び出し音が鳴ってまた切れる。まさしく、江守と約束した通りの二回コールの電話である。私は、別の仲間からの電話であるように装いながら三回目の呼び出し音が鳴ると同時に受話器をあげた。

「モシモシ……」

時刻は午後十時を回っていた。

「どないや、あいつちゃんと喋りよったか」

「おお心配ない。聞いたぞ！」

「よっしゃ分かった。またあとで電話する。」

と言って、江守は一方的に電話を切った。電話口で喋る江守の周りには、誰かがいてるような雰囲気であった。

このようにして、ここまでのところは江守との打ち合わせどおりにことが進んだ。だが江守に騙されていることも知らず、小さくなって坐っている田辺さんを見ていると何か哀れに思えて来たのである。それにもまして、マンションに連れ込んで以降というものは、長時間にわたり水一杯どころか、なにも食べさせていなかった。そのため田辺さんを食事に連れて行ってやろうと思った私は、

「お前、お腹はすいてないんか……」

と聞いてみた。すると、

「おなかすいてます」

という。午後一一時近くになっていたので当然そうであろうと思った。したがって

「三人でメシでも喰いに行こか……」

と朴にも声をかけてサンコーポを出ることにしたのである。

そこで、マンションから一番近い場所で深夜営業をしている飲食店といえば薩摩っ子というラーメン屋しか知らなかった。このラーメン屋なら車で五～六分で行ける。そのうえ味もよく旨いと評判の店だったので、ここに連れて行こうと思った。三人で薩摩っ子に入ると、午後十一時という時間帯にも拘らずカウンター席は客でいっぱいで、私たちは、店員から奥の丸テーブルに案内された。田辺さんにビールを呑むかと聞くと、少しぐらいなら頂きますという。そこで、ビール二本とチャーシュー麺三杯、そしてご飯三人分を注文した。私は田辺さんにビールを注ぎ、私たちもビールを飲んだ。そして、ラーメンと飯を残さずに食べた。食事をしながら田辺さんに、社長宅へ案内してくれたら必ず自宅に帰してやるという約束をした。多分、田辺さんは私の言葉

を信じていたと思う。少なくとも、社長宅へ行くまでは私自身も本気で田辺さんを解放するつもりでいたのだから……。

このようにして私たちが食事をしている時に、私のポケットベルが鳴った。液晶表示を見ると、江守からであった。私は中座して、店の入口付近にあった電話を使い液晶表示に示された番号にダイヤルを回した。すると、電話はどこかのナイトクラブにつながった。私は江守を呼び出すと、

「おい、どこにおるんや……」

と不機嫌そうな声を出して聞いてくるので私は

「三人で、空心町のニンニクラーメン屋におる」

と言ってやった。それから続けて

「飯を喰ったあと田辺に社長宅を案内させて、自宅を確認してくるわ。今日はそれだけや、また何かあったら連絡する」

といって電話を切ったのである。

こうして食事を済ませたあと、三人で一旦マンションに戻った。そして、剣持社長の行動などを補充的に聞いてみた。すると、田辺さんは食事を与えられたことに対する感謝の思いからなのか、今までにない新しい情報を提供してくれた。それはどんな内容かと言うと、

「社長は飲みに行ったら必ず朝帰りします。社長を捕まえるのならば、朝行けば捕まえられますよ……」

このようにして、社長の身が危険になることも顧みず、何故ここまで話す気になったのだろう

か。あくまでもこちらは社長の自宅を知るために道案内をさせる予定であったのに、田辺さんの口から「社長を捕まえるならば」という言葉が出た。この日に社長を捕まえることなど予定になかったのだが、コスモリサーチの内情に詳しい田辺さんの話を聞いていると、ひょっとして捕まえられるのかもしれないと思ってしまったのである。とにかく「朝行けば捕まえられますよ」という言葉が暗示になったというかひとつの手がかりになったことには違いない。

また、「社長は飲みに行ったら必ず朝帰りします」と言った田辺さんのこの話は偽りではないと思った。それは、前年の暮れに私と江守がナイトクラブ・ダンヒルから出て来た剣持社長を深夜に追跡した事実があるからだ。確かあの時も、時刻は午前二時から三時近くになっていたと思う。私は田辺さんの話に嘘はないと思いつつも、

「お前、与太をとばしてるのとちゃうか」

と言ってやった。すると、真剣な顔を私に向けながら、

「社長は、株の情報を見るクイックという機械を自宅に備えつけているので、必ず前場の始まる頃にはクイックを操作して株の動きを見ますから…」

などと説得力のあることを言う。こういう話を続けられると、田辺さんのペースになってしまう。まったくもって変な具合だ。とにかくコスモリサーチの内部に詳しい田辺さんの話を聞いていると、自宅確認だけではなく、あわよくば剣持さんを自宅前で捕まえることが出来るかも知れないと思うようになってくる。私はこの可能性に賭けてみたくなった。そうすると予定を大きく変更させねばならない。

いわんや私と朴は、田辺さんの説明に刺激を受けたことには間違いない。されば、朝方の時間帯を見計って剣持さんの自宅へ行こうではないかとの強い衝動にかられたのである。こういう状況に置かれている時の心理状態というのは、刺激のある方向にひかれてしまうのではないだろうか……。期待と不安が両輪になり、サスペンス映画でも見ているようなスリル感を私に与えた。

こうなれば、電光石火のごとく敏速な行動を取るしかない。まさしく、乾坤一擲《けんこんいってき》である。そこで、剣持社長が飲みに出ていると仮定して、何時頃自宅に戻るかを三人で話し合った。私は、自身の感覚として午前二時か三時頃を一つの目安にしたかった。したがって、この時間帯を見計って出発することに決めた。

これらのことを話し合ったあと、私はひとつのことを思いついた。それは、この田辺さんとツルむこと（ぐるになること）は出来ないものかと考えたのである。要するに、田辺さんはコスモリサーチの社長を裏切り、弓を引いたことがこういう結果に結びついている。だから田辺さんを私たちの仲間に引き入れて、それなりの分け前でもやれば不服はないであろうと思った。私の思いはそうであるが、しかし、問題は江守の気持ちである。江守と田辺さんの関係を考えてみると、江守は到底承知することはないであろう。けれども田辺さんを仲間に引き込むことが一番ベストであるように思えた。この思いつきを江守に一度話してみよう……と思いつつも、ついにその機会も失ってしまうのである。

ラーメン屋から戻ってからしばらくすると田辺さんは目をショボショボさせて眠たそうな態度を示した。それは空腹を満たしたのに合わせて、ビールを飲んだせいであろう。剣持さんの自宅へ行くまでには、少し時間的な余裕があったので、田辺さんに仮眠を取らせることにし、「そこで横になってもええど」と言った。すると、よほど疲れていたのか横になったかと思うと、すぐに寝息を立て始めた。

私たちも交代で一時間程度の仮眠を取ることにした。そこで、私が先に横にならせて貰うことにしたのである。しかし、私が「ハッ」と目を覚ました時には、朴も横になって寝入っていたのである。私は「しもた……」という思いで臍を噛んだ。不覚であった。腕時計を見ると、午前三時半を回っている。私はすぐに朴を揺り起こし、田辺さんも起こした。そして、田辺さんに自分の荷物をまとめるように指示したあと、私はキッチンで顔を洗った。田辺さんの方は、これで解放されるという思いからなのか、素速く身支度をする。朴を見ると髪の毛をバサバサにしながら、寝起きの惚けた顔をしている。私は、朴と田辺さんに向って、「いまから行くぞ！」と促した。また、出発する時には拳銃入りの黒いセカンドバッグを持ってマンションをあとにした。

私は田辺さんに案内してもらうために、車の助手席へ坐らせた。朴は後部座席でゴロンと横になり、まどろみ始める。能天気な男である。それはともかく、田辺さんの話によると社長宅は、千里方面という説明であったので、私は新御堂筋に車を乗り入れた。午前四時頃の国道は車の数も少ない。私は、時速百キロ以上のスピードを出して、飛ばしに飛ばした。大阪市内から豊中市の社長宅まで、三十分ほどで着いたと思う。もちろん、道に迷うことなくスムーズに着けたのは田辺さんの存在があったからである。一月下旬の午前四時半頃といえば、夜明け前の闇につつまれている。辺りは静まり返っていた。田辺さんが私に向って、

「このマンションです。」

という。車内からマンションの外観を見る限り高級分譲マンションであることが一目でわかった。そのとき

「俺がちょっと見てくるわ」

後部座席で寝ていた筈の朴が、突然私と田辺さんの会話に割り込んできたのである。私はびっくりした。しかし、朴は何食わぬ顔をして後部座席のドアを開けて出て行った。この数時間後に、社長をロックオンできるとは夢想だにしなかった。

マンションの中へ入って行った朴はすぐに戻って来た。そして、後部座席に坐るなり、

「このマンションに間違いない。一階にあるメールボックスを見たら、305のところに『剣持』という名札が入ってた」

と言う。朴の言葉を聞いた私は、

「あっそうか、ほんだら俺もちょっと見てくるわ」

などと言いながら、運転席から外に出たあとすぐさまマンションの中に入って行った。私は、高級分譲マンションがどのような構造になっているのか、自分の目で確認してみたい衝動にかられたのである。マンションに入った私は、まずメールボックスを確認した。すると、朴の言う通り「305」のところには、確かに「剣持」という名前を現認することができた。

その後、私はその足で三階まで上がってみることにした。三階まで上がって驚いたのは、剣持さんが住む部屋の玄関付近がかなり変わった作りになっていたからである。

蛇足になるが、その点を少し説明してみたい。三階から先は、剣持さんの自宅玄関に向けてのみ十段ほどの別階段が伸びており、その先には鉄扉で出来た観音開きの門が取りつけられていたのだ。要するに、剣持さん専用ポーチが設けられていたのである。こういう現実を目の当りにすると、成金が暮らすだけのことはあると変に感心する自分がそこにいた。さすがの私も、別階段を昇った先の観音開きの門のところまで行くだけの勇気はなかった。とにかく剣持さんの玄関付近を確認した私は踵を返し車内に戻った。そして、朴に向って、

「間違いないなァ、これからどうする……」

と尋ねてみると、朴の方も色々と思案しているようであった。それはこういう状況が想定外だったからである。また、助手席に坐る田辺さんと目が合ったとき、「社長は飲みに行っても必ず朝帰りしますよ……」というフレーズが急に蘇ってきた。田辺さんから手がかりを貰っていた私は、

「ちょっと待ってみよか」

と二人に向って言ってみた。すると、朴は私の言葉に同意し、田辺さんも頷いた。その後は、車の位置を何度も変えながら、マンションの出入口付近を見張ることにしたのである。その間には、剣持さんが住むマンションの地下駐車場内も調べてみることにした。駐車場には、剣持さん所有の超高級車が停めてあった。田辺さんの話によると、剣持さんは高級外車を数台持っているという。そのうちの一台が駐車場に停まっていたのである。

私たちは、剣持さんの帰りを三十分、一時間と待った。されど、私には気持の焦りというもの

が不思議と湧いてこなかった。それは、田辺さんが私たちに協力的だったからである。その証拠に田辺さんは、

「多分、社長は向こうの空地の方角から帰ってきますよ！」

などと、社長を捕まえるのならば、私たちの車を地下駐車場の出入口付近に停めておいた方がよいと言うようにまでなっていたからである。田辺さんのこのような助言があったからこそ、長時間のシケ張りになっても苦にならなかったのだと思う。

断わっておくが、マンションを出発して以降の私と朴は、田辺さんを脅かしたり賺したりはしていない。もうそんなことをする必要がなくなっていたのである。前にも少し触れたが、このように協力的な田辺さんを見ていると、ますます我々の仲間に引き込んでおいた方が得になるのではないだろうかと思った。そうすることによって、田辺さんを安心して解放することもでき、警察にもタレ込む心配もないと思ったのである。しかし、それを現実に結びつけることは最後まで出来なかった……。

時刻は、午前七時を過ぎた。辺りはすっかり明るくなっており、通勤に出かけていく人や、学校へ通う女子高生の姿が目立つようになり始めた。こうなってくると、剣持さんを拉致するのは難しい。私は自身の判断でこの日はいったん引き上げようと考えた。それは、当初の予定通り剣持さんの自宅確認が出来たからである。したがって、田辺さんにクンロクを入れて解放するか、もしくはツルむかの二つに一つを選択するだけであった。但し、どちらを選ぶにしても最後に一つだけ確認しておきたいことがあった。そのため、田辺さんに向って、

「お前、社長の家に電話をして、会社を休ませて下さいと言え。休む理由は、カゼでも引いたというたらええがな！」

と言って頼んだ。つまり、この日の仕事の〆《しめ》として社長の在宅確認をしておきたかったのである。その確認を目の前にいてる田辺さんにして貰うのが一番よいと考えたのである。要するに午前七時を回り、人の動きが目立ちだしたということも確かにあるのだが、それ以外に社長が自宅にいた場合は、私たちがこれ以上シケ張りをしていても何の意味もないからである。されど田辺さんは、

「ぼく、会社を休む言うて社長の家に電話をかけたことがないんです。休む時は、会社の方へ電話をしますんで……」

と少し困った顔をする。よく考えてみると、田辺さんの言うのがもっともな話である。しかしそんな悠長なことをいってる暇はない。そう思った私は、

「お前、家に帰りたくないんか」

「帰りたいです」

「ほたら、なんとでも口実を作って電話の一つぐらいできるやろ。ちゃうんか！」

「……」

「なに黙っとるねん。黙ってたら分からへんやないか。どないやねん。」

田辺さんは、少し考えた様子を見せながら、

「ほな電話してみますわ……」

と言ってくれた。こうして、剣持さんの自宅へ電話をかけて貰うことになったのである。電話は、マンションから少し離れたところの、タバコ屋を兼ねた小型スーパーの軒先にある黄色い公衆電話から社長宅へかけさせることにした。田辺さんは、自分のセカンドバッグからアドレス帳を取り出して、社長宅の電話番号を見ながらプッシュホンを押す。私は田辺さんの横にピッタリ立ちながら、間違いなく社長宅へ電話をかけているのか、アドレス帳に記載されている番号と、田辺さんが押すプッシュホンのナンバーが同じであるか念のために確かめた。

その間、朴は何をしていたかというと、スーパー横に設置されていた自動販売機で缶コーヒーを三本買い、それを手に持ちながら私と田辺さんのうしろに立っていた。

田辺さんの方は、私が指示した通り

「おはようございます。タナベですが、社長いてはりますか……」

と社長を呼び出した。私は、田辺さんの持つ受話器に自身の耳を近づけながら、相手の喋る声を聞いてみた。相手側の人は女性であった。田辺さんは、私の方を見ながら小さく顔を振った。そして、話を続ける。

「カゼを引いたもんで、今日は仕事を休ませてほしいんです。社長が帰られたらそうお伝え下さい。はい……失礼します。」

と言って電話を切った。田辺さんが顔を横に振ったのは、社長が不在であることを意味していたのである。田辺さんは、私と朴に向って、

「社長はまだ帰ってしませんわ」

と言いながら、田辺さん自身も意外な様子であった。その言葉を聞き終った朴は、

「ほんだらここでちょっと一服しよか……」

そう言いながら、私と田辺さんに缶コーヒーを差し出した。私たち三人は、スーパーの軒先で立ちながら缶コーヒーを飲み、タバコを吸った。スーパーでは、店主らしき親父が忙しそうに野菜を並べていた。この日もラーメン屋の時と同様、田辺さんは誰にも助けを求めることもなく、缶コーヒーを飲んだあと自ら車のフロントドアを開けて助手席に乗り込んで来た。私は田辺さんが大声を出して、スーパーの店主に助けを求めるのではないかと心配していたが、それも杞憂に終った。


私たち三人が車に乗ったあと、田辺さんはおもむろに、

「社長は、前場をするので絶対に帰って来ますよ」

と、マンションを出発する前に聞いた内容と同じことを説明してくれた。そこで証券取引所の立ち会いは何時から始まるのか田辺さんに聞いてみた。すると、午前九時に始まるという。したがって、社長の場合は午前八時三十分頃から「クイック」を操作して株価の動きを見るはずです。とここまで詳しく説明してくれた。


そうなってくるとあと少し待てばコスモリサーチの社長に遭遇できるかも知れない。されど、住宅街のど真ん中ゆえ、午前八時半前後となると人の動きも多くなってくる。当然そういう状況下での人攫いは、かなりの危険を伴う。強行するべきか、それとも中止すべきか……。私の心は、シーソーのように上に下にと大きく揺れ動いた。

もはや私は自分の頭で物事を決められない状態に陥っていた。当時の私をひと言でいい表わすならば、羅針盤を失った船に乗っているかのごとく、これから先をどうしていいのか分からなくなっていたのである。とにかく、警察沙汰になっては元も子もない。それを考えれば考えるほど、頭の中が混乱してくるのであった。それは、きちんとした計画も立てずに、行き当りばったりの行動しか出来ない私の頭の悪さが原因であると思う。思慮に欠けた行動……。若気の至りでは済まされないと思うが、無鉄砲も甚だしかった。

話を先に進めると、兄弟分の朴に、私の混乱している姿を見せるのが嫌だった。だから私は目いっぱい虚勢を張った。要するに、ヤクザ社会につながる強気の論理が働いたのである。そんなこともあって、「今日はやめとこ……」と私からは言い出せない。逆に朴からこの言葉の出るのを待っていた。しかし、互いにもたれ合って、中止を言い出せないまま時間だけが虚しく過ぎて行った……。

どちらにしても、一番能天気だったのは、被害者の田辺さんのようであった。それは、「社長は、表からではなく、裏手奥の空地の方から帰ってくると思いますよ」などという言葉を口走るようになっていたからである。ここまでくると、田辺さんの方が事態の進展がどうなるのか、それを待ち望んでるようにも見えた。しかし私の心は揺れ動いたまま定まらない。とにかく、この場面まで来た時に、田辺さん自身が事の顛末まで一部始終すべてを見届けたいという気持ちになっていたのではないだろうか、私にはそんな気がしてならなかった。だが、この協力が却ってアダとなり、結果的に田辺さんの命をも奪うことになるのである。

　ともかく、田辺さんの言葉を信じて、車を裏手側の空地の方に移動させたときの私は半分狂っていたと思う。その行動の表れの一つとして、サンコーポから持参してきた黒いセカンドバックの中からスミス&ウェッソンを取り出し、レンコン（弾倉）の穴に弾を五発装填したからである。本来の目的は、拳銃を剣持さんに突き付けて脅すための道具である。だから弾倉に弾まで込める必要性がない。つまり、マンションや民家が密集している場所での発砲は、私たちにとっても自爆行為になるからだ。しかし、混乱していた私は弾を込めた。私は怖かった。したがって、自分自身を奮い立たせたかったのだと思う。その時、後部座席に坐っている朴が、

「おい兄弟、隣の一戸建てに住んでるおばはんが、変な顔をして二階の窓から、わしらの車を見とんぞ！」

　と言葉を投げてきた。私たちが乗っている車は、大型自家用車でフロントドアガラス、リアドアガラス、リアガラスに黒色のスモークを貼ってある。誰が見ても分かるように、不審な車がエンジンをかけたまま停車しているのであるから、いかにも怪しい。しかし、こちらに幸いなことは車の窓ガラスには、黒色のスモークのシールを貼ってあるために、外側からは車内の様子などが分からない。そして、車は一戸建てと平行して停車していた関係もありナンバープレートを見られる心配もない。見られているのは、助手席側のボディーだけである。私には、その程度のことなど、もうどうでもよかった。「見たけりゃみろ！」と投げやりになっていたのである。何を考え、どうしたいのか自身にも分からなかった。私に残されたものはただ一つ、自分の直感を信じて動くのみであった。朴の方はというと、なおも二階の窓から覗いてる女性の存在が気になる

様子であった。

「おい、あのおばはん、まだ見てけつかるど……」

と言う。そこまで言われると、私も少しは気になってくる。よって、一戸建ての二階の方へ目を向けてみた。すると、確かに一人の女性が変な顔をしながら、チラチラ私たちの車を見ている。

その時、田辺さんが突然、

「ああ……社長の奥さんがゴミ出してますわ。あれ、社長の奥さんです」

と、フロントガラスの先を指差し、「あれ、あれ」という。私は、その方向へ目を移した。朴も後部座席から身を乗り出すようにして見入る。田辺さんは、社長の奥さんを見た途端、急にテンションが高くなり出した。緊張と不安のせいなのであろう。

それは、私たちとて同じだった。その証拠に、朴は後部座席で身体のむきを左に右にと何度も変えながら、落ち着かない様子であった。田辺さんは、首を四方に振って車外を見ている。時刻は、午前八時二十分を少し回りかけた時に、

「来た……。社長が帰ってきた。」

と田辺さんが大きな声を張り上げた。その瞬間、車内に緊張が走る。私は、いつでも飛び出して行ける状態を作った。朴の方は、自身の右手拳を左手のひらに向けて一発叩き込み、「ヨシ」と気合を入れる。田辺さんは、なおも興奮さめやらず、

「やっぱり空地の方から帰ってきました。あのブルー色の皮ジャン着てるのが社長です。」

と話を続けた。私は、北新地で社長の姿を一度だけ見ている。その時も、この日と同じ色のブ

ルーの皮ジャンを着ていた。だから田辺さんの言うことに間違いはなく、剣持社長であることに確信を持った。

私は、ルームミラーを見ながら、一歩一歩近ずいてくる社長に目を凝らした。私と朴の二人は、飛び出すタイミングを計っていた。社長の方は、自宅付近に不審な車が停っているのが気になる様子で、怪訝そうな顔をしながら歩みを進めてくる。そして、社長が車の横を通り過ぎようとした時、田辺さんは身体を小さくして助手席の下に隠れた。私も咄嗟に体を座席の下へ沈めるようにして身を縮めた。笑い話になるが、車には黒色のスモークのシールを二重にして貼ってある。だから外からは車内が見えないのだ。にも拘らず、私たちは身を隠す体勢を取った。社長に見られたくないという思い――。これが人間の心理なのかも知れない。

とにかく、剣持さんは訝しい顔をしながら車の横を通り過ぎたあと、なんと真っ暗な地下駐車場に入って行ったのである。この行動が剣持さんにとっては命取りになり、逆に私たちにはラッキーとなった。つまり、剣持さんが人けのある公道を歩いて、マンションの正面入口（玄関）から入られると、剣持さんを拉致出来なかったと思う。私がラッキーと言ったのには、もう一つ意味がある。この日の地下駐車場は電気が消されていたために、真っ暗だったのである。その闇の中へ吸い込まれるようにして剣持社長は、歩みを進めて行った。

それを見届けた私は、拳銃を前腹ズボンの中に差し込みながら、

「兄弟、ガレージの中から追ってくれ。俺は正面玄関から入る。」

と言うと、朴は

「よっしゃ、わかった。」

と短く答えた。

そして、私は田辺さんにも指示をとばした。

「お前は、車を運転してガレージの中に入れてこい。わかったか！」

「わかりました。」

「ほな兄弟いくど‼」

このようなやり取りをしたあと、私と朴は車から飛び出した。私は、わき目も振らずマンションの玄関に向けてダッシュした。マンションの玄関へ走り込んだ私は、すぐに地下駐車場の方へ降りて行こうとした。ちょうどその時、剣持さんは地下駐車場から階段を上がってくるところであった。私と剣持さんは玄関から二～三段下のところで鉢合わせする形になったのである。私は、咄嗟に前腹ズボンの中から拳銃を抜きとり、ドスを利かせた声で、

「剣持やな！」

と剣持さんの顔に銃口を向けた。階段の上が私、下が剣持さんという形になった。そのために、私が銃を腰のあたりで構えると、銃口が剣持さんの顔にピタリと止まる状況になったのである。顔に拳銃を突きつけられた剣持さんは、相当おどろいたと思う。否、それ以上に剣持さんが驚いたと思うのは、

「オドリャ、剣持……」

と、大きな声を張り上げた朴が、後方からいきなり剣持さんの後ろ襟首を掴んで、ガレージの

中へ引きずって行ったからである。いずれも一瞬の出来事であった。犯行がうまく行く時とは、えてしてこんなものかも知れない。

要するに、誰一人としてこの一瞬の悲劇を見たものはいない。私たちが車の中から飛び出したあと、剣持さんを拉致するまでの間は、周りの時間だけが止まっているような感じだった。また、地下駐車場には、私が指示したとおり田辺さんが車を乗り入れてくれていた。それも、ごていねいに私たちが車に乗り込んだあと、すぐにでも出発できるように出入口の方へ向きを変えてくれていたのである。

余談になるが、このとき田辺さんは何故、逃げだそうとしなかったのであろうか。つまり、私と朴が剣持さんを追って車から離れた時に、唯一、田辺さんが一人になれた場面なのである。それも田辺さんの手の中には車もある。それなのに田辺さんは、逃げ出そうともせず、剣持さんの拉致を手伝ってくれた。この点が私には分からない。やはり、先に書いたように、事態の進展を最後まで見届けたかったのだろうか。

それとも田辺さんは、身の危険を感じていなかったから逃げようとしなかったのか。言葉を替えてみると、犯人の私たちから殺されるとまでは思っていなかった。こういう仮説を立ててみると、田辺さんの行動にも辻褄が合ってくる。もちろん、私たちの方も殺意を持っての行動ではなかった。このあたりのところを田辺さんが敏感に感じ取っていたのではないだろうか。つまり、どんな人間でも自分の身が危険で殺されると思えば、逃げ出すと思う。私は、事件を起こした当事者として、自身でも分からないことが多くある……。

話を元に戻すと、朴はリアドアを左手で開けると、自分が先に乗り込み右手は剣持さんの後ろ襟首を掴んだまま、車内に引っ張り込んだ。剣持さんは、後ろ向きでよろけるようにしながら車内へ入った。私の方は、片手に拳銃を握り銃口を剣持さんに向けた状態で、二人に続いて車内に入って行った。後部座席で私と朴に挟まれる形で坐っている剣持さんに対して、コンソールボックスの上に置いてあったガムテープを二十センチほどの長さにちぎって剣持さんの目に貼った。そして剣持さんの両手を前に出させて、両手首にもガムテープをぐるぐる巻きにして行動を抑圧した。朴がこれらの行為をし終えたあと、私は拳銃を黒いセカンドバッグの中になおしながら、

「おい、車を出せ――」

と田辺さんに命じた。田辺さんの方は、この場面になったときに極度の緊張状態に陥ったようである。つまり、緊張のあまり車をスムーズに動かすことが出来なくなっていた。だから地下駐車場を出たあたりで、モタモタし始める。それを見た朴は、

「おい、ワシと代われ……」

と言う。その場所というのが、シケ張りをしている時に、「社長の奥さんがゴミを出してますわ」と田辺さんが言った付近であった。そのため、私はドキドキした。要するに、道のど真ん中で不審車から男二人が出てきて、こそこそ運転を代わるのである。誰かにこの場面を目撃されるのではという不安から私の鼓動が早くなった。しかし、この時も不思議なことに、ネコの仔一匹通らなかったのである。時刻は、午前八時半を回っていたと思う。またしても、悪運が私たちに味方した。

運転を代わった朴は、快調に車を走らせる。もちろん後部座席で剣持さんを挟んで坐っているのは私と田辺さんである。田辺さんの顔を見るとバツ悪そうにしていた。だから田辺さんの気配を少しでも消してやろうと思い、剣持さんの頭を私の膝のうえに乗せたあと、田辺さんが持っていた紺色ハーフコートをスッポリかぶせてやった。すると、田辺さんは少し安堵の表情をうかべた。それに気づかない朴は、車を運転しながら、

「あんた、なんぼぐらい金を持っとるのや、二億か三億か……」

と、くだらぬことを口にする。私は、マンションに着いたあと、金の話は江守がすると思っていたので、

「兄弟、そんなこといま聞かんでもええんや」

と言ってたしなめた。すると、剣持さんは私の膝の上から頭をあげて、

「ワシ、どこに連れて行かれまんねやろ……」

と聞いてくる。私は思いつきで

「尼崎や、すぐ着く!」

と言ってやった。剣持さんの方は、まだ何か喋りたそうで、なおも身体を起こしてきた。そのため、剣持さんの頭を私の膝のうえに押さえつけたあと、ゲンコツで後頭部を二度ほど殴ってやった。そして、

「喋るな、黙っとけ」

と怒鳴った。

私たちの車は、渋滞に巻き込まれることなく、午前九時半頃にサンコーポ天満橋に戻ってきた。車は、マンション向い側の歩道上に片輪を乗りあげる形で駐車した。がしかし、私たちはすぐにはマンションへ入れない状態になっていたのである。悪運もここまでか——という思いで、被害者を含めた私たち四人は、車内で身を細めた……。

8、監禁

　それはどういうことかと言えば、マンションの並びで営業をしている喫茶店からは客が頻繁に出たり入ったりする。それ以外では、マンション横の運送会社には大型トラック（十瓲車）が停まっており、数名の従業員がトラックの荷台にあがって、荷物の積み込み作業をしていたのである。

　要するに、トラックの荷台からは歩道がまる見えなのだ。そのため、私たちは車内から外へは一歩も出ることが出来ず、身動きがとれない状態になっていたのである。また私たちにとって、一番やっかいだったのは、管理人の存在であった。六十代の男性管理人は、マンションの玄関付近を掃き掃除していたのである。こういう状況の中では、いくらなんでもガムテープで目隠しされた剣持さんをマンション内に連れ込むのは不可能である。

　私は、この時ほど自分たちの行き当りばったりの行動を悔いたことはない。それは、成りゆきに任せて動いていると、最終的にはこういう結果になると思ったからである。それはともかくとして、ほんの数時間前までは、確実に剣持さんを拉致できるとまで思わず、半信半疑で動いていた私たち――。しかしながら、誰にも目撃されずに剣持さんを捕らえることが出来た何十分の一かの偶然性――。もはや、私たちにはここまで来た道程をひき返すことも、逃れることも出来なくなっていたのである。

そんな私の思いとは裏腹に、朴の方はというと運転席でタバコを燻らせながら泰然自若。朴は、動転している私の内面を見抜くかのごとく、

「ちょっと様子を見ようや、な兄弟！」

と落ち着き払ってこういう。私は朴の考えにくみすることにしたのではあるが、内心忸怩たる思いになっていた。それは、力量のあるところを朴が私に示したからである。

けれども五分、十分と時間だけが虚しく過ぎてゆく。外の状況にはあまり変化はない。私は朴に対して、

「車の中でこのまま待っといてくれ」

と言い残して車の外に出て行った。そして、まずマンションの玄関から中へ入ってみた。玄関を入ると、すぐ左手が管理人室になっている。その管理人室からは、一階フロアが真正面に見渡せるようになっていた。しかし、管理人の姿はない。私は一瞬「アレ？　どこに行ったのやろ」という思いで、辺りを見回した。すると、管理人はマンションの裏階段（非常階段）と運送屋の間（外廊）を掃除していたのである。私は瞬時に「マンション内へ入るのは、いましかない！」と判断した。

　そう思った私は踵を返し朴の許へ走った。そして、いま見てきた状況と私自身の思いを朴に耳打ちしたのである。この時、私は二つのことを考えた。それは、車の中に被害者を長時間乗せたまま待機している危険性と、私と朴の二人で剣持さんを抱えてマンション内へ駆け込んでいく危険性のどちらかを選ぶことであった。幸いなことに、マンションの管理人は外廊を掃除している。前述のとおり私たちは、ひき返すことも逃れることも出来ない。それであるならば、後者の方を選ぼうと思った。かなり強引な方法ではあるが、一か八かの一発勝負に出て運を天に任せるしかないと思ったのである。ここまでのところは、悪運が私たちに味方をしてくれた。私は、もう一度だけ味方をしてくれと天に祈った……。

　そう決めるとグズグズしてはおれない。一刻の猶予もならない。それは、管理人が外廊を掃除してる間にマンション内へ入らねばならないからだ。私は、部屋の鍵を田辺さんに手渡し、私たちより先にマンションに行かせた。その後、人通りが途切れたのを見計らい、私と朴の二人で剣持さんの両脇を抱え込むようにしてマンションへ走った。この時、田辺さんの紺色ハーフコートを剣持さんの頭にすっぽり被せたのである。マンション内へ走り込む時には、人に見られないようにに充分注意しながら人通りの途切れた時を見計らったつもりである。だが、剣持さんの頭にコートを被せて、私と朴が抱え込むという不自然な姿は、十䟽トラックの荷台で作業する従業員には目撃されていた。朴は私に向って、

「おい兄弟、運送屋のおっさんらがトラックの上からこっちの方を見とるぞ……」

と心配そうな声を出して言ってきた。朴から言われるまでもなく目撃されたのは分かっていた。

私は心の中で「しもた、ヘタ打った」と思うも、都会の喧噪の中ゆえ、犯罪の匂いがしない限り警察には通報しないだろうと強がって見せた。そうは言うものの、内心この点が気かかりでならなかった。

ともかく、なんとかマンション内へ入って行くことが出来た。管理人の方はまだ外廊を掃除していた。そのため、私たちの姿は管理人には見られていない。先にマンションへ入っていた田辺さんは、一階奥のエレベーターの前で立っており、昇降のボタンを押してくれていた。私と朴が剣持さんを抱えて足早に近ずいて行くと、エレベーターが降りてくる最中であった。念のため私、朴、田辺さんの三人で剣持さんの姿を隠すようにして囲み、扉が開くのに備えた。誰かが降りてくるのではないかと思いドキドキしていたがエレベーターの中からは誰も出てこなかった。私たち四人は、すぐさまエレベーターに乗り込み閉じるのボタンと6のボタンを押した。

すると、エレベーターの扉は閉まり、すぐに上昇した。そして、六階に着いた。エレベーターから出たあと廊下を右に進んでいくと、江守が賃借している六〇七号室がある。その部屋を田辺さんが開けてくれたあと、私たちは続いて中に入って行った。六〇七号室はワンルームマンションなので部屋は狭い。まず剣持さんを部屋の奥まで連れて行き坐らせた。そのあと、私は朴の耳許で

「外からエモリに電話連絡を入れてくるので、あいつら二人を見といてくれ」

と言い残したあと、六〇七号室から出て行った。エレベーターで下に降りると、掃除を終えた管理人が玄関から入ってくるところだった。私は、管理人よりも運送屋で働く作業員の存在が気

になっていた。したがって、マンションから外に出た私は、すぐに運送屋の様子を窺った。すると、同じメンバーが十瓲トラックの荷台の上で先ほどと変わらず忙しそうに働いていた。この状況を見た私は、「バレてない！」と思うと同時に、安堵した。

その後、公衆電話を捜すために、付近をキョロキョロしながら歩いた。マンションから西（松屋町筋）方向に歩き出すと、電信柱に備えつけられた扉つきの四角型黄色い公衆電話を見つけた。私は、その電話機を使って早速江守の会社へ電話をかけた。

「シガキと申しますが、エモリさんお願いします。」

ちなみに、このシガキという通名は、被害者を拉致する前年度に、江守から「シガキ」を使うように指示されていたからである。

江守の方は「シガキ」イコール「河村」であることが分かっているために、無愛想な声を出しながら、

「なんや……」

という。私は、

「連れて来たで」

と言ってやった。すると、

「知ってるがな、それはきのう聞いた」

などと、トンチンカンな言葉を返してくる。

「なに言うてんねん。連れて来たのやで」

と再度おなじことを言ってやった。江守は、私との会話がチグハグになっていることに気づいたらしく、言葉をワンテンポずらせて、

「きのうの奴やろ?」

と疑問符を付けて聞き直してくる。この時、前日に田辺さんをマンションに連れ込んだことと、剣持さんを拉致してマンションに連れて来たということを勘違いしていることが分かった。そこで、

「ケンモチや、剣持を連れて来たんや!」

と言ってやった。すると、さすがの江守も予想外だったらしく、驚いた声を出した。

「ほんまかいな……」

「ほんまや、嘘は言わん。あとどないする?」

「会社が昼休みになったら行くわ」

などと私と朴の苦労も知らずに呑気なことをいう。そのため、私は腹が立ち
「なに言うとるんや、はよ来てくれ!」

少し強い口調で言ってやった。すると、

「わかった。十五分ぐらいでそっちへ行く」

と言って電話を切った。会社からマンションまでの距離は、速足で十分程度のものである。だから、二十分もあれば充分マンションにやってくるだろうと思った。

江守との話し合いが終ったあと、私は部屋に戻った。すると、田辺さんは目と口にガムテープ

を貼られており、両手、両足にもガムテープが四～五重に巻かれた状態で、剣持さんの対角線上に坐らされていた。剣持さんの方を見やると、ブルー色の皮ジャンを脱がされており、田辺さんと同じように、両手、両足にガムテープが巻かれていた。そのような被害者の姿を確認したあと、なにげなく机の上を見ると、朴が剣持さんから出させた所持品が並べられていた。

その内訳を書いてみることにする。

18金ダイヤ入り指輪、金無垢ダンヒル丸型三針ダイヤ入り腕時計、金無垢ダイヤ巻きブレスレット、護身用ピストル型スタンガン（催涙ガス）、山口組三代目田岡一雄親分と文子姐さんの写真入りテレホンカード、二つ折り長財布（現金四十万円入り）、これらの物が机の上に並べられていた。私は、一つ一つの品物を手に取って確認していると、朴は

「おれ、このブレス貰うわ」

と言いながら、自身の手首に入れようとする。けれども朴の手首が太すぎて小柄な剣持さんのブレスは朴のサイズに合わなかった。

私はそれを横目で見ながら、財布の中身を確かめた。すると、一万円札で四十枚入っていた。その金を私と朴の二人で、二十万円ずつにして分けたのである。これは江守には内緒の行為になる。私が朴に二十万円手渡してやると、

「このおっさん、こんなカード持っとるぞ、ヤバイのとちゃうんか……」

と、山口組内でも直参にしか出回っていない三代目田岡親分と文子姐さんのテレホンカードを指さして、「この男はいったい何者や……」と心配する。

要するに、直系組長にしか出回っていない筈のテレホンカードを剣持さんが持っていたというこの事実を、朴は心配していたのだと思う。言葉を替えると、剣持さんは普通の堅気ではなく、山口組上層部とつながっていることを意味するのである。すわ一大事——。剣持さんと山口組が裏で目に見えない糸でつながっている構図が浮かびあがってきた。つまり、コスモリサーチの剣持さんは、山口組幹部（直参）のフロント企業（企業舎弟）の可能性も捨て切れないのである……。だが要は、山口組の上層部にバレなければよいだけの話である。したがって、私は朴ほど深刻には考えていなかった。

朴と二人で剣持さんの所持品を確認したあと、私は剣持さんに向って、

「もうすぐ上の人がくるから、ちゃんと話をせえや、わかったか。」

と言ってやった。すると、目隠しされたまま頷きながら、

「どちらの組の方でっか……」

と聞いてくる。私は、剣持さんのその言葉に「ムッ」ときたため、胸元あたりに一発ケリを入れてやった。そうこうしてると、江守が部屋の鍵を開けて玄関から入ってくるのが分かった。私は、江守を迎える形で歩み寄っていくと、

「タナベは……」

と小声で聞いてくる。江守の方からは、田辺さんをユニットバス（トイレ付き）の中へ移して置くようにと、予め指示されていたので、私は

「そこ、そこ……」

と、ユニットバスを指差してやった。すると江守は、満足そうな顔を私に向けて、首を縦に二度振りながら部屋の中へ入って行った。江守が部屋の中央付近に近づくと、坐っていた朴が立ち上がった。

そのあと、江守は私と朴に対して、

「金のことはまかせてほしい。出させる自信はある。」

と言ったかと思うと、部屋の右奥で坐らされている剣持さんに近づいて行った。剣持さんの斜め前へ腰を下ろした江守は、ドスを利かした低い声で、

「もう説明せんでも分かると思うけど、金を用意して欲しい。証券会社に口座があるやろ。現金を用意せえ。金額はなんぼ出来るんや。」

私は、こういうヤクザな姿を見せる江守に意外な思いがした。要するに、江守は投資顧問業の社長であるために、もっとソフトな口調で責めたてると思っていたからである。だがこうして冷酷な話を続ける江守からは、一流のネゴシエーションを見せつけられた気がした。私は、江守が交渉して行く内容を傍で聞きながら、息が詰まるような緊張感でいっぱいになっていた。江守は、株式市場の話を交えながらついに具体的な金額を口にした。

「おい、二〜三億は段取り出来るやろ。」

この二〜三億という金額を間近で耳にした時の私は、頭の中がクラクラしてくる思いであった。私の全神経は、江守と剣持さんの会話に集中している。ほかの物事など何一つとして頭に浮かんでこない。このときは、億という夢のような金を手に入れたあとの事のみを考えていたような気

がする。しかしながら、そんな私の思いとは裏腹に、剣持さんは
「いますぐ言われても段取り出来まへんねん……」

とこう言う。私はその言葉を聞いた時「なにお……」という思いになった。したがって、江守が剣持さんと交渉中であるにも拘らず、二人の会話に割って入り、

「なにぬかしてけつかるねん。いますぐ段取りせんかい。」

と怒鳴りあげてやった。すると、

「一日、二日まってもろたら、なんとかしま……」

などと、相場師特有のかけ引きを持ち出しては言い逃れをしようとする。要するに、剣持さんの言い分は、今すぐ解放してくれたら、二日後ぐらいにはこちらの希望金額（二〜三億）を用意するという意味のことを言う。そこで江守は、

「いますぐやったら、なんぼできるんや」

と剣持さんに対して再度きく。

「八千万ぐらいなら、すぐ用意できます。」

と剣持さんの方も歩み寄りを見せてきた。私は、八千万という中途半端な金額にクサイ（疑わしい）と思った。と同時に、やっぱり金の段取りが出来るやないかという思いが脳裏を過った。そのため、腹立たしい気持ちから
「コラッ、お前ワシらを舐めとんか…」

と言い終わらぬうちに、一発殴ってやった。それを見た江守は、剣持さんに向って

「こいつ怒ったら怖いぞ、もうちょっとなんとかせい」

と脅す。そして、江守は剣持さんと金額の交渉を続けた。その結果、私と朴を部屋の中央付近に呼び寄せた江守は、

「ほんまにないみたいや、一本でいこか」

などと言いながら、右手人差し指を立てて一億円で手を打とうと言うのである。私は、江守の言葉を聞いた時に、正直いって不満であった。その理由は、当初の話では、「五億円」程度の大きな金を奪い取ることが出来るということであったからだ。その上、剣持さんと交渉する直前に「金のことはまかせてほしい。出させる自信はある」と江守が胸を張っていたからである。だから一億円と聞いてガックリした。

つまり、五億円なら一か八か自分の人生を懸けてもよい。あやまちを犯しても、五億円ならば値打ちはあると思っていた。それがたったの一億円では割に合わない。私とすれば、見たこともない夢の金（五億円）が欲しかったのだ。だから強取金が一億円というのは予想外だった。早い話、一億円を三等分すると、一人当たり三千万円少々なのでたかがしれている。そんな小さな金では自分の一生を台なしにしたくはない。その思いが不満となって表われていたのである。

しかし、私の思いなどに頓着することもなく、江守は一億円に決めた口ぶりをする。朴の方はというと、江守の言う一本に早くも同意している。そうなると、私一人が反対しても始まらない。だから江守の主張に私も同意した。但し、一億円の分配方法は
「俺、三千五百万。エモリさん、三千五百万。サカガミさん、三千万。これでどない。」

と私が二人に提案した。すると、今度は朴が不服そうな顔をする。それは当然であろう。一億円を三等分すると、「三千三百三拾三万円」ほどになる。そこで、私は朴に向って話を続けた。

「今回の話は、俺とエモリさんが先に入ってるので、自分（朴）は『三千万』で辛抱してくれへんか……」

というように、私と江守が朴よりも「百六十五万円」ほどずつ多く貰うことになると、その逆の分が少なくなるという説明をした。すると、渋々ながらも朴は納得した。

こうして、分配金が決まると江守は再び剣持さんの傍へ行き、腰をおろして交渉を続けた。

「あんた、一億円やったら段取りできるやろ……」

「一億でかんべんしてくれますか。わし株屋をやめようと思うてまんねん」

「わかった。それでええ、借りるところがあったら、どこでもええから電話してみぃ。」

「わかりました。ほな電話を貸してくれまっか。金の段取りしますよって、わしのいう番号を押して下さい。」

江守と剣持さんの間でこういう遣り取りがあったあと、不動産業（貸しビルのオーナー）鈴木さん宅へ電話をかけた。剣持さんは、目隠しをされた状態なので、剣持さんが口にする番号をプッシュするのは私たちである。

「ケンモチです。社長いてはりまっか……。社長、ケンモチでんねん。いつも世話なってすんまへんなァ。今日も、一本段取り出来まへんか。あす、必ず返しますよってに――」

剣持さんは、至極おち着いた口調で一億円の融資を依頼した。

「……そうでっか、助かります。うちの社員に取りに行かせますので、いつも通りに渡してやって下さい。何時頃用意できまっか。ほんなら、午後一時ということでお願いします。」

こう言ったあと電話を切った。剣持さんが、鈴木さん方へ電話をかけたのは、午前十時過ぎであったと思う。この時、私はこんなにも簡単に「一億円」が用意できるのかという思いで拍子抜けした。江守の方は、電話を切った剣持さんに向って、

「うちの親父があんんたの相場でえらい損をした。頭にきて、今日こういう形になってるんや。悪く思うな、金の受け渡しは他の人に気づかれないようにあんたが考えや」

江守は堅気であるにも拘らず、ヤクザになった気分で剣持さんをカマシ続ける。江守から金の受け渡し場所を考えるように言われた剣持さんは、目隠しされた顔を天井に向けて思案したあと、

「ボネール知ってはりまっか、その駐車場でどうでっか」

江守は帝塚山のレストラン・ボネールを知っていたようではあるが、剣持さんに向って、

「その近くに、レストラン・ロイヤルホストがある。その駐車場に一時にする。」

と言って、一億円の受け渡し場所を決めたのである。

その後、剣持さんは家族が心配してると思うので、自宅へ電話をかけさせてほしいと言うので、剣持さんの要望どおりに何度か電話をかけさせている。剣持さんは、電話口で奥さんらしき人に向って、

「帝産が下がっているので、お金を集めに回っていて忙しい。昼頃に帰るので心配せんでもええ。」

などと奥さんを安心させたあと、話を続ける……。

「ナンバは来てるか、来たら家で待っとくように言うといてくれ。またあとで電話する。」

このような指示をしたあと電話を切った。そのあと、会社（コスモリサーチ）の方へ電話をかけさせてほしいと言う。私たちは剣持さんの申し出を了承した。剣持さんは、会社に電話をかけると、

「わしや、ナンバおるか……ポケットベルを持っとるやろ。すぐに鳴らして呼び出せ――。タナベは会社を休んどるのか、また電話をする。」

と言って電話を切った。このナンバ（難波）という人物はコスモリサーチの社員であり、社長の専属運転手である。その難波さんに連絡がつかないために、剣持さんは苛々しているようであった。

要するに、剣持さんは難波さんに現金一億円を取りに行かせるつもりらしい。時刻の方は午前十一時頃になっていたと思う。部屋の空気も重苦しくなり出した。剣持さんは焦っている。もちろん、私たちも同じ気持ちである。剣持さんの方は、しきりに時間を気にしながら、再度、自宅へ電話をかけた。

「ナンバ来たか……代わってくれ――。ナンバ、今からすぐに帝塚山の鈴木さんのところへ行って、金を受け取ってくれ。自動車電話のスイッチは入れとけよ。金は、いつものスポーツバッグを家から持っていけ。」

このようにして、難波さんにも連絡がつき、あとは私たちが現金の受け渡し場所へ赴くことに

なるのである。

そこで、この現金の受け渡しは、ことのほか慎重にせねばならないと思った。一億円の金が動くのである。剣持さんから電話を受けた奥さん、もしくはコスモリサーチの社員たちが少しでも不審に感じる点があれば、警察へ通報するおそれがあるからだ。

要するに、犯人が逮捕されるケースとして一番多いのが現金受け渡しの場面である。だから犯人が受け渡し場所に現れないことの方が多い。私自身は、これらの点を危惧していたのである。したがって、江守が、剣持さんに対してどのようにして話を進めていくのか、まずその点を黙って聞いてみることにした。江守自身は、ロイヤルホストの位置関係には詳しいらしく、次のような指示を剣持さんにする。

「社員が鈴木のところで金を受け取ったら、帝塚山のボネールの先にあるロイヤルホストの駐車場に車を停めて、エンジンキーはつけたままにし、ドアロックはするな。一億円の入ったバッグは、後部座席に置いて帰らせろ。今から会社へ電話して、社員に車で走っているナンバにその旨を伝えさせい。」

と言う。私は、江守の話は無茶苦茶だと思った。この内容では、いくら社長の命令といえコスモリサーチの社員は到底納得しないだろう。これでは車の中のお金を盗んで下さいと言ってるのと同じである。もう少しまともな方法はないものか……と思うも、私にも妙案が浮かんでこなかった。時間的な余裕があれば違う方法を考えついたと思う。しかし、今は一刻を争う。計画らしい計画も立てずに進めてきたために江守の愚案でも仕方がないと思った。

けれども、江守が考え出した方法であると、サッが張り込んでいる可能性も捨て切れなくなってくる。そこで私は、慎重な行動を取ることのみを考えた。一方、剣持さんの方はというと、江守の指示どおり動くつもりらしい。だからコスモリサーチに電話をかけた剣持さんは、江守から指示された内容を社員に言ったあと、語気を強めて

「それでええんや、自動車電話に電話をして、ワシの伝言をナンバに言うとけ！」

と少し苛立てた様子を見せながら電話を切った。多分、コスモリサーチの社員は、一億の大金を不自然な形で車内に置くことに対して、社長の剣持さんに問い返したのであろう。当然と言えば当然の話である。時刻の方は、午後〇時を回っていた。

このようにして、現金の受け渡し場所も決まり、次は誰がその一億円を取りに行くかという話になった。まず最初に名乗りを上げたのは朴である。朴は「ワシ行くわ……」という。しかし、お金にルーズな朴に一億円を取りに行かせることはできなかった。また、もしも警察が張り込んでいた場合に、機転の利かない朴では心もとない。やはり、腕力のある朴はマンションに残り、剣持さんと田辺さんを監視して貰った方がいい。要するに、私と江守の二人であるならば、サッの張り込みをある程度は見破ることも出来るであろうと思ったので、

「俺とエモリさんで行くので、自分は残ってくれ！」

と朴に言った。もちろん、剣持さんには私たちの会話を聞かれないように細心の注意を払っていたつもりではいる。田辺さんの方は、ユニットバスの中へ閉じ込めてあるので話を聞かれる心配はなかった。私は朴に話を続けた。

「向こう（帝塚山）に着いたら、二回コールの電話を入れるわ」

するとと、不服そうな顔をしながらも
「わかった」

と答える。朴からその言葉を聞いたあと、私と江守はマンションを出ることにした。

私と江守の二人は、路上でタクシーを拾い帝塚山のロイヤルホストへ向った。江守は帝塚山付近の地理にはかなり詳しかった。そのため、道に迷うこともなく、約束の時間よりも早く到着した。私たちはロイヤルホストの駐車場がどういう状態になっているのか、さりげなく下見をすることにしたのである。そこで一つ発見したことがあった。それは、ロイヤルホスト裏手の垣根ごしに駐車場が全貌できることであった。また付近には8ナンバー（警察車輌）が一台も停まっていないことにも安堵した。

がしかし、まだ油断は出来ない。そう判断した私と江守は、大事を取って別の角度からロイヤルホストを観察することにしたのである。その行動の一つとして、南港通りと呼ばれている道路を隔てた向い側にある喫茶店からロイヤルホストの様子を窺うことにした。この喫茶店へ入る前に、私はロイヤルホストに立ち寄り、店のマッチを貰っている。そのマッチを江守に手渡すと、喫茶店の公衆電話からマンションで監視している朴の許へ二回コールの電話を入れていた。そして、ロイヤルホストの電話番号を教え、難波さんがまだ来てないことを江守が報告していた。

私と江守は、喫茶店からロイヤルホストを見ていたが何の変化もなく、難波も現われない。警察の動きもないようである。そこで痺を切らした私たちは一旦、喫茶店を出ることにした。その後、道路沿いにある公衆電話から朴の許へ二回コールの電話を再度入れ直し、約束の時間になっても難波さんが訪れないことを剣持さんに確かめさせた。すると、朴は「もう少し待ってほしいとケンモチが言うてる」と答える。私と江守は、仕方なく剣持さんの申し出を了承することにした。このような電話をマンションに入れたあと、一台の英国製外車が流れるようにして「ロイヤルホスト」の駐車場に入って行った。

私と江守の二人は互いの顔を見合わせて、

「よし、きたぞ……」

と声を出す。そして、急ぎ足で信号を渡りロイヤルホストの裏手へ回った。

難波さんとおぼしき四五歳ぐらいの眼鏡をかけた勤め人ふうの男性は、車を駐車場に停めたあと店内に入って行く。ロイヤルホストは全面がガラス張りなので、店内からは駐車場の様子がまる見えになる。そのために、私たちは車の中に置かれている一億円を取りに行くことが出来ない。即ち、この難波さんの行動が、如実に警戒心を物語っているのである。

それを見た江守は私に向って、

「ケンモチに指示させて、ナンバを帰らすようにする」

と言ったあと、公衆電話のある方向へ走って行った。私は、江守が走る後ろ姿を目で追ったあと、ピカピカに磨きあげられた外車に目を移した。それからしばらくすると店内から難波さんが出てきた。私は難波さんの一挙手一投足を注意深く見守る。難波さんは、車の位置を表通りから見える場所へ移動させたあと、ロイヤルホストの前を東西に走る南港通りでタクシーを拾い、会社のある方向に帰って行った。

電話をかけ終えた江守は、私のところへ小走りで戻ってくる。江守の方は、別の角度から難波さんの帰るのを見ていたらしい。その江守に対して、

「エモリさん、車の中に置いてある金を取ってきてえな……」

と言って頼んだ。それは、私自身が急に臆病風に吹かれたからである。もう少し具体的に書くと、車の中の一億円を取ろうとしたその途端、四方から刑事たちが飛びかかってくるようなそんな気がしたからである。つまり、逮捕されるのが嫌であったのと、一億円を取りに行くのが怖かったのである。したがって、江守に頼んで取りに行って貰ったのである。もしも江守がサツに囲まれた場合は、私一人で国道十三号線のある方向へ走って逃げようと思った。それほど警察には捕まりたくないという思いが強かったのである。

そういう意味においては、私よりも江守の方が腹は据わっていた。私から頼まれた江守は、頓着する様子も見せずに着ていたラクダ色のコートを脱ぐとそれを私に預けた。そして、自分の首にかけていたマフラーで顔を隠すようにして、剣持さん所有の外車に近づいて行ったのである。私は、心臓が張り裂けそうな思いでその様子を垣根の下から見ていた。

江守は、辺りを見回すこともなく、外車に向って真直ぐ歩いてゆく。そして、マフラーの端っこをつかんで助手席側のドアを開けた。私は江守の行動を見ていて、指紋が残らないように注意しているのが分かった。この時点でもまだ刑事の姿はない。私は「ホッ」としながらも続けて江守の様子を窺った。江守は車の中で数秒間ごそごそしたあと、スポーツバッグを取り出し、私の

方へ向って歩いてくる。
私は、心の中で思わず「やった、成功したぞ！」と叫ぶも、期待していたほどの感動はなかった。江守は、私に向って一億円入りのスポーツバッグを
「ほら……」
と言って手渡してくる。私は、江守から預っていたラクダ色のコートと交換する形でスポーツバッグを受けとる。すると、想像していたよりも「ズシリ」と重く、一億円が入っていることに間違いはないと思った。江守はコートを着たあと
「別々のタクシーに乗って、天王寺まで行こう。天王寺の近鉄百貨店の下にあるマクドナルドの前で待ち合わせしよう」
とこういう。私は江守の言葉に不思議な気がした。つまり、刑事に捕まるとするならば、車から一億円入りのスポーツバッグを取り出した時であろうと思ったからである。一億円が入ったバッグをぶら下げて、裏道を国道十三号線に向けて二人でとぼとぼ歩いてる段階ではもう何も心配はないと思った。だが、私はこの言葉を呑み込み、江守の言う事に従った。国道十三号線に出たあと、江守はタクシーを停める。そして、私に向って
「先に乗れ！」
という。私は江守の指示どおりタクシーに乗り込み、運転手に行く先を「天王寺」と告げたあと、車内でスポーツバッグのチャックを開けて中身を確認してみた。すると、一万円札の束（百万円が十個一束に帯封されたもの、一千万円が十束）が確かに入っていた。さすがに一億円の札束を

見ると、にやけてくる。私は、一瞬このまま一億円を持って逃げてやろうかと思った。つまり、運転手に行き先を「桜川」に変更して自宅に戻り、女を連れてトンコしようかと本気で考えた。早い話、私は、一時的とはいえ仲間の江守と朴を裏切ろうとしたのだ。

けれども、私には江守と朴を裏切ることは出来なかった。結局は、天王寺駅でタクシーを降り「マクドナルド」の前で江守を待つことにしたのである。

――天王寺の近鉄百貨店一階で営業しているマクドナルドの前で待っていると、五分ほど遅れて江守がやってきた。江守は、天王寺から先は、人ゴミに紛れて地下鉄に乗って帰るといい出す。そして、近くの公衆電話からマンションで監視している朴の許へ二回コールの電話をかけ、一億円を取ったことを報告したあとさっさと地下に降りて行った。私は、江守の行動を見ていて唖然とした。それは、江守の行動が慎重なのか、それとも抜けているのか分からなくなったからである。要するに、いくらなんでも警察に逮捕されるとするならば、この時点までだと思ったからだ。だから地下鉄の券売機のところで切符を買おうとする江守の姿が滑稽に見えた。

いずれにしても人ゴミに紛れて地下鉄で帰るなどという話は馬鹿馬鹿しすぎる。それに一億円入りのスポーツバッグを手に持って地下鉄に乗ることが私には億劫であった。そこで、

「エモリさん、もう大丈夫やからタクシーに乗って帰ろうや」

と言ってやった。すると、

「そうしよか……」

と江守は私の言葉にあっさり同意する。こうして私たちは、再び地上に出たあと天王寺駅前か

らタクシーに乗り込み、マンションに向ったのである。マンションに着いたのは、午後二時三十分頃になっていたと思う。

私と江守の二人は、マンションの部屋へ入ると、朴が玄関付近まで迎えにきた。私は部屋の中央にスポーツバッグを置くと、

「その中に金が入っている！」

と朴に言ってやった。すると、待ってましたとばかりにスポーツバッグのチャックを開ける。そして、スポーツバッグの中から金の束を取り出し、ジュータンの上に一億円の札束を積みあげた。

私は、まるで映画かテレビのワンシーンでも見ているような不思議な気持になった。私たちは、一億円の前で車座に坐り、現金を分けることにした。私と江守は、約束どおり「三千五百万円」を受け取る。朴は「三千万円」を受け取った。朴の方は、自分の取り分をユニットバスの付近に置く。私と江守は、テレビが置いてある棚の上に現金を積みあげた。江守は、そのうちの一千万円を紙袋に詰め込み、それを手にしながら、

「おれは会社へ戻らんとアカン。仕事が終ったらすぐ帰ってくるわ！」

と言って部屋から出て行った。そのあと、貸し金が回収不能となり焦げついていた残金を、朴が返済してくれた。

朴は、私に借金の返済をしたあと、

「兄弟、一時間ぐらいちょっと外出させてくれ！」

という。私は朴も少し息抜きがしたいのであろうと思い、
「わかった。兄弟、なるべくはよ帰ってきてや！」
と言ってやったのである。こうして、今度は私が一人で剣持さんと田辺さんを見張ることになった。一人で、被害者二人を監視するのは気分のいいものではない。なんとも落ち着かないものである。私は、目隠しされた姿で坐っている剣持さんを見ていると、自分が絶望的な陥穽にはまってしまったという救いようのない気持ちばかりが募るのであった……。また、現実にお金（三千五百万円）を手に入れたにも拘らず、嬉しさや喜びがさっぱり湧いてこない。それがとても不思議であった。あれほどお金が欲しいと思っていた私である筈なのに、逆に空しい思いが強くなっていく。これはいったい何故なんだろうと自問自答した。

いわんや悪事を企てながら、それを実行していくプロセスには不安はなかった。しかしながら、悪事が成立して被害者と同じ室内で同じ空気を吸っていると、このうえない不安におそわれるのである。この時、私の頭の中では「後悔」の二文字が何度も浮かびあがってきた。けれども、この場でいまさら後悔してはならぬと自分自身に言いきかせたのである。私は、不安と後悔を振り払うために、テレビをつけた……。

朴は、四十分ほどして戻ってきた。その時、茶色っぽいショルダーバッグを購入してきており、そのバッグの中に分け前金を詰め込んでいた。私と違い、朴の方は鼻歌でも唄い出しそうな能天気なふるまいをする。そんな朴を見ていると、野心に燃えているように感じた。よく考えてみると、事件を起こす前の私にも野心はあった。しかし、金を手にしたあとの私の野望は、水をかけ

た焚火のように小さくくすぶっていった。否、すでに消えようとしていたのである。要するに、金持になりたいとか、社長になりたいとか、これらすべてのことが空しく思えてきたのだ。やはり、金というものは、しんどい思いをしながら汗水たらして自分で稼ぐものなのであろう。本当の意味でそれが分かるようになるのは、もっとあとになってからだった。

朴が買物から戻ってきたあと、組の定例会について話し合った。私自身は、事件を起こしたあとなので、事務所へ赴くのが億劫であった。だが、朴の方は定例会に出席するという。その言葉を聞いて、私も出席しない訳にはいかないと思った。定例会（会議）と言うのは、組の若頭から本部の通達事項が一方的にあるだけで、とりたてて質疑応答があるわけではない。したがって、毎回二十分程度で終る。むしろ定例会とは、毎月一回、組員が一堂に会して、組長への忠誠と団結を再確認することに意義があり、毎月の会費を集めることに重きをおいている。ともかく、組長に忠誠心を示す重要な行事なので無断欠席は許されず、特別な事情（服役中・入院）がない限り欠席は認められないのである。確かに建て前はそうではあるが、定例会などなんとでもなった。けれども、朴に向って

「俺も出席するわ」

といったのである。それは被害者と一緒に同じ部屋の中で長時間いるのがいやだったので、私もマンションの外に出たかった。このような話が終り、しばらくすると江守が戻ってきた。時刻は、午後五時を少し回っていたと思う。私は江守に

「組の定例会があるので、ちょっと顔を出してくるわ。終ったらすぐ戻ってくる。」

というと、朴の方は

「自分も用事があるので、出さして貰う。」

などと言う。江守は朴のことを空手の先生と思い込んでいるために、朴も用があると考えたのか私と朴の申し出を承諾してくれた。こうして、江守が私たちと交代して剣持さんと田辺さんを監視することになったのである。

組の定例会が終わったあと、私と朴は江守が待つ部屋へ別々に戻った。時刻は午後七時を回っていた。田辺さんを拉致してから二四時間以上が経過し、剣持さんを拉致してきてから一〇時間が過ぎようとしていた。私は、組事務所からマンションへ戻る車中、完全犯罪ならいざ知らず事件がめくれた場合に、自分たちがどんな処分をされるのかをあれこれ考えた。

天網恢々疎にして漏らさず——

9、殺害

私と朴と江守の三人は、一億円を山分けした時と同じように、部屋の中央付近で車座になって坐り、剣持さんと田辺さんの処置について話し合った。被害者二名を拉致してからかなりの時間がたっていたので、我々は複雑な思いであったが、最初に口火を切ったのは江守だった。江守は私と朴に向って

「ケンモチは、以前にも同じように監禁されたことがあるらしい。その時も警察には届けんかったそうや。株の世界は、国税局が怖いので絶対に届けへん。」

とこう言う。そこで私は、

「ケンモチは分かった。タナベの方はどないするんや……」

と江守に問いかけてみた。すると、

「タナベは帰したらアカン！」

江守は、ハッキリした口調で言い切る。換言すれば「殺す」ことを意味するのである。がしか

し、私は田辺さんを殺すことについてはかなりの抵抗があった。なぜかというと、前日から長時間一緒に行動しており、私と朴には従順で協力的だったからである。したがって、田辺さんを殺すのは可哀想に思えた。だから、

「タナベこそ帰らしても大丈夫や！」

と江守に言い放ってやった。ここで、私と江守の意見が真正面からぶつかり合い対立したのである。

しかし、江守は私を説得するかのように、

「タナベを呼び出したのは俺や、タナベを帰らすと全てがバレるやないか……」

と自分と接点のある田辺さんを帰らすことには反対するという。江守はこの点について話を譲る気がないらしい。こうして私たち三人は、色々な方策をめぐらすも妙案が浮かんでこない。

特に私の場合は、自分が殺人犯として警察に捕まり、刑務所へ送られるのが嫌だった。だが、そんな私の思いを木っ端微塵に砕いてくれたのが、朴のひとことであった。

「ケンモチは、山口組とつながるテレホンカードを持っとる。ケンモチを帰らすと、菱（山口組）の報復は必ずある。ケンモチを解放すると、ワシらが逆に殺《や》られるど……」

今度は剣持さんを帰らせることに朴が反対する。朴の頭の中では、剣持さんが所持していた山口組三代目田岡一雄親分のテレホンカードの存在が気になって仕方がないようであった。

つまり、やられたらやり返す。目には目を歯には歯をがヤクザの掟である。その恐ろしさを一番知っているのが、私と朴である。山口組の仕返しが、いつどこからどんな形でなされるのか見

当もつかない。この点は、朴の説明で江守にも伝わっていた。ともかく山口組とつながっている剣持さんを朴は殺る気なんであろう……。江守も接点のある田辺さんを殺すつもりなんであろう……。この二人がそういう思いであるとするならば、くだくだしい話を続けても仕方がない。殺人が自分たちに取って自爆行為だと分かっていても、もはや殺るしかなかった。

いずれにしても剣持さんは山口組との関係があるために解放することは出来ないことに決まった。田辺さんの方はというと、江守との深い接点があるために、こちらの方も帰らすことは出来ないという結論に達した。それゆえに剣持さんと田辺さんの二人を殺してしまうことになったのである。

かくして、被害者を「殺す、殺さない」についての話し合いをしている間は、この時間の重圧に耐えるのに必死であった。つまり普段から威勢のいいことを言ってきた私は、自分の心の弱さを大言壮語で補ってきた。だからこそ、人を殺す話になった時も弱気を見せられなかった。また、仲間がいたからこそ人を殺すことが出来たのだと思う。赤信号みんなで渡れば怖くないの論理が働いたのである。一人では怖くて人など殺すことは出来ない。それほど殺人とは大変なことなのである。

とにかく、この話し合いで私は精根尽き果てた。腹が据わったというよりも、数時間の間で心が麻痺したのだ。それでも殺人が怖くなかったといえば嘘になる。その恐怖を忘れるために、必死で自分を叱咤していたのだ。

それにしても「山菱」の代紋に魅力を感じて山口組入りをした私である筈なのに、今度はその「山菱」の代紋に怯える。じつに滑稽な話である。私はいったい何を求めてヤクザになったのであろうか……。また、山口組と警察の両方から追われるのかと思うと、想像を絶するものがあった。ともかく、万策尽きたという感じである。それでも被害者を殺害する方法を話し合わねばならないという辛いことが最後に残っていた。筆舌に尽くしがたい思いである……。

そこで、まず最初に私が口を開いた。

「庖丁で刺し殺すか……」

それに対して江守は、

「血が流れるからあかん」

と反対する。血を流さない方法として朴が、

「それなら覚醒剤《シャブ》をほり込んだらええねん」

と、覚醒剤を被害者の体内へ大量に入れて、ショック死さすというのである。私は、なるほどと思うも、自身は覚醒剤のバイをやったことがなく、手配することも出来なかった。そのため、朴に向って

「ポンプ（注射器）は、どないすんねん」

などと言いながら、その疑問を投げかけてみた。

かいつまんで言えば、覚醒剤のことは話では聞くものの、目の前で実際にテンパッ（覚醒剤中《シャブチ》毒《ユー》）てる奴を見たことがないのである。しかし、朴が覚醒剤の話を持ち出すのであるから、段取

りできるのだろうと思った。朴自身も私に向って、ハッキリした口調で、

「覚醒剤《シャブ》とポンプは段取りできる」

という。私は、注射器を用意できるのであれば、薬物を使う必要はないと思い、

「ポンプが段取りできるのやったら、血管に空気を入れたらええねん」

と言ってやった。それは、何かのおりに聞いたのではあるが、血管の中に大量の空気が入り込むと、人間は死んでしまうという話を思い出したからである。しかしながら、私の言葉に対して朴は、

「いますぐ間に合わんかも分からんなァ」

と話のトーンを下げてきた。結局、覚醒剤の話は朴の能書きであることが分かった。そこで私は、どうせ殺すのならば苦しめずに一発でしとめてやるのが剣持さんと田辺さんのためにもよいと思い、

「チャカがあるねんから、チャカで撃ち殺したらどないや」

米国製三八口径回転式拳銃（スミス&ウェッソン）を念頭において言ってやった。すると、朴は私の話に同調するように、

「それやったら、クッションを巻いて撃ったらええねん。撃つんやったら俺が撃ったるで」

などという話がまとまりかけたところ、江守が水を差す。

「ごっつい音が鳴るからアカン。とにかく、ここで血を流さんといてくれ」

というのである。私とすれば、何もマンション内で被害者を撃ち殺すとは言っていない。射殺

することに決まれば、当然のごとく山奥にでも行くであろう。

けれども、その説明を江守にするのが面倒臭くなり、私は口を閉ざした。それは、庖丁で刺し殺すという案や、射殺するという私の提案に反対されたからである。そこで、江守はどんな殺害方法を望んでいるのか聞いてみることにした。すると、

「締めよか……」

という。要するに、絞殺である。血を流さずに大きな音も出ない方法といえば、絞殺しか残されていないのかも知れない。そう思った私と朴は江守の提案に同意した。

そこで、問題になるのが絞殺の道具として何を使うかである。江守は、あまり考えた様子も見せずに、部屋の中にあったテレビとアンテナをつなぐ時に用いられる同軸ケーブル（十メートルぐらいのもの）を持ち出してきた。この同軸ケーブルを二重にして、被害者を絞め殺そうというのである。私には異論はない。しかしながら、朴は

「締めるのやったら顔を見るのんいやや。ゴミ袋買うてこなアカンわ」

とこう言うのである。つまり、いくらガムテープで目隠しをしているとはいえ、被害者の悶絶する顔を見るのは忍びない。だから、ゴミ袋を頭から被せて絞殺しようという。私もそう思ったので、

「そんなら、俺が買いに行ってくる」

と言って、マンションの近くで営業している深夜スーパーに車で赴き、黒いゴミ袋を一袋購入してきた。時刻は、午後八時を回っていた。

そして、いよいよ殺害へと着手していくことになるのであるが、その前に江守が部屋の中にあったブルー色のタオル地で出来たおしぼりを半分に切り、剣持さんに向って、

「今から帰らすけど、声を出されたら困るので、口の中へおしぼりを入れさせて貰うで」

と言う。剣持さんは、江守の言うことを信じ素直に言うことをきく……。私たちは、最後の最期まで剣持さんを騙したのである。剣持さんの口の中へ半分に切ったおしぼりを入れたあと、その上からガムテープを貼りつけた。そして、剣持さんの左肩を右手で軽くポンポンと叩いた江守は、

「さあ帰るで――」

と言って、坐っていた剣持さんを立たせたあと、場所を少し移動させた。その時、朴が立てかけてあったベッドのマットレスをバタンと倒した。

刹那、私は枕に使うクッションを両手に持ちながら、剣持さんの顔めがけて飛びかかっていった。つまり、朴が倒したマットレスの上へ剣持さんを押し倒して行ったのである。傍にいた江守と朴は驚いたと思う。それは、三人の話し合いの中で「絞殺」と決めていたからである。にも拘らず、私はその話を守らずに勝手な行動に出た。そのために、江守と朴は唖然としたことであろう……。私自身としても、なぜ急に剣持さんへ襲いかかったのか、明確な説明が出来ない。

思うに、多分、人を絞め殺すということに対する抵抗感と、自身をうまくコントロールすることが出来ない状態にまで気持が昂ぶっていたからだと思う。つまり、なにがなんだか分からなくなっていたのだ。つづめて言えば、この時の私は自分を見失ってダッチロールしていたのである。

そして、あっと気づいた時には人を殺しにかかっていた……。

それはともかく、ここから先が大変であった。いきなり私から押し倒された剣持さんは、死に物狂いで暴れだす。目と口、そして両手、両足にガムテープが巻かれ、行動を抑圧しているにも拘らず、馬乗りになってる私を払い退けようとする。ものすごい力であった。私はそれでもクッションで剣持さんの顔を押さえつけたが、剣持さんの力に負けそうになった。到底クッションなどでは窒息さすことなど出来ない。断わっておくが、私は何も窒息死を狙っていたのではない。ものの弾みでこういう形になっただけである。先にも示したように、自分自身でも何故このような行動を取ったのか説明できないぐらい頭の中が混乱していたということである。

ともかく、私のこの状況を見て取った江守と朴は両サイドから剣持さんに向けて飛びかかってきた。この時は、三人の間において言葉などいらない。要するに、私が剣持さんの顔にクッションを押しつけられるように二人が協力してくれたのである。しかしながら、剣持さんに根負けする形で、逆に私の方が根をあげた。殺せないのだ！　いつのまにか私は跳ね飛ばされており、馬乗り状態から剣持さんの頭上へと私の体が移動していた。その状態になりながらも、クッションを剣持さんの顔へ押しつける。それでも剣持さんを殺すことは出来ない。私は駄目だと思った……。

とにかく、剣持さんが必死に抵抗するために、剣持さんの体を押さえつけていた江守は手に怪我をした。それを見た朴は、剣持さんの鳩尾《みぞおち》めがけて何度も手刀を振りおろす。要するに、空手チョップの形を作り、手の平の小指の下の手首に近い一番肉のついてる部分を利用しながら、上から下へと力いっぱい叩きおろしたのである。私は、その様子を剣持さんの頭上からみていた。すると、剣持さんは暴れなくなった。

この時ばかりは、格闘家である朴の本物の恐ろしさを見た気がする。つまり、一発一発の重いパンチが普通の人間とはまるで違うのだ。朴に殴られて暴れなくなった剣持さんをみた江守は、二重にした同軸ケーブルを朴の方へ手渡す。そして、それを剣持さんの首へ時計回りと反対方向に一回巻きつけた。それから、江守と朴で綱引きをするような形で引っ張り出したのである。その時に朴が、

「ゴミ袋をかぶしてくれ……」

と、剣持さんの頭上付近にいた私に向かって声を張りあげた。私は、さっきスーパーで買ってきた黒いゴミ袋を一枚とり出し、剣持さんの頭からスッポリ被せた。

最初に江守と朴が十五分ほど引っ張り合いをしたあと、江守と私が交代した。今度は、私と朴で引っ張り合った。十分ほどすると、朴と江守が交代し、江守と私が同軸ケーブルを引っ張り合ったのである。私と江守が引っ張り合いをしている途中、江守が剣持さんの頚動脈に手をあてて、脈をとっていた。私自身は、被害者の体に直接触れるのが嫌だった。それほど精神的にくたくたになっていたのである。ともかく、剣持さんを殺害するのに、三十分以上もかかった。私にはこの時間が一時間にも二時間にも思えた。

余談になるが、頚動脈を完全に絞めるのに三・五キログラム。頚静脈は、二キログラム以下の力で完全に閉鎖されるという。この程度の力なら女性でも出せるために、簡単に人を殺せる――

という話を何かの本で読んだことがある。がしかし、それは机上論であって実際はそんなにたやすいものではない。私は、この話は事実に反すると思う。絞殺とは、そんな簡単な言葉で表わせるものではない。抵抗力のない子供や老人ならばいざしらず、成人した普通の男女ならば必死に抵抗する筈である。したがって、頚動脈は三・五キロ。頚静脈が二キロというのは、実際にはあてにならないと思う。私は絞殺ということを初めて体験してみて、とても大変な作業であったと思っている。それゆえ、一人で被害者を絞殺したという事件を耳にすると、とても信じられない思いになるのである。それほど私たち三人にとっての絞殺とは、じつに大変なことであった。

言葉を換えてみると、絞殺という行為をイヤイヤ行ったために力が入らず、時間がかかったのかも知れない。今なら、殺るよりも殺られた方がましだと思っている。現在の私は、ゴキブリ一匹殺すのにも抵抗があるぐらい、あの日の苦い思いが今なお鮮明に残っている。これは、私が死ぬまでこの思いに嘖《さいな》まれるのであろう……。

話を戻すと、剣持さんを殺害したあと、私たち三人は少し休息することにした。それは続けて田辺さんを殺す気には到底なれなかったからである。殺害とはそれほど気が重くなることなのである。私は、休息しながら田辺さんもかなり抵抗するのだろうと思った。そのため、田辺さんの場合は暴れられないようにしようと思い、ビニールひもで手足をガッチリ縛り上げようと考えた。そして、ビニールひもを三メートルぐらいの長さに切ったものを何本か作っていたときである。

「ウウッ……」

と剣持さんが呻き声をあげたのだ。その声を聞いた私たちは、吃驚仰天した。三十分近くも首を絞めたにも拘らず、まだ生きてる剣持さんの生命力とは……

この状況の中では殺人を中止することなど出来ないし、あと戻りもできない。剣持さんの呻き声を聞いた江守と朴は、私が作っていたビニールひもをひったくるようにして、再度ビニールひもで剣持さんの首を絞め始めた。時間にして十分ほど絞めていたと思う。そのあと、私は部屋にあった江守のネクタイを一本手に持ち、剣持さんの首へ回したあと、一、二の三という感じで強く引っ張った。すると、ネクタイの真ん中の細くなった縫い目あたりから「ブチッ」という音とともに、二つにちぎれた。江守は、

「もう死んでる」

と私に向っていうも興奮さめやらずであった。

この後、私が剣持さんの後ろ襟首を持ち、朴が足を持って死体をマットレスから降ろし、ベランダ側のジュータンの上へうつぶせに置いた。そして、また少し休息をとった。その時、江守が剣持さんを指差して
「まだ、ぶちぶち言うとるぞ!」

という。そのために朴が驚いて立ちあがり、剣持さんの傍へ行くなり、いきなり後頭部を目かけて踵《かかと》おとしを決めた。朴の右足の踵が剣持さんの後頭部に喰い込む……朴は
「これで鼻骨が折れて完全に死んだ」

と言う。私は、朴の空手のわざを目の当りにした時に、また自身の気持が昂ぶってきた。その昂ぶりをおさえることが出来ず、私は部屋にあったインスタントコーヒーの空き瓶にガムテープ

を巻いて、剣持さんの後頭部を二度殴りつけた。江守は、タバコを吸いながら、私と朴の行動を黙ってみていた。それから、私たちは三度目の休憩をとった。この時、朴が
「しんどいなァ、絞め殺すのにはかなり時間がかかる。これやったら最初から一発で倒しておいた方がよかったな！」

と空手家らしい発想をする。私は口には出さなかったものの、チャカでひと思いに殺してやる方がよかったのではないかと、心の中で思った。なんと言っても、両の手に残る同軸ケーブルの生々しい感触が消えることがなかったからである……。

江守は、朴のその言葉を聞きながら、マットレスに付着している剣持さんの血痕を、カッターナイフで切り取っていた。時刻は、午後九時半を回りかけていた……

「それなら、そうしたらよかったのに」

と江守が朴に向っていう。すると、

「よっしゃ、今度は一発で倒したる！」

と自信満々に答えながら朴は言葉を続けた。

「ほな、そろそろやろか……」

この朴の言葉は、田辺さんを殺すということを意味する。私は朴の言葉を聞いたあと、ユニットバスの中へ隠し入れていた田辺さんを連れ出しに行った。

このとき、目隠しをされている田辺さん見た私は胸が痛んだ。それは、ガムテープの透き間から涙がこぼれ落ちていたからである。多分、私たち三人は剣持さんを殺害するのに無我夢中であ

ったために、近くに田辺さんがいることすら忘れていたのだと思う。狭いワンルームマンションの中ゆえに、室内に響き渡る殺害場面の声がユニットバスの中にまで聞こえていたのであろう。

要するに、剣持社長は殺されたと直感的に田辺さんは感じていたのだと思う。その表れとして、自然に涙が流れたのかも知れない。もしくは、次は自分も殺されるという覚悟を決めた涙なのか……とにかく、田辺さんの涙を見たときは、私まで泣きたい気持ちになった。私は、田辺さんに向って

「すまんのォ、許してくれや……」

と声をかけてやりながら、自身の人差し指で涙をそっと拭った。すると、田辺さんは頷く――。そのか弱い田辺さんの姿を見た時は可哀想で仕方がなかった。私は、心の中で両の手を合わせながら、辛い思いを断ち切り

「いこか――」

と最後の声をかけた。田辺さんは、また頷く。もう涙はなかった。

この時の田辺さんは、両手、両足（膝と足首）にガムテープが巻かれていたので歩けない状態であった。そのため、私が田辺さんの両肩を抱え込むようにすると、ぴょんぴょんと飛び跳ねるようにして前進する。私は、田辺さんに声をかけてやることすらもう出来なくなっていた。それは、田辺さんの体の温りを私の両の手で直接感じてしまうと、辛くて悲しくて言葉が出てこないのである。私は無言のまま田辺さんをマットレスの前まで誘導した。そこには、朴が立って待っていた。

田辺さんと正対した朴は、空手の構えをした瞬間、目にも留まらぬ早さで田辺さんのアゴを目がけて渾身の力で、下から上へ突きあげた。私は「あっ」と思うも……刹那、田辺さんは、一本の棒が倒れて行くようにして、真後ろへ倒れた。無防備の田辺さんが、実戦空手五段の朴から、「掌底」というワザでアッパーカットを喰らうのであるから堪らない。

田辺さんは、朴の一撃で完全に気絶した。否、死んだのかも知れない。ピクリとも動かない。したがって、剣持さんの時のような抵抗は一切なかった。私は、田辺さんの頭からゴミ袋を被せたあと同軸ケーブルを用いて、私と江守の二人で首を絞め始めた。そして、剣持さんの時と同じように、私と朴が交代したあと江守と朴が田辺さんを絞め続ける。この時、江守は田辺さんの首を絞めながら、

「こいつが一番にくたらしい。おれがこのままずっと絞めとく!」

などと言いながら、個人的な憎しみを口にしたのである。江守のその言葉を耳にした時は、相当田辺さんを恨んでいることが分かった。

こうして、田辺さんを三十分ほど絞めたあと、江守が田辺さんの頚動脈に手を当てて脈を取った。そして、

「もう死んでる」

という。その後、朴は田辺さんを右足で蹴りあげながら、生きているか否かを確かめていた。それでは飽き足らない朴は、キッチンから庖丁を持ち出してきたかと思うと、田辺さんの背中部分のカッターシャツを十五センチほど縦に切り裂いて、庖丁を突き立てた。すると、肌着のシャ

ツに血がにじんできた。私は「何をするんや！」と思うも、朴も殺害に手を染めたことによって、感情がかなり高ぶってるのであろうと理解することにした。それにしても少しやり過ぎであろう……

私はというと、剣持さんと田辺さんの二人を殺したあとは、茫然自失する。このように二つの死体を目の当りにした私は、岐阜県で一人住まいしている、信心深い祖母の顔が急に浮かんできた。このときばかりは、さすがに「えらいことしてしもた……」という後悔の思いが強かった。それは、無辜の尊い命を奪ったという自責の念からくるものであった……。私は心の中で「ナムアミダブツ」と念仏を唱えた。

その後、私たちは二つの死体をマットレスの上に並べた。この時、私は不思議な思いになっていた。それは、普通の人間であるとするならば、死体を見るのが怖い筈である。しかし、いったん殺人者になり下がってしまうと、自分が殺した死体を見ていても怖くないのである。もっとも、私自身は殺害直後ということで、興奮していたこともあるのだが……。けれども、死体を見ていると気味は悪かった。こうして死体をマットレスの上に並べたあと、私たちは一億円を山分けした時と同じ場所で車座に坐り、剣持さんと田辺さんの死体をどのようにして処理するのかについて話し合った。

「どっかその辺に捨てたらどないや」

と私が言った。つまり、殺害後の死体までどうこうするのが私には面倒であったからである。

すると、江守は

「タナベと俺の関係があるから、死体がすぐに出てきたらマズイ!」

という。その江守の言葉に、私も朴も納得する。そこで私は

「焼き場の人間を知っとるので、そこで焼こか……」

などと能書きをならべてやった。その私の言葉に敏感に反応したのが朴であった。

「おれ、葬儀屋を知っとるねん。棺桶を段取りするど!」

と話の内容を合わせてくる。しかし、これも現実離れした話であった。だが、このあと、朴がとてつもないことを言い出す。要するに、私が想像もしなかったことを話し出したのである。

「死体をドラムカンに入れて、コンクリート詰めにしたらええ。コンクリートの上から工業用のゴムを流して、暫く倉庫で隠したあとで海に持って行って捨てたらどないや――」

と朴がいうのである。朴の発想がどこから出てきたのか分からないが、私には朴の提案に抵抗があった。そこで

「コンクリート詰めした死体を海に運んで捨てるのは無理や!」

と反対するも、江守は

「部屋からこれ(死体)をどこかに持って行ってくれ。もの(死体)が出てこんようにしてくれんと困る。」

などと自分勝手なことを言い出してくる。そして、

「死体を処理するについては、俺は手伝わへんど、自分ら二人できちっとしといてくれ!」

と江守はいう。その言葉を聞いた朴は、

「倉庫を先に借りて、そこでドラムカンに死体を入れて、コンクリート詰めにするしかない。東大阪は貸し倉庫がいっぱいあるし、コンクリ売っとる場所も知っとる」

などと、朴は死体をコンクリート詰めにすることに固持するのである。私も色々考えはしたが、最終的にはそれしか方法はないのかも知れないと思いはじめるようになっていった。そして、朴の提案にやむなく同意したのである。

このようにして、死体処理の大まかな話を決めたあと、詳しい打ち合わせは翌日の夕刻午後五時頃に、再度マンションへ集まることにした。そして、私たち三人は部屋をあとにしたのである。

この時、私は、部屋にあった紙袋に三千五百万円を詰め込み、それを持って自宅のある桜川のシャトー川西へ帰ることにした。その帰る道すがら、日頃は気にもならない交番の軒下に下がっている赤色灯が何度も目にとまり気になった。そして、交番の中で仕事をする警察官の姿を見た時には、現実的な恐怖感とともに、殺害場面のシーンが蘇ってきたのである。

10、死体の処理

私は自宅に戻ったあと、すぐに熱いシャワーを浴びた。頭から熱いシャワーを浴びながら、数時間前に人を殺めた苦い思いをも一緒に洗い流してしまおうと思った。しかしながら、そういうふうに意識すればするほど、両の手に残る同軸ケーブルの生々しい感触が再び現われては消え去るのであった。とにかく、シャワーを浴びたあとも気持ちの昂ぶりがいまだ冷めやらず、逆に目と頭が冴えてしまうのである。だからベッドに入ってもなかなか寝つくことが出来なかった。けれども、いつの間にか微睡《まど》ろんでいた。そんな自分を浅ましく思う。ともかく、私が目を醒ました時には、かなりうなされていたことを連れ合いから聞かされた。私とすれば、恐ろしい夢を見た覚えはないものの、事実としてうなされていたということを耳にした時には驚いた。それは、「この俺がうなされていた。まさか……」という思いからくる驚きであった。

かみ砕いて言うと、己の目の前で人が命を落とす。それも知り合い（江守）の自宅で人が殺される――。そんな体験を持つ人間が世の中にはいったいどれだけいるのだろうか。要するに、一般的には考えられないこういった体験を私はしたのである。むごたらしい殺人事件が目の前で行われたのだ。こんな体験を容易に忘れられるはずがない。だから精神的ショックや苦痛があっても当然であり、フラッシュバックのように襲ってくる悪夢にうなされたとしても、当り前のことだったのかも知れない。

どちらにせよ、私が殺人事件を犯したなどということは、連れ合いにはおくびにも出せない。出せようはずもなかった。もし、口を滑らせて教えてしまえば、共犯になってしまう。だから連れ合いには何も知られないように注意していた。そのためしばらくの間は、色々な面で平静を装うのに苦労した。

さて、剣持さんと田辺さんを殺害した翌日は、土曜日であった。そのために、私には呑み行為(闇馬券)の仕事が待っていた。このシノギが私にとっては幸いしたのである。つまり、忙しさが凹《へこ》みかけていた自身の気持ちを修復さすことが出来たからだ。また、連れ合いの前からも逃れることも出来た。いずれにせよ、呑み行為が終ったあと、私はサンコーポ天満橋へ向うことにした。

午後五時過ぎ六〇七号室へ入って行くと、江守と朴の二人はすでに到着していた。江守の方はテレビの前に坐っており、剣持さんと田辺さんの持物をカッターナイフを使ってズタズタに切り刻みながら、それをゴミ袋に入れている真っ最中であった。その江守の一心不乱な姿が何かに取りつかれたかのように私の目には映った。

次に朴の方へ目を移してみると、朴は剣持さんと田辺さんの死体が置いてある横の椅子に坐っている。そして、机の上に並べて置いてあった剣持さんの所持品を一つ一つ手に取って品定めし

ているところであった。私は江守の横に坐り

「なにをやってるのや」

と尋ねてみた。すると、

「ケンモチとタナベのジャンパーや、コート、くつ、これらをこのままゴミとして捨てるとヤバイやろ。せやから細かく切っとんねん。お前らもてつどうてくれ！」

というのである。それにしても江守は、被害者の遺留品を四、五センチほどの大きさに細かく切っていたので驚いた。

私と朴は、江守の「ヤバイやろ――」という言葉に納得する。それゆえ江守の指示に従うことにした。但し、朴は性格的に細かい作業をするのが苦手なようであり、遺留品を大ざっぱに切りながら、

「適当なドラム缶が見つからん。倉庫の方も手配が出来てない」

などと、前日の別れ際に朴が死体を隠すドラム缶や倉庫を探す話になっていたので、そのことを言ってるのが分かった。もっとも、死体をコンクリート詰めにすると言い出したのは朴であるため、責任を感じていたのであろう。

私は朴の言葉を聞いたあと、江守の様子を窺った。すると、なんとも言えない困った顔をしている。江守にすれば、死体を一分一秒でも早く部屋から運び出してほしいのであろう。それが分かった私は、

「それやったら、今から倉庫を探しに行かへんか」

と二人に提案してみた。すると、時刻は遅くなっていたものの、江守と朴は私の言葉に賛同する。言葉を換えると、やはり二人とも死体の処理を早くせねばならないと焦っていたのだと思う。そこで倉庫を探しに行くことに決った私たちは、遺留品の処分を急いで済ませたあと、私の車に乗って東大阪へ向った。

東大阪へ向ったその理由は、朴がこの方面に土地勘があることに加えて、貸し倉庫や町工場が多いと言うことからであった。なるべくなら民家の少ない方がよいと私も思った。私たちは、マンションを出たあと、阪神高速東大阪線の森之宮入口から高速道路に入って行った。そして、高井田出口で降りると、高速道路の下を東西に走る幹線道路（通称、中央大通り）を生駒方面に向けて走り続けた。私の車が長田付近まで来たときに、道路の反対側で営業している不動産屋を見つけた。私は、すぐに車をUターンさせたあと不動産屋の店先に車を停めた。

不動産屋には私と朴が入ってゆき、江守は車の中に残った。不動産屋の従業員と貸し倉庫の交渉をしたのは土地勘のある朴だった。その結果、ある一つの物件は紹介してもらえたのではあるが、時間が遅かったために、案内はして貰えなかった。がしかし、先にも書いたように、朴はこの辺りの地理には詳しいらしく、紹介してくれた貸し倉庫の位置関係をゼンリン地図で見せて貰うと、その場所が分かるという。そこで、変則的な形にはなるが、朴の道案内で倉庫を見に行くことになった。不動産屋の従業員が一緒でないために倉庫の中には入れなかったものの、回りには民家もなく立地条件は良いと思った。したがって、翌日、朴が不動産屋へ出向いて、倉庫を契約することに決まったのである。時刻は午後八時頃になっていたと思う。その帰り道、近くのレストランに三人で寄り、食事を取りながら死体をコンクリート詰めするための細々とした道具（スコップやビニールシート等）の段取りを朴に頼んだ。江守の方は少し心が軽くなったのか、レストランでは饒舌ぎみだった。

翌日（一月三十一日）、朴から私の自宅へ電話が入り、昨晩に見た倉庫の手付けを打っておいたという連絡が入った。そして、スコップやビニールシート、釘、ハンマーなども用意してあることも聞かされた。私は、いよいよ二つの死体をコンクリート詰めにするのかと思うと、気が重くて仕方がなかった。剣持さんと、田辺さんがすでに死んでいるとはいえ、死体をコンクリート詰めにするのである。尋常ではない、気が重くなって当り前であろう。いつも強がっている私は、じつは弱いのだ。要するに、こんな非道いことをすれば、あとで祟《たたり》に遭うのではないかと心配し、その怨霊に怯えていたのである。だが、朴の方は一つ一つ準備を進めており、残すはドラム缶を段取りするのみとなっていた。もはや私も四の五の言わずに腹を括るしかなかった。

二月一日（月曜日）——

私は、前日の電話で朴と約束した通り、午前九時頃に朴の自宅付近の「ジョン&ジャック」という喫茶店で彼を待った。いつもならば時間にルーズな朴なのに、この日ばかりは待ち合わせをした時刻にきちんと現われた。私たちは、コーヒーを飲んだあと、早速、不動産屋へ出向いて行き、倉庫の鍵を貰うことにした。

私と朴が不動産屋に赴くと、そこの社員は前日が日曜日のために、家主の方へはまだ話が通っていないと惚けたことをいう。私は人を舐めたこの言葉にムカついた。要するに、先に金だけ受け取っておきながら、家主には話が通っていない。そのために、倉庫の鍵がないなどというデタラメな話に腹が立ったのである。だから店内のカウンターを両手で叩きつけながら社員を怒鳴りつけた。こちらも必死なのである。つまり、契約が出来なくなると、また一から倉庫を探すことになるからだ。そうなってくると、すべての予定が狂い始め時間だけがいたずらに過ぎてゆくことになる。私とすれば、江守のこともあったので、契約不成立という事態だけは避けたかった。

しかしながら、私の意に反して朴の方は

「しゃあない。よそをあたろうや」

と、いとも簡単に引き下がる。私は、納得が出来なかったが仲間うちで揉めても仕方がないと思い矛を収めることにした。しかし、ムカついた気分は収まらず不動産屋の社員に向って

「オイコラァ、ゼニを返さんかい！」

と大きな声でカマシあげてやった。すると、手提げ金庫の中から八十万円を取り出して朴に返却していた。

私たちは、店のカウンターを蹴りあげて外に出たあと、すぐに別の不動産屋を何件かあたってみた。けれども私たちの条件に合うような適当な貸し倉庫が見つからない。東大阪以外であるならばもっと色々な倉庫があると思う。だが、朴はこの方面に固持する。たかが倉庫のことぐらいで仲たがいするのも馬鹿らしく思えた私は、朴の好きなようにして貰うことにした。確か、二人で二時間ほど探し回った頃だったと思う。朴は、私に向って、

「俺が倉庫を探しとくから任してくれ！」

と言うのである。朴がそう言ってくるのは、彼なりに何か考えがあるのだろうと思い、

「わかった。ほな俺はマンションで待機しとくので、見つかったらすぐに電話をかけてきてくれや」

と言って、朴とは一旦わかれて桜川のシャトー川西に戻った。自宅に戻った私は、江守にこのことを報告しておこうと思い紫光へ電話をかけ、前々日の夜に三人で見に行った倉庫が契約できなくなったことを伝えた。すると、江守は非常に困った声を出しながら

「なんとかしてくれ——」

と言う。私は

「いま空手の先生が探してくれてるので心配せんでもええ。早急になんとかする。」

などと答えて江守を安心させてやった。しかしながら、じつのところはこの私自身が一番不安だったのである。

つまり、我々の条件に見合う貸し倉庫が簡単に見つかるのだろうかということに合わせて、マンションから二つの死体を誰にも見咎められずに、無事運び出すことが本当に出来るのであろうかというこれらの不安があったからである。いずれにしても死体を運び出し、コンクリート詰めにするのは、私と朴の仕事なのである。したがって、江守がいくら困った声を出したところで、実際のところ彼は何もしないのである。現実問題として、いま本当に困っているのは、あてにしていた倉庫が駄目になり、別の物件を探し回っている朴と私なのだ。

私は、江守への電話連絡を済ませたあと、やきもきした気持で朴の連絡を待った。確か、午後

一時頃であったと思う。

「ええ倉庫が見つかった」

という電話が朴から入った。その倉庫というのが、本件で露見した木造スレート葺平屋建ての倉庫であった。私と朴は、倉庫を斡旋してくれた梅月不動産の店内で早速賃貸契約を結び、その日のうちに倉庫の鍵を受け取った。私自身は、本件の倉庫がトタン張りのうえ、真向かいに大きなマンションが建っていたために死体を隠すのにはふさわしくないと思った。しかし、そんなことよりも、部屋の中から死体を早く別の場所に移動させないといけない。そういう焦りの気持の方が強かった。そのために、やむなしと考えたのである。

貸し倉庫の契約を済ませたあと、四瓲トラック（レンタカー）に乗り、高井田付近の建材屋で、セメント、砂利、すなを買い求めた。朴はこの四瓲トラックを運転しながら、

「ドラム缶は用意でけへん。せやから、タンスを買《こ》うてそれに死体を入れてコンクリート詰めにしたらどないや」

と言い出す。私は、一瞬「タ・ン・ス」という朴の言葉に絶句した。いくらなんでも、タンスでは強度の面で心許ない。かと言って、急な話であったために、タンス以外では妙案も思い浮かばない。したがって不満ではあったが、一応朴の提案に賛成することにした。

私たちは、四瓲トラックの荷台に、砂利、すな等を山盛りに積み込んだあと、朴の案内で家具屋に向った。これら倉庫や物品を揃えた場所は、すべて朴の自宅付近であった。そのために、わりあい短時間で事が進んだ。家具屋に出向いた私と朴は、人間がひとり入るぐらいの手頃な観音

開きのタンスを見つけた。朴は、この観音開きのタンスが気に入ったようである。それゆえ、私に向って

「このタンスにしようぜ！」

と勧めてくる。私はタンスに不満を持っていたので、気に入らなかったものの取り立てて異論を唱えることはなかった。

要するに、なんでもいいから目の前にある嫌なこと（死体）を早く片付けてしまいたかったのである。そこで、私は家具屋の店主に向って、

「これと同じタンスを、もう一棹《さお》くれ！」

と注文した。すると、店には同じ物がないという。それを聞いた朴は

「今日中に取り寄せることは出来るんか」

と、店主に対して「今すぐに取り寄せてくれ」などと言いながら迫る。家具屋の店主は、どこかに電話をかけて在庫を確かめたあと

「夕方には用意します。」

と答えた。そこで、朴は残りの一棹を組事務所まで届けさせることにしたのである。私たちは、タンス二棹分の代金を支払ったあと、店頭に並べてあった観音開きのタンスを四瓩トラックの荷台に積んでくれと頼んだ。すると、家具屋の店主は

「新品のタンスを砂利の上に積んでもええんでっか……」

と怪訝な顔をする。至極当然なことであろう。新品のタンスを買ってすぐ、砂利やすなの上に

寝かせて傷をつけるのであるから不審に思うのが普通である。それに気づいた朴は、間髪入れずに、

「工事現場に置くタンスやから傷がついてもええんや。はよ積んでくれ」

というと、店主は納得した様子を見せながら、砂利の上にタンスを積んだ。そのあと、ロープをかけて家具屋をあとにしたのである。

この日の朴は、組の事務所当番になっていた。したがって、この場所から四瓲トラックに乗って事務所に出向いている。そのような関係もあって、もう一棹のタンスを組事務所に届けて貰うことにしたのである。そして、死体をコンクリート詰めにする作業は、この日の夜中（正確には、二日の午前一時）から始めることにした。かいつまんでいえば、朴は事務所当番を途中で抜け出してくることになるのである。とにかく早く済ませてしまわないといけないほど、私たちは時間的にも切羽詰まった状態になっていた。それは、死体からかすかな死臭が出だしたことも関係している。

私と朴は打ち合わせどおり二月二日の午前一時にサンコーポ天満橋で落ち合った。朴は四瓲トラックで来ており、砂利やすなの上にタンスが二棹並べて積んであった。私たちは、まず最初にタンス一棹と青色ビニールシートを部屋の中へ運び入れた。要するに、死体をビニールシートで包み、それをタンスの中に入れて運び出そうとしたのである。しかし、タンスの後ろ側がベニヤ板で出来ていたために、死体の重みで「バリッ」という音がした。つまり、底が抜けそうになったのである。私と朴はあわててタンスを横向きにすると、今度は観音開きの扉が開いて死体がタ

ンスの中から飛び出てくる。とにかく、死体を部屋から一階の玄関付近まで運び出すだけでも大変な作業であった。生きた心地がしないとは、まさしくこの状態のことを言うのであろう。誰かに見られるのではないかと、ヒヤヒヤドキドキの連続であった。ともかく、一つ目の死体をなんとかマンションの外に運び出し、タンスごと四トントラックの荷台に積みあげた。

よく考えてみると、私と朴の行動は大胆である。つまり、この作業には江守は参加しておらず、私と朴の二人でやっているのだ。だから次の死体を部屋まで取りに行ってる間は、トラックの荷台には死体の入ったタンスが置かれたままになっている。それも深夜、砂利やすなの上に新品のタンスが置かれているのであるから不審で怪しい……。確かに怪しいが、やるしかない。私と朴は、死体をタンスの中に入れて運び出すのは無理であると判断した。そこで残りの死体はビニールシートに包んで部屋から運び出すことにしたのである。

いずれにしても、午前一時過ぎとはいえマンションに住む住民が夜中に帰ってくる恐れがあった。そして、警ら隊の巡査がパトロールしていることも考えられる。それ以外では、通行人が不審な荷物を積んだトラックが路上に停まっているのに気づけば、警察に通報して調べられていたであろう。しかし、私たちはどこまでも悪運が強く、二つの死体を六〇七号室からエレベーターで運び出し、トラックの荷台へ積み込むことができた。その間、誰にも会うことはなかった。死体を運び出したあと、江守から捨てるように言われていた血の付着したベッドのマットレスを朴と一緒に取りに行った。

このようにして、死体とベッドのマットレスを四トントラックに積み終えたあと、倉庫へ向ったのである。死体遺棄現場へ向う途中、警察の検問や、自動車警邏隊のパトカーに出会うこともなく、無事にたどり着くことが出来た。私と朴は、早速二つの死体を倉庫内に運び込み、続いて砂利、すな、セメントを運び込んだ。水道は隣の倉庫の水道を無断で使わせて貰い、生コンを作りあげた。いよいよコンクリート詰めの作業に入るのではあるが、観音開きのタンスを開けて青色ビニールシートに包んであった死体を表に出した。そのとき、私は胃の中の物を吐き出しそうになった。つまり、死臭が私の鼻孔を突いたからである。私は思わず倉庫の外に走り出て、夜気を吸った。このとき「俺はいったい何をやっているのだろうか――」と堪らない気持になっていた。

しかしながら、辛くとも最後の仕事は遣り遂げないといけない。そんな中において私は、自身の思考が停止しているのに気づく。要するに、生コンを作りあげたものの、死体をコンクリート詰めにしていく手順が浮かんでこなくなっていたのである。そこで、どのようにするのか朴に尋ねてみた。すると、タンスの中に青色ビニールシートを敷いたあと、先に生コンを二十センチほど流してその上に死体を置く。そして、置いたその死体の上からまた生コンを流し、余ったビニールシートで全体を巻くようにして包み込むという。かいつまんでいうと、生コンで死体をサンドイッチ状態にするということなのである。実際、朴の考え通りに生コンで二つの死体をコンクリート詰めにした。こうして、剣持さんと田辺さんの死体は、コンクリートの塊に変わってしまったのである。

これらの作業がすべて終ったのは、午前五時頃になっていた。私の肉体および精神は、くたくたに疲弊していたのではあるが、心のどこかで「ホッ」としたのも確かである。それは、死体を生コンの中へ隠蔽したという安堵感からくるものであった。

いずれにしても、この作業を無事やり終えたあと、朴は私に向って、

「このまま一年か二年置いといて、ハンマーで割ってみる。絶対バレへん！」

とこういうのである。つまり、完全犯罪を口にする。私の方も、事件の真相や犯人などが分からず、迷宮入りするであろうと思った。

しかしながら、このトタン張りの安っぽい貸し倉庫の中にコンクリート詰めにした死体を長期間も置いておくと、いつかは露見してしまう畏れがあった。そんなこともあり、なるべく早い段階でほかの場所へ移さないと危険であることぐらいは朴も感じていたと思う。それはともかく、一息つくことは出来た。この作業が終って暫く休憩していると
「腹が減った、兄弟なにか喰いにいこ」

と朴はいう。私は彼の神経を疑いたくなった。というのも、私と朴の衣服は、コンクリート詰めの作業をしていたためにドロドロなのである。それにも増して死体に触れたあとなので、食欲など湧いてくる筈もなかった。けれども、熱いコーヒーは飲みたかった。そこで、近くで営業していたオールナイトのレストランに入ることにした。朴の方は、本当に空腹であったようで、数種類の食べ物を注文する。私は、ホットを頼んだ。

食事を済ませた私たちは、四砣トラックに乗り、一旦サンコーポに戻った。それは、マンション前の路上に私の車を停めていたからである。ここで、私の車に朴が乗り込み組事務所へ戻り、引き続いて当番をすることになった。私はというと、朴の代理として四砣トラックをレンタカー

屋へ返却しに行くことになったのである。そこで、レンタカー屋に行くには少し時間が早すぎたために、私は、自宅近くの早朝サウナに寄って汗を流すことにしたのである。その理由の一つとして、体についた死臭が気になったこともある。したがって、下着類はサウナで新しい物を買い求めることにした。身につけていた物はゴミ箱へ捨てた。

サウナで時間をつぶしたあと、四砘トラックに乗り込み、レンタカー屋に車を返したあと、この日（二月二日）の昼過ぎ頃に、江守の会社へ電話をかけて死体をコンクリート詰めにしたことを報告した。江守の方は電話口で納得した様子を見せる。このような会話を江守との間でしているると、私の方はなぜか気が重くなっていた。とにかく、私自身は警察の世話になることのないように、慎重な行動をしていこうと心に強く誓った。

しかしながら、共犯者たちは違った……。この点については、後ほど詳しく記すが、朴は、暴力行為で逮捕された。江守の方は、強取金の三千五百万円を使い果たしてしまい、借金で首が回らなくなり詐欺事件を企て敢行する。悲しいかな私もこの詐欺事件には一枚加わっている。その理由は、本件後に購入した二千万円相当の株券を江守に使い込まれていたからである。要するに、殺人という大罪を犯して得た二千万円の金を江守から返して貰わないと私も困る。いずれにせよ江守が、株券詐欺を企てその話を持ちかけてきたときに、二九年間の私の人生はここで終ったと思った。

つまり、我々三人で一億円を強取したときが人生の絶頂とすれば、それは崩落への予兆でもあったのだ。やはり、うわべのつき合いとはこんなものである。関係が希薄であるがゆえに、仲間を大切に思わない。したがって、朴は「やりっぱなし」の性格なので、死体を隠している倉庫の存在など別段気にもならなかったのであろう。少しでも、気になっていたとするのであるならば、警察などに逮捕されるような間抜けなふるまいはしないと思う。もう少し自重した行動を取っていたと思う。だから、私は朴に対して余計に腹が立った。それに合わせるかのようにして、江守も悪事を考え出す。

それはともかく私は、警察の動きが気になって仕方がなかった。そんなこともあり、そろそろ自身のケジメをつけなければならないと思い始めるのである。私のケジメとは、逮捕されてゲロすることではなく、自身の死であった。二九年間しか生きてないために、正直いって人生に対する未練はあった。多分、上手に逃げ切る自信でもあれば話は変わっていたと思う。しかし、私にはそんな自信もなく、残された道はただ一つ「死」を考えることしかなかった。

11、死体の移動

剣持さんと田辺さんを殺害したあと、その死体をコンクリート詰めにしてから四～五か月ほど経過した頃に、朴は次々と事件を起こしていく。まず最初に、六月十九日に暴力行為の事件を起こし、次いで二十二日には逮捕監禁事件を起こしている。朴はこれらの事件で、大阪府城東警察署に逮捕された。七月四日のことである。

ここで少し朴の極道経歴を説明しておくことにする。朴の極道経歴は、一年そこそこと短いものの、本件を起こしたのちに、事件で得た強取金を使い山口組鷹見組系上原総業内坂下興業を興した。そして、朴は自ら坂下興業の組長に収まっている。

その坂下こと朴伸一は、警察署内で面会した上原総業の相談役を通じて「倉庫の件を頼む――」という依頼を私にしてきたのである。もちろん、相談役や留置場で立会する警察官には、言葉の裏に深い意味が隠されていることなど分かろう筈もなかった。

だが共犯の私には朴の言葉が何を意味しているのかよく分かっていた。要するに、ヤクザ社会の中でよく使われている言葉の一つに「一を聞いて十を知る」という論語がある。つまり、話の一端を聞いて全体を理解するように教え込まれているのだ。したがって、朴の言葉は死体遺棄現場となった倉庫が危険な状態に陥ってることを意味していた。

朴と面会した相談役の方からは、

「坂下は、少し長びくみたいや」

とも聞いている。そのために、倉庫内に隠してある死体を別の場所に早く移動させねばならないと思った。それは、取りも直さず朴が事件を起こし警察に逮捕されれば、当然のごとく「坂下興業」の組事務所にガサ（家宅捜索）が入る。その際に、朴名義で賃借している倉庫の賃貸契約書を発見された場合、警察はそこにも出向いてガサ入れをする可能性も考えられる。そうなれば、すべてが水の泡となってしまう。これらの理由があったために、相談役から朴の伝言を聞いたあとの私は、なんとかせねばならないと慌てた。

そこで、奈良県で土木建築業を営んでいる大学時代からの友人（篠山信一）に、死体処理の助力を懇請した。私にとっては、唯一心を許せる気が置けない親友であった。私はその親友をなんとか口説き落としたのである。そして、第二次死体遺棄現場となったのが、京都府相楽郡のリバーフォレストリゾートと呼ばれているゴルフ場の造成地だった。このゴルフ場の造成を親友の実家が請け負っていた。そういう関係から、ここを死体遺棄現場として提供してくれたのである。

もちろん、無償で――。

そこで、死体を倉庫から搬出する方法である。当時の私は、呑み行為とは別に電気工事請け負い業もしていた。その関係から、篠山の要請でユニック車（移動式クレーン車）を用意しておくように言われた。要するに、ユニック車を使ってコンクリート詰めにした死体を吊上げて、トラックの荷台へ積み込む方法を考えてくれたのである。けれども、私はリフト車を使って持ち上げる方法を提案した。しかし、篠山は吊上げるという。こちらが無理を願い出ている立場上、自身の思いは引くべきと考えた私は篠山の話に従うことにした。結果論になるが、死体を吊上げる方法は失敗だったと思う。仮に、リフト車で持ち上げていたとするならば、もう少し違った形で終っていたのかも知れない。たられればの話をすると切りがないので止めておくことにしよう。

とにかく、私はユニック車を段取りした。死体遺棄現場となるゴルフ場の造成地には、篠山が毎日仕事で使っている重機（シャベル付のユンボ）があるという。そこで、篠山が言うのには、仕事の都合があるために雨が降る日か、もしくは日曜日ならばなんとか手伝えるということであった。私には異論はない。がしかし、城東警察に朴が逮捕されたのは七月四日であるために、捜査の手が倉庫に伸びてくるまでの間に、早くコンクリート詰めの死体を移動させたいという気持は強かったので、なるべく早く移動させたいという意思表示を繰り返し篠山にしておいた。

私がそれほどまでに火急に考えたのは、朴という男は口が軽く、本件までゲロしてしまう畏れがあったからだ。私は、その点を一番危惧したのである。もちろん、それ以外では「坂下興業」へのガサ入れで、倉庫に関係する物が出てくる心配も拭い切れなかったのも事実である。

私のこうした切迫した気持をくんでくれた篠山は、死体を隠蔽してある倉庫を一度見ておくと言ってくれた。その日というのが、七月十二日の夜遅くであった。篠山を倉庫に案内すると、これまで私に見せたことのないような落胆した表情を示した。多分、篠山とすればこれまでの私の話が冗談であってほしい、何かの間違いであってほしいという一縷の望みをそれまで持っていてくれたのであろう……。

しかし、倉庫内でコンクリート詰めの塊を目の当りにすると、その思いもどこかに吹き飛んでしまったのだと思う。篠山は、急に無口になり青息吐息。たちまち二人の間で気まずい空気が流れ出す。私は篠山の気が変わるのを恐れた。それゆえに篠山を倉庫から連れ出したあと、近くのロイヤルホストへ導いた。店内に入っても二人の会話は進まない。私の記憶に少し欠落している部分もあるのだが、店内に入ってから暫くして、篠山から自首を勧められたのだと思う。がしかし、あの当時の私には自首する勇気がなかったために篠山の申し出を拒否した。すると、篠山の方は色々と思いを巡らせながら、また黙り込んでしまった……。

が、やがて意を決したように、

「わかった。俺にまかせておけ」

と強い口調で答えてくれた。私は、篠山のこの言葉が有り難くもあり本当に嬉しかった。篠山の説明によると、ゴルフ場の造成地に深い穴を掘り、そこに死体を埋める。そのあと、その上から芝を植えて行くので二度と掘り返すことはないと言ってくれたのである。つまり、プロの土木建築業者が言うのであるから、絶対に間違いはないと思った。篠山の言うとおりだとすると、死体は見つかることはない。そういう思いが私の頭の中を駆け巡って行った。

さて、いよいよ決行である。七月十七日の午前四時頃に倉庫近くのロイヤルホストで篠山と待ち合わせた。私の方は約束通りユニック車に乗っていった。篠山は、自家用車に乗って来ており、車のトランクから一メートル五十センチほどの長さに切った鉄パイプを五〜六本と、バール、ワイヤロープ等を取り出した。要するに、篠山が考えたのは、床の上に鉄パイプを並べたあと、その上にコンクリート詰めの死体入りタンスを乗せ、それを倉庫の入口付近まで転がして運ぶ。そして、そのあとユニック車でタンスを吊り上げ、トラックの荷台へ積み込むという手順を篠山は考えてくれていた。早い話、鉄パイプはコロ棒の役割をはたす予定だったのである……。

ところがタンスの下にバールを突っ込み、テコの応用でタンスを持ち上げようと何度も試みるも、コンクリートで固めたタンスの中身は想像していた以上に重かった。私と篠山の二人は、必死にタンスを持ち上げようとするもビクともしないのである。だから直径四〜五センチほどの鉄パイプをタンスの下へ敷き入れることすら出来なかった。

そこで、当初の予定を変更することにした。篠山が考えてくれた次の方法とは、ワイヤロープを直接タンスにかけたあと、路上に停めてあるユニック車で倉庫の入口まで引っ張り出すということであった。ここで私はリフト車を使うことを再び提案した。つまり、重い荷物の上げ降ろしや移動させる時にリフト車を何度も使ったことがあるので、重いタンスを持ち上げるのにはリフト車がベストだと思ったのである。だが篠山の機嫌を損なうのを恐れた私は、自身の案をすぐに撤回した。

一方、玉かけ（とは、つり荷をワイヤでつり上げること）の免許を持つ篠山は、早くも路上でユニック車のアウトリガー（移動式クレーン車の補助脚のこと）を下ろしたあと、アームを深夜の空にどんどん伸ばし続ける。私の方は、その先端から降ろされてきたワイヤロープを倉庫内に引き込んでいく。そして、予めタンスにかけておいたワイヤにジョイントさせた。篠山は、路上でユニック車を操作しながら、ゆっくりワイヤロープを巻き上げていく。私は倉庫内でタンスの向きを少しずつ変えていった。けれども、強度の弱いタンスはすぐにバラけてしまったのである。私は目の前が真っ暗になる思いであった。要するに、タンスがバラけたあと、モルタルの塊が飛び出してきたのだ。私は篠山に向って大声を張りあげた。

「あかん、タンスがバラバラになってしもた。ストップや、止めてくれ……」

しかし、外でクレーンを操作している篠山には、エンジンの唸り音が妨げとなり私の声が届かなかった。そのために、どんどんワイヤを巻きあげていく。私は、ユニック車に向かって走ったが遅かった。刹那——

「バリバリ、ガシャン……」

ワイヤロープが跳ね上がったために、倉庫出入り口のやり戸をなぎ倒したのである。その時に、やり戸のガラスが四〜五枚こっ端微塵に割れてしまった。さすがの篠山もワイヤの巻きあげをやめた。この大きな音にびっくりした倉庫の向い側マンション一階で営業しているマージャン店の店主らしき人が飛び出してきたのだ。篠山は、その人に向って

「えらいすんません。すぐ終りますんで」

と言いながら頭を下げる。私もマージャン店の入口付近まで歩み寄りながら詫びた。そしてそれとなく店内の様子を窺ってみた。

すると、営業の方はすでに終えているらしく、客は誰もいない。六〜七台あるジャン卓の上には牌がバラけたままの状態になっていた。それを見た私は心をなで下ろした。つまり、私自身もマージャンを好んで打つために、雀荘に対する注意が足りなかったことを反省した。それは、土曜日から日曜日にかけての午前四時頃の時間帯といえば、徹夜で勝負に熱中する人が沢山いるのを知っているからである。それはともかく、雀荘の店主は不愉快な顔を示しながらも、無言のまま店内へ消えて行った。

私と篠山は急いで倉庫に戻ると、倉庫内は壊れたタンスが散乱しており、モルタルの中からはコーヒー色の汁が流れ出していた。その腐臭が倉庫いっぱいに広がった。強烈な臭いである。あのように強烈にくさい臭いは生まれてはじめて嗅いだ。倉庫内に入って来た篠山は、何度も何度もえずく。私もむせてえずいた。とにかく、倉庫内では呼吸ができないぐらいひどい臭いだった。そのために、私たちは倉庫の外へ走って出て行ったのである。この時、篠山は私に向って

「カワムラ、こりゃアカンぞ……やめて逃げよ！」

という。私は篠山にすがりつくようにして

「そんなこと言わんといてえな……頼むから続けてえな……」

と懇願した。いくらなんでも、このままの状態でトンズラすることは出来ない。篠山は少し考えたあげく

「わかった」

と短く答えてくれた。がしかし、問題はこの腐臭を何とかせねばならない。早くなんらかの手

を打たないと、となり近所の倉庫の借り主にバレてしまう。

私は焦った。そこで、流れ出した汁の上に残っていた砂を撒いてみるも、臭いを消すことが出来ない。私は篠山を連れて、深夜スーパーに向い、消臭剤や芳香剤を買い求める。その後、篠山に腐臭を消す方法はないかと尋ねてみた。すると、ディーゼルオイルを撒くと少しはましになるのではないかという。私は藁にもすがる思いで、オールナイト営業のガソリンスタンドに向かった。そして、ディーゼル・オイル二缶を買い求め、それを早速倉庫に持ち込み腐臭の激しい場所を重点的にして撒いた。

しかし、腐敗臭は消えなかった――。

とにかく、私と篠山はユニック車の荷台に積み込んだ一つ目のむくろをリバーフォレストリゾートへ運ぶことにしたのである。この時、私は残りの死体も一緒に積んでほしいと頼んだのではあるが、篠山は
「一体だけでも先に運ぼう」

と言う。私の本心は一度ですべての事を済ませたかったのだが、次の句を呑み込んだ。

結局、腐敗臭が充満する倉庫にむくろを一体残したままにしておいて、篠山の運転で京都府相楽郡へ向った。私たちが乗り込んだユニック車は、阪神高速道路東大阪線から環状線へ、そして、松原線へと入って行った。その後、阪神高速松原線から西名阪自動車道へ入り、天理インターチェンジから続く国道二十五号線を走り続け、小倉インターチェンジで降りた。そして、ようやく車が一台通れるような田舎道を走り抜けていくと、ゴルフ場の造成地に着いたのである。はじめ

て見る土地は、あたりの山を切り開いた広大なところであった。

篠山はユニック車から降りると、重機（ユンボ）のある方向へ走って行った。つまり、ユニック車では降りて行けないような悪路であったために、キャタピラーつきの重機を取りに行ってくれたのである。二～三分すると「カタカタカタ」と戦車が走るような音をたてながら、急勾配の山坂道をユンボが上がってくる。急斜面を上がってきた篠山は、ユンボの中から私に向って、ユニック車の向きを変えるように指示してくる。私はすぐさま運転席に飛び乗り、ユニック車を反転させて、ユンボの爪（シャベル、バケツともいう）でモルタルの塊をすくい取りやすいようにした。

あたりはすっかり明るくなっており、真夏の湿っぽい空気が体を包み込む。私は篠山の作業を手伝うためにユニック車の荷台にあがってみると、死体が埋め込まれているモルタルに沢山の銀バエが群がっていた。それを見た私は驚愕した。多分、銀バエが群がるほどの強烈な腐臭を放っていたのであろう。

篠山は銀バエなど気にすることもなく、ユンボを操作しながら、シャベルをユニック車の荷台へ降ろしてくる。そして、モルタルをすくい上げようと何度もしゃくるのではあるが、バケツの中にうまく入らない。そこで、モルタルの塊に巻きつけたままにしておいたワイヤロープを、バケツの裏についているフックに私が引っかけてやった。それを篠山が吊り上げながら、八十メートルほど下に運び山の斜面に一旦おろしたあと、ユンボで深い穴を掘っていく。

その間、私はタンスの壊れた物をユニック車の荷台から降ろし、ゴミ焼却場に捨てた。そのあと、私は山の急斜面を転げ落ちながら、ユンボで作業する篠山の許へ走り寄って行った。すると、モルタルの塊はすでに埋められており、盛り土をしているところであった。

このようにして、一つ目のむくろを土の中に埋め込み、完全に隠蔽したのである。その後、ユニック車で大阪に戻り、汗と泥と腐敗臭でコテコテになった体を綺麗にするために、私の自宅近くで営業する早朝サウナへ篠山と二人で赴いた。私と篠山は、湯屋の外で衣服を脱ぎすて、併設されていたコインランドリーに汚れた衣服を放り込んだ。そして、パンツ一枚の姿になって湯屋に入っていく。すると、番台に坐る親父はくさい臭いを放つ私たちを訝しげに見ていた。また、下着類は湯屋で新しい物を購入し、着ていた物は捨てた。履いていた靴などは、死体の肉汁が付着していたために、下着類と一緒にゴミ箱へ捨てた。そうなってくると、履いて帰るものがなくなる。そこで、悪いとは思いつつも、下足場にあった他人の健康サンダルを失敬することにしたのである。

湯屋を出た私たちは、近くの喫茶店に立ち寄り私の舎弟を呼びつけた。そして、電気工事で使っている軽トラ（軽四輪トラック）と、私のクラウンを持ってくるように指示したのである。つまり、私にはまだ残りの死体を倉庫から運び出すという大きな仕事が残っている。その作業を円滑に進めるためには、倉庫の前によその車が停められてしまうと具合が悪くなる。それは取りも直さずユニック車を倉庫の前に横づけできなくなるからである。そのためには予め軽トラを倉庫前に停車させて置いて、場所を確保しておく必要があった。クラウンの方は、腐敗臭のついたユニック車で動き回ることが出来ないために持ってこさせたのである。

こうして、同日の夜に二体目を運び出すのではあるが、大変なことが起こった。作業の方法は前回同様、タンスにワイヤをかけたあとユニック車で倉庫の入口付近まで引っ張ったのであるが、「バチッ」という音と共にモルタルが二つに割れてしまい、上半分が脱落したのである。つまり、コンクリートで死体をサンドイッチ状態にしていたその上の部分が外れてしまい、死体が露出してしまったのである。震撼瞠目――。私はこの時ほど強い絶望感に打ちひしがれたことはない。

「もうアカン、終った――」

と絶句しながら、やんぬるかな思いになってその場に呆然と立ちつくした。この私の姿を見た篠山の方もつくねんとしている。二人の間で時間が止まったようにも感じた。

その後、私と篠山の間において丁々発止のやり取りが繰り広げられた。事の発端は私の発言にあった。作業を放棄してラナウェイ（夜逃げ）をすすめる篠山に向って

「クレーンで吊りあげてくれ」

と食い下がった。そこで組んづほぐれつの大げんか。悪いのは私である。それは十分わかっている。分かっているけれどもこんな中途半端な状態でラナウェイする訳にはいかない。私は泣きたい気持になりながら、ユニック車に向い一人で作業を続けようとした。すると、篠山は

「どけ、玉かけは俺の方が専門や」

と言いながら苦笑いを浮べる。篠山は本当にいい奴だ。私の目から涙が流れ落ちた。

「ありがとう……」

と言って、私は隔意ない微笑を見せた。すると、篠山は黙って頷く。そして、作業を続けてく

れた。こうしてなんとか二体目のむくろをトラックの荷台へ積み終えたあと、私はむくろから外れ落ちたモルタルの塊をハンマーで叩き割ろうと試みた。しかし、私と朴がコンクリートを練る時にセメントに砂利を混入していたために、相当な硬度になっていたのだ。したがって、ハンマー一本では解体不可能であることを思い知らされた。

要するに、私が考えたのは死体から外れたモルタル片を細かく叩き割って、人力（私一人）でユニック車に積み込もうとしたのである。けれども、ハンマーでは歯が立たず諦めざるを得なくなった。篠山は私に向って

「そんなものは、もうほっとけ。はよここから出ていこ――」

と言う。

畢竟、「倉庫内にある諸々の物は捨て置け」と篠山はこういうのである。そうは言うものの、人の形がくっきりとついたモルタルの塊を倉庫内に放置して逃げだしてしまうと、すぐに足がつく。かと言って、百キロ近くある大きなモルタル片を私一人で持ち上げることも出来ない。仕方なくあとのことは運否天賦《うんぷてんぷ》の思いで倉庫内に残しておくことにした。だけれどもこの腐敗臭と、モルタル片を捨てて置けば、時間の問題で必ず倉庫が露見するとも思った。だが、たとえ露見するとしても最後の最後まで諦めずに、私は一人で出来る限りのことをするつもりでいた。

ともかく、剣持さんと田辺さんをコンクリート詰めにしたむくろを必死の思いで、ゴルフ場の造成地に埋没することが出来たのである。この作業がすべて終ったのは、七月十八日の未明であった。それから暫くの間は、近隣の工場の仕事が終わり、人けがなくなった時間帯を見計っては、

毎夜倉庫に赴き、エンジンオイルや灯油を倉庫の床に撒きながら、腐臭を取り去ることに力を注いだ。四～五日もすると、この世のものとは思えないほど強烈な腐敗臭も少しずつ消えて行った。私はこれで少しはなんとかなるのではと心に明るい灯が差したのを覚えている。

むくろを倉庫から運び出して五日ほど経った頃であったと思う。城東警察から朴が釈放されてきた。私は、その朴に対して強い憤りを感じた。要するに、くだらない事件で逮捕されたうえ、留置場から人の手を介して倉庫の件を頼むと私に依頼してきたのである。そのために、私は唯一の親友であった篠山をも死体遺棄事件の共犯に巻き込んでしまうことになった。だから朴に対する怒りは沸点に達していた。

いずれにしても、釈放されてきた朴に対して、倉庫からむくろを搬出し、別の場所へ遺棄したことを伝えた。すると、別段深い感謝の態度も示さずヘラヘラする。その朴の態度を見た私は心底腹が立った。そこで、今後の跡始末は朴にさせようと思い

「残りのモルタル片をきちんとして、倉庫を綺麗に掃除してから解約せえや」

と言ってやった。すると

「おおわかった。そうするわ――」

などと調子のいいことをほざく。だが、結局は何一つとして跡片づけをしていなかったのである。

こうして、朴にバトンを渡してから以降の私は一度も倉庫へ赴くことはなかった。そんなこともあり、組事務所で朴と顔を会わせた折りに

「きちんとしてくれたんやろな……」
と尋ねてみると
「ちゃんとしたがな。綺麗にしてあるさかい大丈夫や」
などと答えていた。私は、その朴の言葉を全面的に信用していたのである。だけれども、結果的に私は朴から嘘をつかれていたのだ。その朴の嘘を見抜くことが出来なかった自分が情けない。誰しもこんな喫緊《きっきん》な問題をほったらかしにしているとは思わないのではないだろうか。要するに、朴の蒙昧な行動は先々において、天国を見るか地獄を見るかほどの大きな開きがある問題なのである。

つまり、一分一秒を争うような大切な問題である筈にも拘らず、嘘をつき通した朴の神経が今だに分からない。跡片づけをしていなければ、していないと正直に話してくれていたならば、人一倍警察に逮捕されることを嫌う私であるが故に、私自身がなんとかしたと思う。だが、人を殺めたあとの我々の行く末というのは、こういう運命になっていたのかも知れない。

話を整理すると、城東警察から朴が釈放されたのが七月二十三日である。隣の倉庫の借り主（鉄工所）が大阪府布施警察署に変な臭いがしていると届け出たのが、九月三日なのである。要するに、朴にはひと月以上の時間があったのだ。にも拘らず跡片づけをしてくれていなかった。私の場合は、朴から依頼されてすぐに動いた。この二人の差とはいったいなんなのだろう……。朴は、警察をなめていたのか。警察に逮捕されることに対する抵抗はなかったのだろうか。

蛇足になるが、仮に朴が嘘をつかずに俊敏に動いていたとするならば、朴の目論みどおり完全犯罪が成立していたのかも知れない。否、事件はたぶん迷宮入りしていたと思う。やはり最初に思ったとおり呉越同舟ではダメだった！

そこで、江守の方に話を移すと、江守は事態がこのように進んでいたとは露知らず、能天気であった。というのも私からの事後報告として、倉庫からむくろを搬出し、別の場所へ埋没したということを聞いた江守は、安堵の気持が強かったと思う。じつのところ、私自身もむくろをゴルフ場の造成地に遺棄したあと、朴の方から倉庫を綺麗に跡片づけしておいたという話を聞かされていたので、むしろ私の方が江守以上に能天気だったのかも知れない。

いずれにせよ江守の方とすれば、そんな安堵の関係もあったのか、自己が経営する投資顧問業に行き詰まった時に「株券詐欺」を計画し、八月二十四日及び二十五日の両日に渡って、新京証券株式会社とその社員（江守の友人）を欺罔して、時価合計約一億四千万円相当の株券を騙取し、ラナウェイ（夜逃げ）したのである。

私は、本件で得た分け前のうち「二千万円相当の株券」を江守に使い込まれていたために、この詐欺事件にも荷担することになった。ここでの私の役割は、私の名義を江守に勝手に使われたということで新京証券に乗り込み、担当社員をカマシあげて事件にならないようにすることであった。とは言うものの、事件になり警察に捕まることを恐れた私は、

「証券会社を騙して株券を取っても警察沙汰にならへんか。大丈夫か……」

と江守に尋ねてみた。要するに、事件になって警察から追われる立場にはなりたくなかったからである。もしも江守から事件になると言われていれば、詐欺事件に荷担していたかどうかは分

からない。多分、協力はしていなかったと思う。

それはともかく、困ったことに私には殺人事件まで犯して得た大金を江守に使い込まれており、最早その金が戻ってこないという弱い立場にあった。したがって江守に協力するべきか否か苦悩を続けながら、ハムレットの心境になっていた。しかしながら、江守の方は私の心境など忖度することなく次のような説明をしてきた。

「新京証券は、今月の末に近畿財務局から監査があり、他人名義を勝手に使って株の売買をしていることが財務局に分かれば証券会社はやっていけなくなるので新京に『他人名義を勝手に使って株の売買をしてもいいのか』と言って乗り込めば証券会社は、株券を騙し取られたことより他人名義で株の売買をしていたことが財務局に知れることを恐れるので証券会社は警察沙汰にはしないから大丈夫や」

こういう話を江守から聞かされたのである。

余談になるが、ここで一つ思い当たるのが私の性格というのは、警察沙汰にならないという甘美な誘い文句に非常に弱いことに気づく。本件の場合もコスモリサーチ社の剣持社長は、アングラマネーを動かしているために国税が怖い。したがって、その地下資金を強取しても警察には届け出ない。こういう一連の江守の話を聞いて私は強気になった。

要するに「事件にならない」というならば、おいしい話に違いない。このように考えてしまうところに、私の人間的な甘さと未熟さが見え隠れしている。つまり、思慮分別がないのだ。ただ、これまでの私の二十九年間の人生の中においては「億」と付くような千載一遇の話などはなく、江守から「億」の話を聞かされた時は、自分の一生を賭けてもよいと思ったことには違いない。このような短絡的な考え方は、奥行きがなく浅はかであると思うが、これが私なのである。

話を戻すと、詐欺事件に手を染める前段階においては、本件がまだめくれていない（発覚していない）と私は思っていた。だからこそ、江守がイニシアチブを取る株券詐欺に荷担したのである。つまり、七月二十三日に朴が釈放になってから、ちょうど一月後の八月二十四日に株券詐欺を決行している。要するに、七月二十三日から八月二十四日までの間において、第一次死体遺棄現場となった倉庫に関する警察の動きは何もなかった。だから倉庫の件は朴が跡片づけをしてくれていたのだろうと思い込み安心していたのである。そういう心理的作用が働いたために、詐欺事件に対しては強気になっていたのだと思う。ここでいう強気とは、仮に詐欺でパクられたとしても、江守がイニシアチブを取り一億四千万円相当の株券を換金した大半の金を江守が使っているので、私の刑罰などは知れていると高を括っていたからである。

しかしながら、世の中は私が思っているほど甘くはない。私や江守の知らないところで警察は動き出していたのだ。それは、先にも示したように、喫緊の問題を朴は何一つやってなかったからである。したがって、その関係から倉庫が露見したのである。

12、逃走

さて、事件がめくれたとなれば、善後策を話し合うために一時的にしろ体を交わすことになってくる。ただし逃げるにしても、剣持さんと田辺さんを殺害したのち、我々三人の間において一つだけ大切な約束事があった。その約束事とは、もしも事件がめくれた場合には、各自の責任においてそれぞれが自決するということであった。しかしながら、古今東西この手の約束が守られた試しはない。多くの場合が言葉だけの約束で、空手形で終っている。

これらの点については、のちほど詳しく説明するとして、まず私は朴から死体を隠蔽していた倉庫が、露見したということを電話で聞かされたために、取り敢えず直接会って事情を聞いてみることにした。

話は逸れるが、倉庫が露見する数日前から、詐欺事件で逃走中の江守を私方の自宅で匿っている。江守を匿うことになった経緯を少し説明しておくことにしよう。前述のとおり江守は八月二十四日及び二十五日の両日に渡って、時価合計約一億四千万円相当の株券を騙取し、同月二十九日に株券を換金した。そして、その直後に現金を持って逃げたのである。この時、江守に使い込まれていた株券の代替金と、株券騙取に協力したその見返りとして私も分け前金を貰っている。この後、江守はどこに逃げたのか私は知らない。

しかし、翌朝（三十日）早く、江守から私のマンションに電話が入った。その内容とは、大国町にある「靴のトミヤマ」の前で待っているので、私に至急会いたいという。私は一瞬この申し出を断ろうかと思った。がしかし、電話口の江守は有無を言わせぬ口ぶりだった。

私の方とすれば江守から金も返して貰い、株券詐欺は江守が企図したことであるために、彼との関わりを断ちたかったのである。それ以上に、連れ合いと就寝中のところに江守から朝早く電話がかかって来たので、とても気分が悪かった。連れ合いの方は、早朝の電話で呼び出される私を見て怪訝な顔をする。つまり、夜中や早朝にかかってくる電話ほど、ろくでもない内容が多いからだ。

それはともかく、詐欺事件を起こしたあとの江守は、大阪を離れてどこか遠いところに逃げたと思い込んでいたのである。だから「会いたいので迎えに来てくれ」という江守の電話に戸惑いを感じた。いずれにしても、電話口の声は逼迫してる様子であった。そのために、知らぬ顔も出来ず渋々ながらも迎えに行くことにしたのである。

江守と靴のトミヤマ前で会った私は、車を大国町から恵美須町に走らせたあと、通天閣本通商店街の入口付近で停車させた。ここは、通称新世界と呼ばれている少し怖い感じがする街である。この新世界の中で営業する喫茶店に江守を連れて入った。店に入ると、江守は私に二つのことを依頼してきた。一つ目は、チャカ（スミス&ウェッソン）の返却。二つ目は、暫くの間どこかで匿ってほしいと言うことであった。

拳銃の返却は当然としても、江守を匿うことになるとは想定外だったので、思わぬ展開になって来たことに危機感を覚えた。とにかく、指名手配がかかろうとしている人間を匿うとなると大変なことになってくる。幸い、私の場合は江守がパクられない限り手配はかからない。だから、江守を守ってやらねばならなかった。

そこで、当時の私は、市内に三軒のマンションを賃借していた。そのうちの一つが、早朝、江守と入った喫茶店の近くで賃借していたアーバン浪速八〇二号室であった。このマンションは、電気工事の仕事で使っていた若者たちの寮として借りていた部屋である。しかし、江守を匿うことになったために、若者を急遽べつの場所へ移し、江守をこの部屋に案内した。このマンションは、テレビ・タンス・冷蔵庫・電話付きの新築マンションであるため、住むには何の不自由もなかったと思う。マンションの一階には、コインランドリーも備え付けられている。私は、部屋の合鍵を江守に渡して、暫くの間はこの部屋を自由に使ってもよいと言っておいた。

次に、江守から預かっていた拳銃であるが、本件後の夏頃、山口組岸上組系列の組員（柏木佳道）から「改造拳銃を造っている人間を知らないか。なんぼでも買う人間がおる」とこのような内容の相談を受けたことがある。

この頃の私は、電気工事で使う工具類を保管しておくために、尼崎市内で倉庫を借りていた。その倉庫内にはボール盤を設置してある。私はこのボール盤を使って、改造拳銃を造ってやろうと考えたのである。

柏木から改造銃の相談を受けた当時は、まだ山一抗争（山口組vs一和会）が完全に終結しておらず、マブ（本物）が品不足になっており、価格も高騰していた時期でもあった。したがって、チャカの需要がある限り真正拳銃でなくてもパチモン（改造銃）でも売れると思ったのである。とにもかくにも、柏木からは「なんぼでも買う人間がいてる」とこう聞くと、シノギとして成り立つと考えた。

そこで早速、ガンショップへ赴き数挺のモデルガン（コルト・回転式連発拳銃）を買ったあと、工具の街である日本橋に向った。ここでは、ダイヤモンドドリル（歯に工業用ダイヤが埋め込まれたドリル）と口径〇・二二インチの鉄パイプを購入している。何故このような物が必要であるかというと、モデルガンの銃腔内には弾丸が飛び出さないように特殊鋼鉄で銃腔内を塞いで改造防止をしてある。

そんなこともあって、弾丸が飛び出すように穴を開けてやる必要があるのだ。但し、普通のドリルでは銃腔内に穴を開けることが出来ない。そのためにダイヤモンドドリルをボール盤にかませてやる必要があった。そして、銃腔内に穴を開けたあとは、弾丸が真直ぐに飛び出すように、銃身の長さに合わせて切った口径〇・二二インチの鉄パイプを入れる作業も必要になってくる。

しかしながら、昼間は電工の職人や若者たちが倉庫に出入りするために、改造銃を作る作業は夜中にしか出来ない。そのために作業はなかなかはかどらなかった。そうこうしていると、柏木の方から買い手側のヤクザから何度もせっつかれて困っているという連絡が度々入るようになり出した。相手もヤクザもんであり、柏木の顔を立ててやる必要もあったので、当座のまにあわせとして手許にあった三八口径（スミス&ウェッソン）真正拳銃を担保として預けることで話をつないで貰った。この三八口径は、江守に返してやらないといけないために、売却することの出来ないブツ（品物）であった。

ところが、この夏（改造銃を造り出した）頃には、江守の事業が左前になっており、株券詐欺を企図し実行に移りつつ計画を練り出した時期でもある。この株券騙取の話を江守から聞かされたあとの私は、改造拳銃どころの話ではなくなって来たのである。要するに、株券詐欺を手助けしてお金を返済して貰わないといけないからである。ゆえに、やむなく改造銃の作業を中止することにした。

そこで、柏木に対して預けていたサンパチ（三八口径）を返してくれるように申し出たのである。がしかし和歌山県で事務所をもつ平組の若頭補佐なる人物に拳銃を渡したまま返ってこないと逃げを打ち出した。たとえそうであったとしても、拳銃は江守に返却する約束になっていたので、私は七十万円の自腹を切って、イタリー製ベレッタ自動装填式ロングライフル型拳銃（二二口径）一挺と実包九発を買い求め、三八口径の代物弁済として江守に渡したのである。

さて話を戻すと、詐欺事件で逃走中の江守をアーバン浪速に匿ってやった私は、江守のことが気になったので翌日（三十一日）の昼前にマンションへ赴いた。すると、私が心配するほど落ち込んだ様子も見せず元気であった。江守の話によると外出もしたという。私は江守にそのぐらいの余裕があるならば、一人でも大丈夫であろうと思った。

けれども心に余裕が出てくると、次々に無理難題を吹っかけてくるのが江守の特徴であった。その江守が私に要求して来たのが、匿ってやっている新世界のマンションが気に入らないので、河村啓三名義で別のマンションを借りてほしいと言い出してきたのである。そして、江守の身の回りの世話をする女を一人段取りせよと言うのだ。それも、私がミナミで女にやらせていたラウンジ・エビータのホステスを名指しするのである。私は、ど厚かましい江守に腹が立った。共犯者でなければ張り倒してやりたいぐらいであった。

そうはいうものの私とすれば江守がパクられると元も子もなくなる。したがって、江守の要求をしぶしぶ飲むことにした。私は本当に馬鹿な男であったと思う。利用しようと思っていた男から逆に體《てい》よく利用されているのであるから、間抜けというかアンポンタンと言うしかない。

そこでまず最初に、江守の要求をそのまま女に伝えた。すると、「江守のために店の大事なホステスをそんな理由では出せない」と断られた。よく考えてみると、私よりも女の方が常識を持っていることに気がついた。むしろ女に断られてホッとした面が私にはあったような気がする。否、断られることを期待していたのかも知れない。その根拠となるのが、仮にこの手のことを頼むことになった場合は、たとえ相手が自分の女であったとしても絵を描く（とは、ヤクザ用語で青写真を作るという意味であり、陰謀をたくらむこと）からである。要するに、私が江守の言葉をこれほどストレートに女に伝えるということは、最初から断られることを願っていたのだと思う。だからこそ絵を描くことをしなかった。ともかく、江守を世話する女の段取りは出来なかったものの、私の知り合いの不動産屋からは新築のマンションを紹介して貰うことが出来た。

こうして、江守の新しいヤサ（ねぐら）も決まり、あとのことは江守が自分でなんとかしていくだろうと思うも、世の中はそんなに甘くはなかった。確か、マンションを契約したその翌日か翌々日であったと思う。江守は全国指名手配になったのである。夕刻のテレビニュースでは「江守博巳」の顔写真がアップで映し出され、株券詐欺のニュースが大きく報道されたのである。もちろん、その日の夕刊にも出ていた。したがって、江守はこのマンションには一度も住むこともなく逃亡生活を続けて行くことになるのである。そして、とうとう私自身も抜き差しならない状態に陥っていく。この数日後には、すべてが音を立てて崩れていくとは……。

九月二日（金曜日）。「ホテル日航大阪」二階ロビーにおいて、山口組岸上組系列の組員（柏木佳道）より、イタリー製自動装填式ロングライフル型拳銃（二二口径）一挺と実包九発を受け取り、その代金として七十万円を支払った。そして、三八口径の代物弁済として江守に二二口径拳銃（ベレッタ）を手渡したのが、この日の夜遅くになるのか翌日になったのかは私の記憶が薄れているが、ともかく江守には二二口径の拳銃を代物弁済した。

九月六日（火曜日）。確か午前中であったと思う。朴から電話が入り、倉庫が露見したことを聞かされた。この時も江守は私のマンションに隠れていたので、かいつまんで倉庫が発覚したことを説明したあと、江守を部屋に残して私は詳しい話を聞くために朴と会うことにした。朴とは、中之島のロイヤルホテル前で待ち合わせて、近くの喫茶店に入ったのである。

朴の説明によると、死体を隠蔽していた倉庫の跡片づけを一切せずに、人の形のついたモルタル片を放置したまま手をつけなかったためにバレたという。私はこの話を聞かされた時は、呆れてものが言えなかった。つまり、何度も繰り返し倉庫を掃除しておくようにと朴には言っておいたのに、それをほったらかしにするとは開いた口が塞がらなかった。

私は、子供じみた朴の言い訳を聞いていて腹が立った。がしかし、それ以上に倉庫が露見したという現実的ショックの方が大きかった。そして、その一方では「まさか、なんでやねん！」という思いと、今だ信じられないという気持も強かった。

いずれにせよ、私は絶望感でいっぱいになっていた。そのために、ほんらい朴に向かう筈の怒りがどこかに飛んでしまい、腹を立てる気力さえもなくなっていたのである。

とにかく、事件がめくれた限り、もはや朴との間でコップの中の争いをしても仕方がないと思った。そこで私は、混乱する頭の中を整理するために一旦、朴とは別れることにした。私たちは、悄然《しょうぜん》と席を立ちあがり喫茶店をあとにしたのである。暗澹たる気分とはこういう時のことを差すのかも知れない。

私は、すぐさま自宅に戻り、朴から聞いた話を江守に報告した。江守とすれば、本件が発覚する数日前に詐欺事件で全国指名手配になっていたので、死体を隠蔽していた倉庫が露見したことを私から聞かされても、驚くこともせず深い感慨も示さなかった。言葉は少し乱暴ではあるが、江守は開き直ったのかも知れない。私の目にはそのように映った。

このようにして、江守が事件にならないと豪語していた株券騙取が事件となり、同時進行で本件がめくれて行ったのである。まさしく泣きっ面に蜂とはこのことを言うのであろう。陳腐な表現になってしまうが、我々三人は天網恢々疎にして漏らさずを地で行ったことになる。

ともかく、私の人生において大きな蹉跌《さてつ》を味わったのがこの事件であることには間違いない。そこで、あとのことを考えるためにも、ここは三十六計逃げるにしかずと考えた。

そんなわけで、第一次死体遺棄現場となった倉庫の関係から江守同様、朴も逃げることになったのである。もちろん、私ものちに逃走するのではあるが、私の場合は共犯と違いまだほんの少しだけ時間的な余裕があった。その理由として、株券詐欺の方は江守から私に結びつき、死体を隠蔽していた倉庫の件は、朴から私につながってくる。したがって、共犯が警察に逮捕されない限り私は安全ということになる。

そうはいうものの絶対に安全かというと、必ずしもそうとは言い切れない。やはり手配がかかる前に逃げるのが一番であろう。けれども、こうして文章にして、逃げるとか、逃亡すると書くのは簡単ではあるが、実際問題としてそれを現実の行動に移して行くのはかなり大変なことであった。つまり、これまでコツコツ築きあげてきたものを全て投げ出し、捨てることになるからだ。当然のごとく親や姉弟も……。このことは単に複雑という言葉だけでは表現できない。

「これまでの俺の人生はいったいなんだったのか――」

それは、世間の浪にもて遊ばれ、己を見失う虚妄の影にすぎなかったのかも知れない。

いずれにしても、生涯のエンディングロードを迎えるにあたり、今後どういう行動を取り入れるのが一番ベストなのか、そのことばかりを考えていた。ただ一つハッキリ言えたことは、「もう終っているな」と思ったことである。

確かに、事件を起こした時点で私の人生は終っていたと思う。だが不思議なものでまだ少し余力があるうちは、どうにかしようと悪あがきを考えてしまう。がしかし、どうなるものでもないことを、どうにかしようとすることは馬鹿げているのも確かである。人間というのは、いざとなれば何かが出来るようで、とどのつまりは何も出来ないものである。とにかく、私に残されている道はやはり死であろう……。傷つき、立ち上がる余力も残ってないような野良犬の惨めな姿にはなりたくなかった。それは人生の終焉を意味するものでもあった。

そう思った私は、ふと福井県三国町安島の景勝地東尋坊の岩場が頭に浮かんできた。ここは以前、金融会社さわやかレディースに勤めていた頃に、社員旅行で初めて訪れた思い出の場所である。この時、案内人から「東尋坊」は、自殺の名所であることを聞いていた。確かに、海食によってできた輝石安山岩の柱状節理の絶壁に飛び込めば、確実に死ねるであろうと、みょうに感心したものである。そのことを思い出した私は、

「そや、俺の死に場所は思い出のあるこの地に決めよう！」

と、もはや私は自分の命を長らえることに興味を持てなくなっていたのである。

裏返して言えば、これまでの私は生きていくことに対して余裕があり過ぎたのかも知れない。つまり、必死に生きている者は、他人の生きる権利を奪ったりはしないであろう。だから人殺しの私の死に場所としては東尋坊の絶壁に身を投げて、全身ズタズタになるのが一番ふさわしい死に方だと思った。

どちらにしても、初めがあれば終りがある。要するに、どの時点でピリオドを打つのか。どの

場所で人生の幕を引くのか。時間が経てば経つほど心が落ち着かず、じりじりするばかりであった。そこで私は、死地の下見を兼ねた最後の旅へ出るが如く、連れ合いを伴い車で福井県へ向った。私が連れ合いと福井県へ旅立つと江守に言えば、彼は当然遠慮するであろうと思った。がしかし、江守は私たちについて来た。いくら私から誘われたからと言っても、江守と親しくない私の女を連れているのであるから、普通は断わるであろう。それも、私が本心から声をかけているのではなく、愛想で言ってることぐらい江守も分かっていた筈である。それにもまして、私の女が江守を嫌っている空気は彼自身が敏感に感じていた筈だ。もしも私が逆の立場であったとするならば、女性同伴の場合は遠慮したと思う。

ともかく、連れ合いと江守を乗せた私の車は、福井県吉田郡永平寺町にある永平寺に向った。この永平寺は、禅宗（曹洞宗）の大本山であり、とても大きなお寺である。この寺に赴くと、若い僧侶たちが寺内を隈無く案内してくれる。履物を脱ぎ長い廊下を歩きながら、色々な仏舎（仏殿）を見て回ると、それだけでも四～五十分はゆうにかかる。仏を拝観しながら、ひんやりとした寺内を歩いていると心が落ちつく。このことは、私が社員旅行で訪れた時にも体験していたので、死ぬ前にもう一度この寺に足を踏み入れたくなったことの理由のひとつにもなっている。

また、殺人を犯したあとの私は、心の中で強い罪悪感を持ち続けていた。その自身の汚れを少しでも拭い去りたかったのだと思う。だからこそ、自害する前に仏の前で罪を悔い改め、最後に手を合わせておきたかったのである。ここ（永平寺）では、私一人だけ「修証義《しゅうしょうぎ》」（経典）と数珠を授かった。

さらに言えば、私の場合は物ごころがついた頃から両親に連れられて、神社仏閣参りによく出かけていた。手前みそになるが、私は信心深い子供だったのである。それが、ヤクザになった頃から信仰心を忘れるようになってしまい、私の心が深い闇の中へと陥って行ったのである。しかしながら、一旦、死を決意するとどういうわけなのか私に信仰心が蘇ってきた。そんなことも手伝って永平寺に心が動いたのだと思う。

こうして永平寺に参拝したあと、芦原温泉で宿を取った。この逃走中に、私は連れ合いから重大なことを打ち明けられている。それは、連れ合いが身ごもっていたのである。この事実を聞かされた時は、間髪いれず「おろせ」といった。すると、日頃は私に従順な態度を示す連れ合いである筈なのに、この時ばかりは「いや、絶対にうむ」と強く言い返してきた。私はその言葉の強さに気圧された。

連れ合いとすれば、私が江守の株券詐欺に関与して、それで逃げ回っていると思っていた筈である。だからこそ、私に自首をすすめたり、務めから帰るまで一人で子供を育てて待っていると言えたのだと思う。がしかし、私の逃げ方が尋常ではなかったために不思議がっていたのは確かである。要するに、何か別の事件にも手を染めていることを薄々感じていたのかも知れない。たとえそれを感じていたとしても、余計なことを一切聞かず黙ってついてくるのが私の連れ合いだった。

そんな性格を知っている私は、これ以上巻き込むのは可哀想と思い、おもいきって別離を告げた。

「俺と別れてくれ」

すると、泣いて拒否する。それは至極当然であろう。私から何の説明もなく、お腹の子供を堕ろして別れてくれと言われても、納得が出来よう筈もないと思う。逃亡生活をする数日前までの私たちは、何不自由なく人並みな生活をしてとても幸せだったのだから……。それなのに、いきなり私から無体な言葉を投げかけられても素直に「はい」とは言えないのも確かであろう。そこで私は仕方なくこう言った。

「俺は死ななあかんほどの悪さをしたんや。その理由は言えんので堪《こら》えてくれ。せやさかいに、自分のケジメをつける。自殺することに決めたんや。」

この言葉を聞いた連れ合いは、私の意に反して、

「わかった。理由が言えないのなら聞かへん。せやけども、あなたを一人で死なすようなことはせえへん。お腹の子供と一緒に三人で死の……連れて行って……」

と半べそをかきながらいう。連れ合いは本気である。私はその言葉に驚いた。これは私自身のことであり、女には関係がない。そこで
「アカン、お腹の子を堕ろして、お前は自由に暮らせ」

と再度強く言ってやるも
「いやや、いやや。絶対に堕ろさへん。わたしは、あなたに大事にしてもろた。三人で死にたい。それとも、お腹の子供を堕ろしたら生きてくれるん……。わたしを連れて逃げてくれるん……」

と流れ落ちる涙を拭おうともせずに、ボロボロになりながらも食い下がってくる。返事に困った私は、この場を取り繕わねばならないと思い、その場のがれの言葉をいってみた。

「よっしゃ分かった。とりあえず実家に帰って、俺の連絡を待っとれや。」

しかし、こんな子供騙しの言葉が通用する筈がなかった。こういう時の女の勘はスルドイ。私が東尋坊の絶壁から飛び込み自殺することを分かっていたようである。要するに、私たちが遊覧船に乗り日本海側から十数メートル上の絶壁を見上げた時、私はひとりごとのように（私は、江守に向って言ったつもりである）

「あの上から海食で研ぎすまされた断崖に落ちたら即死するやろなァ」

この私の言葉が連れ合いの耳にこびりついて離れなかったらしい。したがって、自分を実家に帰らせたあと、私が一人で死ぬ気でいるのだろうと感づいていたみたいである。連れ合いは、私に向って言葉を続けた。

「過去のことはどうでもいいの。あなたの傍を離れたくない。どこまでも一緒に連れて行ってほしい……」

と言いながら滂沱《ぼうだ》する。連れ合いのこの姿を見た私は、決意した筈の死が揺らいだ。そんな自分自身がさもしくて、忸怩たる思いになってしまった。断崖から飛び放って爾後を待つ……とはいうものの、断崖から身を乗り出して下を覗きこむと、なかなかすぐには決心がつかなかったのも事実である。また、岩場にもたれかかって死んでいる自分の姿をイメージすると恐ろしくもあり、勇気がいる。こうして何度か答えらしいものを見付けるのであるが、結局自分の行く道を明確にすることはできなかった。

どちらにしても（一時的にこの場を逃がれたとしても）私には終りはない。当時の私が持ち合わせていた美学とは、白い着物をきる（死ぬ）ことであり、赤い着物をきる（懲役に行く）ことではなかった。死ぬも地獄、生きるも地獄――

このあたりのところをもう少し俯瞰しておく必要があるだろう。まず、共犯の話になるが、彼らには自死する気持がないことは分かっていた。そうであるならば、奴らが今後どのような行動を取るのか、それを最後まで見届けて哄笑してやろうではないか。私を含めて、畜生にも劣った人間がなにをするのか、最後の最後まで見届けたそのあとで自身が地獄へ墜ちても遅くはないと思った。つまり、この世の中、人を殺していい人間とそうでない人間などいない。理由はどうあれ人を殺したら必ず報いがある。たとえ法の裁きがなくても……。

しかしながら、この甘い考えがのちにブーメランとなって私に跳ね返ってくることになるのである。ともかく、私は身に迫りくる危険をひしひし感じながらも、身重の連れ合いと一緒に逃げることに決めた。と同時に、先にも示した通りお腹の子供を堕ろすことも、余計な殺生になると考えたのである。勝手な了見になるが、私の分身を生んで貰うことにした。

そう決めた私は、江守とは別行動を取ることにしたのである。そこで、江守を上本町にある都ホテル大阪まで送ってやり、私の名前でダブルの部屋を借りてやった。その後、自身が所有する車の売却先を探し、十三《じゅうそう》で事務所を構える山口組系郷組の人間に百五十万円でクラウンを叩き売ったのである。

次に、逃走中の生活費に困ることのないように手を打っておいた。まず、電気工事業の方は職人の坂井伸秋に全権を委ね、利益の三分の一を毎月私の銀行口座に振り込むように指示した。これとは別に、本件発覚前の時点で上原総業の相談役（前田良永）に、月三分の利息で一千万円を貸し付けていた。だから前田の方からは毎月三十万円の利息が入ってくる計算になる。電工の方は仕事の都合で利益の変動はあるものの、利息と利益を合わせれば生活に困ることはないと考えた。私のこの考えに連れ合いの方も、さもありなんと思った筈である。

こうなると私の動きは早い。私は江守と違い、自身を他人に匿って貰うようなケチなことは考えない。私を匿うことは、それだけで協力者を共犯にしてしまう。自分の独善的な思いで、これ以上知人に迷惑をかけるわけにはいかない。そこで、豊中市で新築の三ＬＤＫマンションを賃貸契約した。そのあと、極めて危ない行為と言わざるを得ないが、一旦、自分のマンションに戻っている。危険な帰宅を決心したきっかけは、荷物の整理もあったが、共犯はまだ警察に逮捕されていないと思ったからだ。このようにして、ギリギリの緊張感を伴う無謀さが私にはあった。とは言うものの、自分のマンションでありながら一向に落ち着かない。何か不吉な予感がして胸騒ぎする。わが身にせまる危険を予知することにかけては、獣のように鋭い勘を私は持ち合わせていた。

――一九八八年（昭和六十三年）九月二十三日（金）この日は、いつもにも増して早く目が覚めていた。よく考えてみると、逃走中の私は熟睡したことがない。いつも夜のしらしら明けるまで寝床の中で右に左に寝返りを打ってちっとも眠られなかった。だから、小さな物音にでもすぐに反応する。早い話、いつもサツの動きが気になり怯えていたのである。確か午前六時頃であったと思う。電話が鳴った。私は電話の呼び出し音に鋭い反応を示す。連れ合いが電話に出ると、相手方は江守の古くからの友人であり、株券詐欺の共犯でもある山本善二郎であった。この山本が私に向って、

「カワムラくん、朝刊みたか…」

と言う。私は、

「いいや、まだや」

この時、江守がパクられた記事が載っているのであろうとすぐに分かった。山本は感情を高ぶらせながら言葉を続ける。

「エモリの奴、パクられとるぞ。新聞に出とる！」

と教えてくれた。そして山本の方は台湾へ飛ぶという。私も身の危険を感じたので、連れ合い向って

「エモリがパクられたらしい。俺は体をかわす。取り敢えず近所の早朝サウナへ行くので、お前もあとからこい。」

と言い残し、顔も洗わず車に飛び乗った。時刻は午前六時半になっていた。私はサウナへ入り連れ合いの来るのを待った。けれども連れ合いは現れない。胸騒ぎがする。もしやして、ガサ入れ――。サウナから飛び出た私は、服を着たあと向かいの喫茶に入り、そこから自宅に電話をかけた。連れ合いはすぐに出た。

「なにやってんねん。はよこんかい！」

と言うと、元気のない声で
「いまお客さんが来てはるんよ……」

この言葉で、自宅にガサが入っていることが分かった。

「サツが来とるんか」

と聞くと
「うん！」

と答える。私は
「またあとで電話する」

と言って電話を切った。これで、賃借している三軒のマンションは重点的に張り込みがされていることも分かった。覚悟はしていたものの、現実問題として私の自宅にまでガサが入ったかと思うと、少なからずショックを受けた。

そのショックとは、江守が自己防衛のためとはいえ、逮捕されてすぐに私の自宅を刑事に説明したからである。思い返してほしい、証券会社から株券を騙取したあと、逃走する江守の申し出を受け入れた私は、自身のマンションで匿ってやったことがある。だから、江守にとっては多少なりとも私に恩義を感じていてもおかしくはない筈である。つまり、行くところがなくて困っている時に、江守は私に助けて貰っているのだから……。要するに、江守が匿ってくれと言ってきたとき、この申し出を断わろうと思えば、いくらでも理由をつけて断われたのである。それなのに、逮捕されてすぐに事件をゲロし、そのうえ自分が匿って貰っていたヤサまでゲロするとは……。私の考え方が甘いことは承知している。がしかし、せめて数日間でも供述を拒否するなど黙秘権を行使して、男の意地を見せてほしかった。それならば、私もある程度は理解できる。パクられてすぐに喋られてしまうと、私は彼にとって何だったのかと思いたくもなる。私はそれが言いたいのである。あまりにも薄っぺらで軽すぎる。少なくとも、刑事に自白する前段階では「白状すべきか否か」この点について何日も悩み続け、心の葛藤があって然りだと思う。まして、事件が大きければ大きいほど、心の葛藤も大きくなる筈である。だから逮捕されてすぐゲロするのを潔いとは思わない。私の場合は、江守と朴がゲロして、外堀を埋められた状態になっているのが分かっていても逮捕後の一週間は黙秘した。これは、前述のとおり、心の葛藤があったからである。それプラス男の意地。

どちらにしても大変なことになった。連れ合いにあとから聞いたことではあるが、私が部屋を出たすぐそのあとで、大阪府警本部捜査第四課と東警察二係（八田班）、総勢十五〜六名の刑事たちが部屋中を引っ繰り返して行ったそうである。家宅捜索は二時間も続いたとのこと。ともかく、間一髪の脱出劇だった。私は「サツなどに捕ってたまるかい」という思いで胸を撫で下ろした。その反面、この時点において「もう逃げ切れないのでは……」と弱気になっていたのも確かである。

では、この局面をどのように対処するべきなのか、それはやはり自害するしかほかに道はないであろうと思った。但し、未練がましい奴と笑われるかも知れないが、あと数か月もすれば私の分身が生まれてくる。男の子なのか女の子なのか――我が子の顔も見たい気がする。けれども、一応死ぬ準備だけはしておく必要があると思った。そこで、私は組の相談役である前田良永に連絡を取り「青酸カリ」は手に入らないかと尋ねてみた。この前田と私の間では、金の貸借関係があったので、連絡は常時とれるようにしておいた。私が「青酸カリ」を欲しがる理由は前田にも充分わかっていたと思う。私の申し出に対して、前田は薬品関係に知り合いがいるので手に入ると答えてくれた。そこで、至急入手してほしいと頼んでおいた。

――同年九月三十日（金曜日）

私のポケットベルが鳴った。液晶表示を見ると、前田の自動車電話の番号であった。私は青酸カリが入ったものと思い、いそいそと電話をかけた。すると電話の内容は、朴が昨日（二十九日）サツにパクられたという知らせであった。前田からこの事実を聞かされた私は、不思議と何も感じなかった。それは、時間の問題で必ず朴もパクられるであろうと、心のどこかで思っていたからである。

確か、電話で前田と話をした翌日であったと思う。私は兄貴（上原組長）に呼び出されて、淀川の河川敷で会っている。この時、サツの動きなどを色々教えてくれた。兄弟分である朴のことも説明してくれた。朴はパクられた当日に殺人事件の概要をすべて喋り、私やもう一人の共犯（江守）の存在も謳っていることなど、大略を教えてくれたのである。組長はある新聞記者から警察の動きや情報を集めてくれていたのだ。私は嬉しかった。

そして、兄貴（組長）は私に言った。

「組のことはもう気にするな。ただし、お前もヤクザをしてるのやから、坂下（朴）のように人のことまで謳うな。もしもパクられたら、舌を噛み切るぐらいの根性を見せたらんかい。逃《ふ》けるのやったら、寺に籠って坊主になるか、うどん屋の厨房にでも入って外部との関係を断ち切れ！」

などとアドバイスをしてくれた。

　また、別の日に若頭と会った際には「木は森に隠せ」の格言通り、私のホームグラウンドである西成の釜ヶ崎（現在は、あいりん地区という）に潜伏すればどうか。潜伏先の世話をするとまで言ってくれた。これぞまさしく「灯台下暗し」である。しかしながら、私には何年も逃げ延びる自信がなかった。そのために、これらのことは意見として聞かせて貰いはしたが、首を縦に振ることはなかった。やはり、生き延びることよりも、自害することを心の中で選んでいたのだと思う。私は自分の子供が無事に生まれてくることを確認し、その顔さえ見られたら何も思い残すことはなかった。ともかく、私と利害関係のない組長や若頭は、親身になって私の行く末を案じてくれていた。

13、逮捕

前述のとおり私は組の相談役である前田良永に、一千万円の大金を貸し付けていた。この金は事件で得た金である。その内訳は、一九八八年（昭和六十三年）九月二日、ホテル日航大阪二階で営業するバーラウンジ夜間飛行において、現金三百万円を貸し付けた。次いで、同年九月五日、ホリディイン南海大阪ロビー前の喫茶ルームにて、私の知人（富田高雄）を同席させたうえ、現金七百万円を追加で前田に貸してやった。利息は、月三分である。

私は前田に対して、元利方式で金を貸していたために、飲み代等の遊行費はこの金利でまかなえると思っていた。だが、その矢先に死体を隠していた倉庫が露見したのである。したがって、私は逃走するはめになった。よく考えてみると、私がサツに追われて逃げることになった時点で、前田が一番ほくそ笑んでいたのかも知れない。

それは、私の事件が重大であればあるほど、前田にとっては大きな利益になるからだ。この点をもう少し思慮深く考えて行動していれば、前田の謀略に嵌ることはなかったと思う。いま思い返してみても臍《ほぞ》を噛《か》む。だけれども、逃走中の私は逃げることに必死であったために、この大きな落とし穴を見抜くことすら出来なかった。

言葉を換えると、私から大金を借用している前田は、私に恩義がある。その義理ある相手（河村啓三）をサツに売ることなど絶対にしないと思っていた。否、当時はそんな発想すら浮かんでこなかったというのが正直なところである。それは、鷹見組上原総業という同じ組内の者同士であるからだ。だから、前田を百パーセント信じていた。まさか、恩を仇で返してくるとは……

ともかく、朴がサツにパクられたことを私に教えてくれたのは前田である。こういう態度を見せる前田に対して、私は、全面的に協力してくれていると信じて疑わなかった。そんな前田に心から感謝したものである。私という奴は、本当におめでたい男だ。

十月六日（木曜日）。この日の私は、南扇町にあるシャンピアホテルに宿泊していた。逃走後の私は、連れ合いを伴って神戸や大阪府内のホテルを転々としていたのである。確か、夕刻の四時頃であったと思う。シャンピアホテルにチェックインしたあと、私のポケットベルが鳴った。液晶表示を見ると前田からであった。私は早速、前田に連絡を取ると「メモをとれ！」という。私はホテルの便箋とボールペンを使い、前田が話す内容を次のように書きとった。

阪急グランドビル一九階にあるナイトイン関西という会員制のスカイラウンジで、午後八時に会おう」

このように言ってきた。私は青酸カリが段取り出来たものと思い、

「わかった。必ず行く！」

といって電話を切った。この時、私の行動を側でずっと冷静に見続けていた連れ合いは、

「絶対に行ったらアカン。あぶない――」

と縁起でもないことを言って反対する。私は
「なんで行ったらあかんのや。なにがあぶないんや。アホなことをいうな」

と連れ合いの言葉を振り切った。すると、連れ合いも私に同行するという。仕方がないので、それは認めることにした。これまでの連れ合いにとっては、ヤクザ組織のことや前田のことは「アンタッチャブル」となっていたのだ。

それはともかく、前田と会うまでにはまだかなりの時間があった。そのため、連れ合いと食事に出かけることにした。この日の連れ合いは、必要以上に甘えてくる。連れ合いは自分の腹部に私の手を導きながら「おなかが少し大きくなってきた」と言って微笑む。そんな連れ合いがいとおしかった……。私は女の気持を忖度しようともせず
「マタニティードレスでも買いに行くか」

と言ってやった。すると、首を横に振りながら、

「マタニティードレスを見たら、悲しくなって泣いてしまうと思う。だからいらない。そんなものより二人で幸せに暮らしたい。」

などと言いながら、泣き笑いのような顔をする。私は、傷つき苦しんでいる女心も分からずに、無神経なことを口走ってしまった己の心に恥じた。結局、天神橋商店街をぶらぶらしたあと、大阪環状線のＪＲ天満駅付近のおこのみ屋で夕食を摂ったのが、娑婆での最後の晩餐となった。な

んともパッとしない最後の晩餐である。こんなことになるのが分かっていれば、もっと美味しい物でも食べておけばよかったと後で苦笑する。しかし、これが私らしい人生なのかも知れない。ともかく連れ合いと二人で食べたおこのみ焼きは旨かった。今でもその味を覚えている。おこのみ焼きを食べながら連れ合いはいう。

「一緒に花博へ行こうね。映画もいっぱい観ようね。約束して……」

私は、笑いながら

「おお、約束した。花博にいこ。映画もいっぱい観よな」

などと言った。しかしこの約束は、ついに果たされることはなかった。

店を出た私たちは、天神橋筋でタクシーを拾い阪急グランドビルへと向った。約束の時間に少し遅れて到着すると、前田は店内に入ってすぐの右壁側ボックス席に坐っていた。前田は、私たちを見て訝しい顔をする。それは、私が女連れであったからだ。私はそんなことは御構い無しに

「頼んでいたものを貰うわ」

と切り出した。すると、

「まァ、一杯のんでから……」

と前田は自分でヘネシーの水割りを作り出した。いくら酒好きの私でも、こんな時には飲む気にもなれず

「さきにブツをくれや――」

殺気だつ気持を押さえながら、前田を睨つけてやると

「じつは、用意できんかった……」

などと舐めたことぬかす。青酸カリが用意できてないのになんで俺を呼び出すのか――。私は、前田の言葉を聞いた瞬間なんとも言えない不吉な予感がした。この予感は、店内に入った時から感じていたのではあるが、その思いがより一層強くなったのである。

デカの臭いがする―

研ぎ澄まされた獣のような鋭い嗅覚を持ち合わせていた私は、「ヤバイ!」と思うと同時に「逃げたろ――」と思った。しかし、この場所はビルの十九階にある。周囲を見渡すと、満席状態に近い。

この時になって、初めて前田に絵を描かれていたことに気がついた。いま、私がパクられて一番喜ぶのは、私と利害関係がある前田良永なのである。このクソガキにやられた。私は前田にひっかかり、一杯食わされたのだ。犯罪者の上前をはねて高笑いするキタナイ奴が許せなかった。がしかし、この場は逃げることを考えねばならない。こんなところで、こんな奴のチンコロのために捕まるわけにはいかないのだ。捕まる前に死なないといけない。したがって、ひとまず前田のことを考えるのはあと回しにした。

私は、小用に行くふりをして席を立った。すると、私たちが坐っていた近くの席から数名の男も立ちあがり、私を追うようにしてついてくる。すでに、ナイトイン関西の入口付近には、サツらしい人間が数名立っており、エレベーターホールにもそれらしき人物が身構えていた。

刹那、私は捨て身で戦うことに決めた。不特定多数が出入りするスカイラウンジの店内で暴れたくなかった私は、自らエレベーターホールの前へ出て行ったのである。やはり、私が想像したとおりデカたちであった。デカの人数は、総勢二十名。大阪府警本部の四課のデカ。東署のデカ。応援で来ていた曽根崎署のデカたちである。

最初にマル暴のデカ二人から両腕を決められた。そして、一人のデカは私に向って

「お前、河村やな」

もう一人のデカは

「こらァ、チャカ出せ……」

などとぬかす。私はねじ曲げられた痛い腕を我慢しながら

「オドリャなにすんじゃい。はよ手を離さんかい。」

と大声で怒鳴りながら、デカの足を蹴とばしてやった。すると、周囲をびっしりと囲んでいたデカたちが私に向って一斉に飛びかかってくる。私は、デカたちに殴られ蹴られしながら顔をホールの床に押しつけられていた。多勢に無勢である。万事休すだ。それでも隙あらば逃げてやろうと考えていた。

しかしながら、いつの間にか両手錠をかけられていたうえ、腰紐で動きを制圧されていた。このような状態にされたあと、刑事は私に薄っぺらい逮捕状を示し、その内容を読みあげていた。私の方は、思わぬ逮捕劇の中で気が動転していたので逮捕状の内容は一切おぼえていない。あとで分かることではあるが、別件逮捕であった。

ともかく、最悪の状況に陥りながらも私はデカに向って、

「俺は山下というんや。お前ら人違いをしとるぞ」

と叫びながら再び抵抗するも、デカたちは私の言うことを無視する。そして、無理やり連行しようとするのである。そうはさせまいと、

「ちょっと待て。店の中には女もおるし、俺のバッグも置いてある。せやさかい、いっぺん店の中へ入らせてくれ。お前らに連れて行かれることを言うとかなアカン！」

と言った。すると、一人のデカがそのことは伝えておくという。それで会話はすべて終った。

私は大勢のデカに周囲を囲まれながら、このビルの関係者しか知らない裏手にある従業員（非常）用のエレベーターに乗せられて、一階まで降ろされた。そして、衆人環視の中を阪急ファイブ（現、HEP・FIVE）前まで両手錠に腰紐姿で歩かされた。そこには、パトカー二台と覆面パトカー一台の計三台が停車していた。私は、四人のデカと一緒に覆面パトカーの方に乗せられたあと、まず最初に江守が留置されていた東警察署へ連れて行かれたのである。

話を整理すると、店内には早い時間帯から刑事が一般客の中に紛れ込んで、私の訪れるのを張り込んでいたのである。つまり従業員用のエレベーターの位置関係や、パトカーの手配など準備万端の状態で獲物のくるのを手ぐすね引いて待っていたのだ。そんなこととは露知らず、私は馬鹿な男である。デカたちは、前田の誘いに乗ってのこのこやってくるアホな私に「飛んで火に入る夏の虫」と多いに笑ったことであろう。

換言すると、前田が警察に密告してサツの手先にならない限り、短時間でこれほどまでの完璧な準備は出来なかったと思う。それは、この日のこの時刻に会うことは、前田と私しか知らなか

ったのだから……。とにかく警察のイヌ前田は糞野郎だ！　どうして私を死なせてくれなかったのだろうか。前田にとっては、私が死のうが逮捕されようが大した差はなかったと思う。

どちらにしても、前田の垂れ込みによって私は東署に連行された。そして、二階にある三畳ほどの小さな個室（調べ室）に放り込まれると同時に、いきなり鳩尾にパンチを入れられた。それから、手錠も外してもらえずイスに坐らされて体を括りつけられたのである。そのあと、私のうしろ襟首あたりの髪の毛を引っ張りながら、私の顔面を机に押しつける。このようにして、マル暴のデカ（西田秀雄）から凄じい暴行を受けたのである。もう一人のデカ（永山正）は、私の耳許で大声を張りあげながら
「河村、はよ全部はけ！」

などと同じ言葉を何度も繰り返す。

私はそんな暴力に耐えながら、映画かテレビドラマのワンシーンのようなことが、自分に繰り広げられていることに何か不思議な感じを覚えた。まるで他人事のようにも思える。しかし、これは刑事ドラマではなく現実なのだ。だから殴られている私は、本当に痛い。顔の皮がひと皮むけるぐらいの暴行を西田刑事から受けたのであるから、その凄惨さが分かって貰えると思う。私は、西田刑事に向って、

「お前、こんなことをしてもええんか」

と食ってかかった。すると
「お前みたいな奴にはええんじゃ。このクソガキ…」

と暴言を吐く。

それはいいとしても、私は江守の共犯として、詐欺容疑の逮捕だったのに、東署二係の調べではなく、大阪府警本部のマル暴デカたちが本件（殺人）の調べを暴力的にしてきたのである。これでは筋が違う。したがって、私は完黙することに決めた。マル暴の西田刑事は、

「わしの泥舟に乗ってこい。坂下（朴）はぜんぶ吐いとるぞ」

などと言って、私の心を揺さぶってくる。私は、西田というデカをひと目みた時から肌が合わないというか、好きにはなれなかった。それは最初から高飛車な態度であったからだ。すでに反発する気持に固っていた私は、

「じゃかましい。俺はなんにもやってない。ワッパを外さんかい」

こんなバトルが続いて暫くすると、東署の刑事が調べ室に入ってきた。そして、西田刑事の耳許で、

「主任、下に河村の女が来てますが、どうしますか」

その声が私の耳にも飛び込んできたので、

「おい、会わせてくれ！」

この言葉が私の口から自然に出た。ほんの数時間前に、思いもよらない形で突然別れ別れになったので、連れ合いに逢いたかった。私の言葉を聞いた西田刑事は
「そんなことはできるかい。アカン、アカン」

と、けんもほろろに言う。そこで

「逢わせてくれたら、喋るやんけ！」

この言葉に西田刑事は反応を示す。私は、脈ありと見た。いま押すしかない。デカたちは私も共犯と同じように、一日でも早く落としたがっていることが分かっていたので私は言葉を続けた。

「逢わしてくれんかったら喋らんぞ」

西田刑事はこの駆け引きに乗ってくる。

「ほんまに喋るな」

私が首を縦にして、コクリと頷くと
「よっしゃ。ほなここに連れて来てやってくれ」

と東署の刑事に指示したあと、ワッパを外してくれた。ほどなくすると、憔悴しきった連れ合いが入って来た。泣いている……。泣きながら、

「元気。大丈夫？」

と聞いてくる。私は
「おお元気や。クミも元気か―」

なんと間抜けな会話であろう。デカたちは、黙って私たちの会話を聞いている。そのために、私も連れ合いも本音の話が出来ないのだ。そこで、ダメもと覚悟で、

「おやっさん、二人だけにしてくれ！」

と西田刑事に言ってみたが、

「それは聞けん相談や」

今度はきっぱり断わられた。しかし、なんの仕切りもないところで、ほんの少しの時間ではあったが、互いの顔が見れただけでも儲けもんであった。連れ合いの方も自分の目で私の安否がハッキリ確認できただけでも安心したと思う。西田刑事は、

「もうええやろ」

と言って、連れ合いを永山刑事に連れて行かせたあと

「さァ約束どおり吐いてもらおか」

とこのようにきた。私は

「なんのことやねん!」

と、とぼけてやった。すると、赤鬼のような顔をして怒り出したのである。けれども、私はもう何も怖くなかった。

ともかく私は、逮捕されてから一週間は、黙秘と否認を繰り返した。これは、私の最後の抵抗であり、意地でもあった。そうではあるが、午前八時過ぎ頃から毎夜十時、十一時頃まで続く厳しい取り調べに、私の心が萎えていったのも確かである。自分自身でもそろそろ限界が近ずいているることを感じていた。毎日が苦しかった……。とにかく私が白状することによって、親友の篠山には大きな迷惑をかけることになる。なんと言っても、死体をゴルフ場の造成地に埋めてくれたのだから……。私が白状した場合、篠山産業はどうなるのだろう。また、私自身の両親のこともあった。それらのことを考えていると、心の整理をつけるのにはまだもう少しの時間が必要であった。このようにして逮捕された私は、その日の夜遅く、東警察署から生野警察に移されたの

である。

月並みな表現になるが、私を含めて人間とは愚かな奴が多いということであろう。要するに、自分の利益のために算盤を弾き、人を裏切り罠に嵌める。事実として、私は同じ組の相談役から警察に密告されたのだ。これを知った時は、うす汚い人間の実態を垣間見た思いであった。それにしても、やりかたが余りにも汚い。汚すぎる……。いま思い返してみても悔しくて、腹の底から煮えくり返ってくる。


しかし、もうそんなことはどうでもよくなってきた。それは、こうなった原因はどこにあるのかを考察してみると、すべては私にあるのだ。そのことを忘れてはならない。私自身が悪いのに、それを忘れて他人に転化させてはいけないと思う。これらの点が、本当の意味で私にも分かるようになって来たのである。

いずれにせよ人の生きる権利を無理やり奪った私に、人を責める権利はないと思う。また、逆に言えばそんな私に生きる権利があるのだろうか。これらのことを深く考えていけばいくほど早く死んでしまいたいと思う。この世から消えてしまいたいと思うも、今となっては自害することさえも許されなくなってしまった。そんなことを一人ぽつねんと考えていると堪らなくなる。だから時には、言わずもがなのことを言ってしまう……。このようなことを書くと憫笑を買うのかも知れないが、改めて人としてどうあるべきだったかをいま考えている。それは、種から芽が出てやがて犯罪という実がなるように、事件の発端となった小さな話が出たとき、大きな夢など見ずにつぶしておけば犯人にとっても被害者にとっても幸せだったと思う。

だが、私は話の種が出たときに江守を無視しなかった。江守も同様だった。いわば、このときの私と江守はコインの裏と表のようなものだったのかも知れない。表という概念は裏がなければ成立しない。それを深く考えていると空しくなる。また、犯罪とは個人が己の欲望に負けてしまうことなのであろう。その結果、人として一番やってはいけない殺人まで犯してしまった。人を殺すということは、その被害者の親兄弟や親類縁者すべての恨みを引き受けることになる。それと、犯罪を犯す側にも親もいれば兄弟姉妹、友達もいる。その縁を根本から断ち切ってしまうことになる。どうして誰にでも分かるこんな簡単なことに気がつかなかったのかと思うと、情けなくて仕方がない。

どうなるとしても犯罪はすべてのものを不幸にする。思うに、種から芽が出たとしても、実になる前の段階で逃げる勇気さえあれば犯罪からのがれることもできるし、それを摘み取ることもできる。人間とは精神的に脆いものだが、愛する人や大切に思う人が一人でもいれば犯罪に負けない勇気は出せると思う。それがいまの私の実感である。

とにかく、一億円をせしめたあと二人の尊い命を奪ったことは厳然たる事実である。このことについては、心から悔やんでも悔みきれない。いまだに何故あのようなことをしたのかと思うと、本当に情けなくて我ながらいうべき言葉もない。また本件以降、心が平静だったことは一度もない。いつばれるか、いつばれるかという心配はもちろんあったが、やはり殺した二人に申し訳なくて眠れない日が何日もあった。そういう怖さを隠す意味もあって、ラウンジを開店させたり、江守の詐欺行為にも荷担して、刹那的に暮らしてきた。

　現在は、確定死刑囚になったことで胸のつかえが少しおり、独房の中で剣持さんと田辺さんの冥福を祈り続ける毎日である。また、月に一度は、教誨師にも来て貰って被害者の霊を弔っている。共犯の江守や朴は、具体的にどのようなことをしているのか知らないが、彼らも当然本件については深く悔いていると思うし、彼らなりに詫びていると思う。出来ることならば、本件当時に時間を巻き戻して、別の選択をしたい。

　そして、いま私がこうして生かされているのも仏の思し召しだと考えている。明日、とつぜん仏の命で召されることがあってもいいように、自分ができること、被害者の冥福をただひたすら祈り続け、その家族へ仏の加護があるように祈りたい。また、仏の教えをもっと深く学んでいきたいと思っている。

　このような中においても、ありがたい出来事もあった。それは、被害者遺族にお詫びの手紙を出し続けたことによって、剣持さんのお父さんから弁護人の方へ電話が入り、私が真に反省していることが分かった。と、こういうような内容の話を弁護人から聞かせて頂いたときには、申し訳なさと有り難さで胸がいっぱいになり、接見室で声を立てて泣いた。

　また、剣持さんは弁護人や私の母、そして大阪拘置所にいる私にまで手紙をくれたのである。まさか私にまで手紙を戴けるとは思ってもみなかったので、本当に嬉しかった。だがその反面、これまで以上に申しわけない気持でいっぱいになった。正直いって、遺家族から手紙をいただいたあと、再び手紙を出そうと思ったのだが、いままで以上のお詫びの言葉がみつからず、何を書いていいのか分からなくなった。さらに、遺家族の気持を思うと心が痛み、また粛々と泣いた。私は剣持さんのお父さんから返事をいただいて一つ悟ったことがある。それは、私がどれだけ償いの言葉を並べてみたところで遺家族の淋しさや、悲しみを絶対に癒すことなどできないと……それなのに剣持さんは、私のような男のことを「河村さん」と述べてくれていたり、私の母に対する思いやりも示してくれていた。別の手紙では、「たくさんのお便りありがとう」「ゆっくり読ませてもらいました」「重なる便りで君の現在の心境もわかるような気がします」「あなたも身体に十分気をつけて欲しいと思います」などと書かれてあり、私の手紙をい仏前に供えてあるとも書いてくれていた。私が剣持さんの御子息を殺したのに、なんて優しい言葉をかけてくれるのかと思うと、もったいなくて涙が止まらなかった。

こうして、被害者の気持を思えば思うほど、今すぐ死んでしまった方がいいのではないかと思うことが多々ある。それがあのようなていねいな手紙をくれた剣持さんの願いであるならば、寸《すん》毫《ごう》も惜しまずこの世から消え去りたい。いずれにしても私がどうなろうとも、残された遺族の心が少しでも癒されることを望みたい。私が手紙を書き続けたことで、いくらかでも自分の気持がご遺族に通じ、和らいでくれたとするならば、これに勝る喜びはない。また、剣持さんが手紙と一緒に同封して下さった『友からもらった命』は、私が死ぬまで読み続けるつもりである。

この『友からもらった命』というのは、第二次世界大戦で日本が戦争に負けたとき、剣持さんが中国満州から朝鮮を経由して、命からがら家族全員で逃げ帰ったという内容の手記である。日本が戦争に負けたあとは食べるものもなく、日本人が次々に殺され死んでいくなか、剣持さんは日本人だと気づかれてしまうと自分達家族の命がアブナイために、朝鮮人になりすまして逃げるのだが、そのとき初めて会った朝鮮人の友に家族を助けてもらったという話である。

絶対に生きて日本には帰れない「死なば家族もろとも」という思いの中で家族全員が生き永らえたという喜びと、人として為すべきことは何かを考えさせられたと述べておられる。そこには人間愛が示されていた。また、中国満州で死んでいった何人もの友を見てきて、心の中に抜き難い無常観が根付いたそうである。

ともかく、剣持さんの死生観として、どのような状況におかれても一つしかない命を大切にして精いっぱい生きるということを仰られている。要するに、生きるということは、戻れない道を往くことなのだと……。

この手記を読ませてもらって、いかに自分が甘ったれた人生を送って来たかを思い知らされた。私は本当に愚か者だ。もはや家に帰る道すら探せなくなった。物事の善悪の分別や、結末を考えることのできなかった自分を恥じているし、心から後悔もしている。金を稼ぎたいとか有名になりたいなどという自意識は必要なかったと思う。地味な生活でよかったのだ。

いまは孤独と闘いながら「生と死」を考え続けている毎日である。こうして死という問題を真剣に考えるようになったのは、やはり自分が犯した驚天動地の大事件が大きく影響している。いずれにせよ、自分もいつ死ぬか分からないが、静かな足音とともに死が近づいているのも確かである。そういう死と隣合せの中で生きる喜びと、時間の尊さを感じている。そして、死の直前になったら自身の心にまた違ったものが見えてくるのかも知れない……。

大道寺幸子基金について

本書は、大阪拘置所在監の確定死刑囚・河村啓三（現岡本姓）さんの、事件を起こし逮捕されるまでの半生記である。

一九九九年夏に執筆を開始し、完成後、「死刑廃止のための大道寺幸子基金」の第一回死刑囚の表現展（二〇〇五年度）に応募し、澤地和夫さんの「死刑囚物語」と共に、優秀作品に選ばれたものである。

◎第1回死刑廃止のための大道寺幸子基金受賞作品

◎優秀作品◎

河村啓三「こんな僕でも生きてていいの」

澤地和夫「死刑囚物語一獄中座禅20年」

◎佳作◎

金川一「無題」（絵画）

西山省三「死刑囚の先輩」「狂犬の願い」（詩）

選考委員は池田浩士・加賀乙彦・川村湊・北川フラム・坂上香・太田昌国の六氏で、優秀作品には各五万円、佳作には五千円が贈られた。

◎大道寺幸子基金とは

大道寺幸子基金から獄中の全死刑囚へ送った手紙

「死刑廃止のための大道寺幸子基金」について

死刑廃止のための大道寺幸子基金運営会

生前、多くの死刑囚や獄中者に面会し、励まし、「生きて償う」ことを共に模索し、死刑囚の母として、社会、国際機関、メディアに対して、日本の死刑制度の実態、死刑囚処遇、死刑囚の人権について語り続けてきた大道寺幸子さんが二〇〇四年五月一二日に亡くなりました。「死刑制度をなくしたい」「死刑囚の人権は保障されなければならない」という幸子さんの意志を生かすために、遺された大切な預金（一〇〇〇万円）を元に、ご遺族の申し出により基金を創設することになりました。この基金が、死刑囚にとって希望となり、力となる営みを創出していくことに使われれば幸いです。基金は、今後一〇年間、確定死刑囚の再審請求への補助金、死刑囚の表現展の開催と優秀作品の表彰のために使われます。

1、再審請求への補助金について

確定死刑囚のなかには冤罪の人がいます。部分的な冤罪の人がいます。量刑不当を主張できる人がいます。これらの人たちは杜撰な裁判の犠牲者であり、誤判によって死刑にされようとしている人たちです。「杜撰な裁判」とは、「公平な裁判」が保障されなかったことを意味し、この日本においては、全ての死刑囚が、誤判の被害者といって差し支えない事実があることを、私たちは知っています。

死刑囚の権利保護のための保護基準には、「死刑を言い渡されたいかなる者も、特赦又は減刑を求める権利を有する。特赦又は減刑は、すべての場合に与えることができる。」（7項）と規定され、さらに「死刑は、上訴又はその他の訴訟手続若しくは特赦又は減刑に関するその他の手続が継続中に執行されてはならない。」（8項）と規定されています。私たちは、この死刑囚権利保護規定を、この日本においても、実効性あるものとして位置づけていかなくてはなりません。死刑囚が確定後も、特赦又は減刑を求める権利を行使するための一助として、弁護人への着手金、鑑定費用、記録の謄写代、恩赦請求に関わる費用等の一部に基金を使用してください。死刑囚それぞれが、「奪われた裁判」を取り戻すための闘い（再審請求など）を行っていくためには、実際には、外部の人たちの力（支え）を必要としています。この補助金が、個々の再審請求の闘いの一助になり、死刑廃止運動全体に活力を与えることによって、個々の死刑囚が、社会の中に生かされていく道筋が保障されることを願ってやみません。

基金の運用の都合から、一年間六人に限定して、一人に対して一〇万円を再審請求のための補助金としてお渡しします。

募集要項

（1）補助金は、下記住所まで、本人または関係者の方がお申し込み下さい。

（2）申し込みは毎年七月末とします。

（3）なお補助金は弁護人もしくは弁護人になろうとする人（恩赦代理人を含む）にお渡しします。

（4）補助金は、確定死刑囚一人に対して、一回限りとさせていただきます。

（5）優先順位は、緊急性・必要性を考慮し当方で考えさせていただきます。
(6) 今回選定されなかった人も、次回に再応募できます。
(7) 告知は速やかに申請者に行います。

2、死刑囚(未決を含む)表現展と優秀作品の表彰

確定死刑囚は基本的人権である「自由な表現」を拘置所当局によって奪われています。現在、確定死刑囚は、心情の安定という口実で外部との接触が断たれ、創造性や人間性を剥奪されようとしています。しかし否応なく死と直面させせられて生きざるを得ない未決・既決の死刑囚こそ、自分の内面を表現したいという欲求を持っています。

私たちはこれまでにも平沢貞通、佐藤誠、正田昭、李珍宇、島秋人、永山則夫さんたちの表現作品や、「いのちの絵画展」に陳列された美術作品が多くの人々に感動を与えたことを知っています。

基金では、死刑囚による極限の中での表現行為を受け止めて、その存在と人となりを広く世の中に知ってもらい、死刑廃止へ向けた輪を作りたいと思います。

以下のような要項で作品を募集します。

募集要項
(1) 死刑囚(確定囚、未決囚を問わない)による作品を公募します。
(2) 公募する作品は、小説、自伝、エッセイ、評論、詩歌、絵画、まんが、その他、あらゆる分野の未発表でオリジナルな表現作品です。
(3) 締めきりは毎年七月末、基金が依頼した選考委員によって優秀作品を選定し、優秀作品に賞金五万円を贈呈します。
(4) 応募作品は一〇月一〇日の国際死刑廃止デー前後に展示を予定しています。作品の著作権は制作者が、所有権は基金が持ち、これらの作品を死刑廃止運動に役立てるために使います。
(5) 選考委員:池田浩士・太田昌国・加賀乙彦・川村湊・北川フラム・坂上香(五〇音順)
なお第一回締め切りは二〇〇五年七月末日で、以後毎年行います。

送り先
東京都港区赤坂2-14-13港合同法律事務所　大道寺幸子基金運営会

封筒表に「表現展応募作品」もしくは「再審請求補助金」と明記してください。」

◎選考経過について

二〇〇五年一〇月八日、東京赤坂のドイツ文化会館ＯＡＧホールで「世界死刑廃止デー特別企画　響かせあおう死刑廃止の声」がフォーラム90主催で開かれ、その第二部で「死刑囚の表現をめぐって　大道寺幸子基金の発表とシンポジウム」が行われた。以下に掲載するのは、表現展の選考委員たちをパネラーに迎えて行われたシンポジウムで、司会の太田昌国氏が行った選考経過の報告である。

太田昌国　未決を含めて全部の死刑囚の方々に、今回こういう基金をはじめますというお知らせを昨年（二〇〇四年）の夏から行いました。今年の七月末に締め切りをして、便宜的にジャンルを分けてみますが、長編作品が三人の方から、短歌とか詩とか俳句とか短い短詞的な表現が六人の方から、絵画については九人の方から応募がありました。

九月一三日に行われた審査会には、坂上さんは所用があって欠席されましたけれども、五人の審査員が、最初に長編、短編のほうを事前に読んできて講評をうかがい、絵画作品を見ながら、これから申し上げるような結果になりました。

絵画作品については、まず最初に佳作に選ばれた金川一さんの花瓶に花、タイトルは無題ですが、この作品が絵画のなかでは唯一佳作ということで選ばれました。

最初はいま申し上げた三つのジャンルに分けてそれぞれの選考委員が一押し、二押しできる作品について話し合っていったんですが、最終的にはこのジャンル分けそれ自体がおかしいのではないか、要するに四〇〇字詰めで四〇〇枚や五〇〇枚の長編と、たとえば俳句一句、あるいは一つの短歌であってもそれに拮抗しうる表現はありうるだろう。その意味では長さ短さの問題というよりは、その表現にこめられた力、表現力の問題ではないかということですべてのジャンルをはずして優秀作といったものを選ぶことにしました。最終的に選ばれたのは、結果的に二作とも長編になりました。

澤地和夫さんのノンフィクション「死刑囚物語―

獄中座禅20年」、もうひとつは河村啓三さんのこれもノンフィクションですが「こんな僕でも生きてていいの」、この二つが優秀作ということになりました。佳作については先ほどいいました、金川一さんの絵がひとつ、それからお手元の資料に短い作品は全部収録してありますので後でお読みいただきたいのですが、五番目の西山省三さんの三つの詩が応募されてますが、そのうちの「港町暮色」をのぞく「死刑囚の先輩」「狂犬の願い」、この二つの作品が佳作となりました。

これは必ずしも全員一致ではなく、二時間以上におよぶ討論を経て今年はこのような形でということで、この最終的な結果に関してはみなさんが認めたものです。

◎河村作品への講評

ここに掲載する講評は、前記シンポジウムにおける選考委員の発言（北川フラム氏は当日参加できなかったので、選考委員会での発言）から抜粋して掲載したものである。なお『フォーラム90』84号（二〇〇五年一一月刊）に、このシンポジウムの全記録が掲載されている。

加賀乙彦　河村さんのは自分の犯罪のことを詳しく書いてて、これはなかなか表現力もしっかりしてて良いと思いました。しかし、獄中での生活がもうすこし書かれていたらと惜しまれます。

全体に申しますと、今度の試みのなかではこれらの作品をなんとか世の中に知らせるということが必要ですけれども、文章の問題でいいますと、ちょっとみなさん問題がある。文章がよく練れてなくて粗削り、まあ粗削りの魅力ってのも文章にはあるんだけれども、ちょっと幼いような文体、幼いような表現が非常に多くて、それはだんだんにこちらの方から働きかけて彼らに少し書き直してもらうとか、筆を入れてもらうとか、そういうつまり相互の、私としてはただ審査するだけじゃなくてもう少しお互いのあいだのコミュニケーションをとっていく、そのきっかけになるんじゃないかと思っております。

川村湊　河村啓三さんの、これは自分の犯罪のことを書いてらっしゃる。自分の生い立ちから、生まれたときから職業を転々として事件に至るまで、それから事件を起こして収監されるまでをお書きになっていて、たぶんこのあと裁判の過程であるとか、そのあとで服役するような過程が書かれたら素晴らしいいんじゃないかなと思います。

河村さんの捉え方というのは、自分がなぜそういうふうに犯罪にいたるまでになったのか、それは生育の環境であるとか、家族について友人について結婚していた体験、それを非常に細かくていねいに描いていて、ある意味ではなるほどなと思わせられるところもあります。しかし、ただそういうふうにいうと、彼が自分の生い立ちがこうだからこういう人間になってしまったんだみたいな、ある意味じゃいいわけというか環境や生育に、つまり他者に自分の責任を押つけることになりかねない、という部分があると思うんですけど、しかしこの文章に関してはそれはない思います。つまり、彼はつねにこういうことがあったけれどもしかしそれは自分の内面によって克服されたかもしれない、あるいは克服されるべきであった、というそういう内省を、つねに自分自身の裏側に持ちつづけていると思います。ですからそういう意味では、とにかく犯罪をとくとくと、まさにリアリズムで書いている、人を殺す場面、死体をどんなふうにというのは、まさに暗黒趣味といいますかハードボイルドのミステリーを読んでいるような気持にさせられるところがあって、それはある意味では不快感をもよおすというものでもあるかもしれないのですが、でもそれを書ききることによって彼が自分の犯罪というのをもう一回きちんと見つめなおして、ふたたび自分を見つめなおしている。だから飛躍した言い方をしますと、こういう文章を書いた人をなぜ殺してしまわなければいけないのかというところまで、読む人間を引きずりこむ、考えさせることになるんではないかなと思いまして、この二つは秀作としてぜひなんらかの形で公表していただきたいと思いました。

池田浩士　これは表面的に読んでいくと、非常に綿密に自分が行った殺人の実践、およびもっとすごいのは殺したあと死体を処理しなければいけないですね。二人も殺してしまったわけです、都会で。そうすると死体を片づけようがないですから、その死体を始末するわけですが、はじめはドラム缶に入れてコンクリート詰めにして海に捨てるつもりでいたんですが、ドラム缶を手にいれることができなかったんです。それで家具屋に行って洋ダンスを買ったんです。タンスの中に死体を入れてそれをコンクリートで固めて、やがて海に捨てにいくためにずーっと倉庫を借りて置いておいたのです。どういうことになるか。じくじくじくと液体が流れ出て、こんどはそれをシャベルカーでトラックに乗せて捨てに行こうとするんですが、コンクリートが重いので、バーンとタンスが破裂したわけです。というようなことを延々とものすごく細かく書いています。こいつ人間じゃねえんじゃないか、と思う「国民」があるかもしれません。それを彼はついに書ききったということがとても大事なことだと思います。彼はたぶんそういうことにうなされ続けて、最後にそれを言葉にした。それによって、自分のやったことと向き合うことによって、河村さんという人はやはり新しい言葉を発見したんだろう、と思いました。

さっき川村さんが言われたように生い立ち、大阪の西成区、そして高校で不登校になり、そして夜のアルバイトに行き、ついに水商売になっていくというふうなプロセスは、文字どおり予定調和的に、こういう生まれ育ちになって生きた人間は最後にこうなるんですよ、というふうなきわめて図式的な歩みのように描かれているとも読めるんですが、これは事実ですね。それをしかし彼はしっかり書いたということを、私はとても貴重なことだと思いました。文章も非常によく練れています。ただ、加賀さんおっしゃったように、もうちょっとということはあるかもしれません。

坂上香　いちばん個人的に心を魅かれたのが、河村啓三さんの作品でした。後半は池田さんが説明してくださったので端折りますが、非常にグラフィックな具体的な犯罪の詳細もすごいと思いましたが、それよりも前半のところに非常に魅かれました。すぐれたライフストーリーで、本人が自分が生まれた時点から淡々と現在にいたるまでを書かれている。さきほど池田さんが指摘されたように、こんな西成に生まれてこんなふうになって、水商売に入って金融道にはいって、だからこうなったというのは、あまりにも出来すぎたストーリーだな、と一般の人につつかれる可能性があるのかもしれないのですが、どのように彼が転落していくか、どのように罪を犯してしまうのか、いまの死刑囚拘置所にいる彼にいたってしまったのか、ということがていねいに書かれている。

私自身出身が大阪なので、彼と年齢が六、七歳ぐらいしか違わないので、私自身の子ども時代と重ねながら読みました。私は西成とは遠いところにいて、親からは西成は恐いところだから行ったらあかんで、あそこは恐いでと吹き込まれていたんです。いま京都で仕事しているんですが、西成に行く用事がときどきあるんです。そこで映像生活をしている人たちのサポートをしているんですが、改めていま、恐いでと言われていた人たちが恐いんじゃなくて、社会が恐くさせているんだということをひしひしと感じています。それとこの作品を読んだ時期が重なるので、非常に私のなかでは説得力をもって伝わってきました。人がいきなり罪を犯すのではなくて、やはりそこにいたるまでにはいろいろな理由がある。それも簡単に言ってしまえば社会の構造とか偏見とか経済的な格差とか、そういうことになってしまうんだけれども。

河村さんはそういうひとつの言葉に集約させないで、しっかり自分の生い立ちと視点そして自分の規範、自分の感覚、価値観みたいなものとあわせて、そこに戻りつつ、いまと行きつ戻りつつ、非常にちゃんとつなげて分析をしてるんですね。さらにそのことだけに罪を着せないとか、その責任は自分が取るという姿勢を貫かれているので、読んでいて説得力を持ちました。

そして驚いたことに、それを独房で書き上げたということです。というのは、私自身アメリカで罪を犯した人を同士で回復・更生していくというプログラムをこの一〇年間取材しているんですが、ひとりでそれをやるというのは、不可能というか難しいということを常々感じていました。やはりお互い人間が複数いていろんな視点があり、お互いに突っ込みあったり、批判されたりサポートされたり、こうしたいろいろな関係があるなかで自分自身を見つめなおしていける、ということを感じていました。日本の独房という、他者の視点も批判もサポートもまったくないなかで壁とむきあい、しかも正座して書かなければいけないなかで、よくもこれだけのことをやり遂げたなと驚きます。

もう一歩先にいくと、もっともっと彼自身が気づいていない、非常に整理されて優れたライフストーリーと言えるぐらい整理されている部分もあるんです。しかし、その整理された部分が、ほんとはそんな簡単に整理されないいんじゃないか。もっとぐちゃぐちゃした、どろどろしたいろいろなことがあっただろう。細かな話ですけど、つきあった女の子が妊娠して堕ろさせたりしてるんですけど、このへんのことを非常にサラッと書いているんですけど、女性の身としては、堕ろさせられたほうの身にもなってみろという感じがあるんですね。

いまお話したアメリカのプログラムでは、被害者の身にも立つとか、一〇〇パーセントはもちろん立てないですけど、そういう試みもやっていくので、単なる自分の観点だけではなくて、被害者とか加害者とか両方の視点、社会の視点がいろいろ混じっていくなかで見方が成熟されていくわけです。そういう意味では、もっとそういう場があったら、河村さんの作品ももっとすごいものになるだろうし、もっと向き合うことができるかなと思うんです。それは河村さんだけでなく澤地さんもそうだし、たぶん全員ほかの方々もそうなんだと思う。でも現状を考えるとき、死刑囚は独房なんですか、一〇何年間も、二〇何年間もひとりで生活する、しかも正座ですよというとどこの国でもみな仰天するんですね。それは拷問以外のなにものでもない。よくみんな生きていられるね、ということをどこでも言われます。そうした状況で、どの作品もほんとによく作り上げたなと思います。

北川フラム　小説の二点には魅きつけられました。

私は美術を選びに来ましたが、言葉に比べて弱いと思った。全身で媒体（紙の大きさ、筆）と格闘できていない。ものを写すというレベルです。制限を広げて頑張らなくてはと思いました。

◎受賞の言葉

受賞後、河村さんは受賞の言葉を『フォーラム90』84号に寄せている。全文、転載する。

「このたび私の自叙伝が入選したとの知らせを受け、まさかという思いで驚きの念を禁じえません。他方、今回の選考会では色々な意見や批判も出たかと存じますが、その点については甘んじて受け入れて次のステップに役立てたいと思います。いずれにせよ栄え有る優秀賞を第一回目に戴けましたことは、身に余る光栄で御座います。今日の喜びを胸にしながら、一日一生の思いで頑張り続けることを誓います。本当にありがとう存じました。」

河村啓三（現岡本姓）
1958年 9月 3日　大阪に生まれる
1988年 1月29日　コスモリサーチ殺人事件を起こす
1995年 3月23日　大阪地裁で死刑判決
1999年 3月 5日　大阪高裁で控訴棄却・死刑判決
2004年 9月13日　最高裁で上告棄却・死刑確定。大阪拘置所在監
2005年10月 8日　死刑廃止のための大道寺幸子基金の第１回表現展優秀作品に選ばれる

こんな僕でも生きてていいの

2006年4月10日　第１刷発行

著　者　河村啓三

発行人　深　田　　卓
装幀者　田　中　　実
発　行　㈱インパクト出版会
東京都文京区本郷2-5-11 服部ビル
Tel03-3818-7576 Fax03-3818-8676
E-mail：impact@jca.apc.org　http://www.jca.apc.org/~impact/
郵便振替　00110-9-83148

シナノ印刷